Der Bund der Sieben

Alegria Septem 1

Der Bund der Sieben

Norbert Klugmann

KOSMOS

Umschlagillustration: Silvia Christoph, Berlin
Umschlaglayout: Groothuis, Lohfert & Consorten, Hamburg
Innenlayout: Christian Vahlbruch, Stuttgart und
DOPPELPUNKT Auch & Grätzbach GbR, Stuttgart

Herzlichen Dank an die Modelle Philine Aghabigi, Gwendolin Fischer,
Lotti Gerischer, Nele Marie Heutmann, Ashora-Cecilia Klemm,
Maidje Meergans und Clara Wieker.

Unser gesamtes lieferbares Programm und viele
weitere Informationen zu unseren Büchern,
Spielen, Experimentierkästen, DVDs, Autoren und
Aktivitäten finden Sie unter www.kosmos.de

«Der Bund der Sieben» ist der erste Band der Reihe «Alegria Septem»,
siehe auch Seite 315 ff.

Bibliografische Information der Deutschen Nationalbibliothek
Die Deutsche Nationalbibliothek verzeichnet diese Publikation in der
Deutschen Nationalbibliografie; detaillierte bibliografische Daten sind
im Internet über http://dnb.ddb.de abrufbar.

© 2007, Franckh-Kosmos Verlags-GmbH & Co. KG, Stuttgart
Alle Rechte vorbehalten
ISBN 978-3-440-10964-9
Redaktion: Julia Röhlig
Gesamtherstellung: DOPPELPUNKT Auch & Grätzbach GbR, Stuttgart
Printed in the Czech Republic / Imprimé en République tchèque

Für meine Tochter Lili (auch bekannt als Josie), die bald so alt sein wird wie die sieben Heldinnen. Und die heute schon genauso mutig, klug und phantasievoll ist.

1

Der Schlag traf Hildegard auf die Wange.

«Was glaubst du, wer du bist!?»

Der nächste Schlag, Hildegard fiel auf die Knie.

«Du bist eine Aufsässige. Das können wir nicht dulden.»

Hildegard wollte zur Tür kriechen.

«Wirst du wohl hierbleiben! Du kannst dich deiner gerechten Strafe nicht entziehen.»

Noch ein Schlag und noch ein Schlag. Längst waren es keine Ohrfeigen mehr, sondern Faustschläge, schmerzhaft und unerbittlich. Hildegard lag auf dem Boden, die Beine an den Körper gezogen, das Gesicht hinter den Händen verborgen.

«Versteck dich nicht!», fauchte Schwester Agneta. «Vor dem Herrn kann sich keiner verstecken.»

Schwester Mechthild eilte heran. «Genug! Genug!», rief sie schon von Weitem.

Agneta stemmte die Fäuste in die Seite und knurrte: «Ich bestimme, wann genug ist.» Mechthild blickte die ältere Nonne bittend an, bis die unwillig sagte: «Es ist genug.»

Hildegard wurde in den Schlafsaal gesperrt. Sie durfte nicht zum Essen erscheinen und nicht zum Abendgebet. Sie durfte sich nicht auf ihr Bett legen, auch nicht auf ein anderes Bett.

«Du bist falsch», sagte Agneta verächtlich. «Du gehörst hier nicht her. Ich war immer dagegen, dass du aufgenommen wirst. Aber die Stimme der Vernunft gilt nichts, wenn Barmherzigkeit die Köpfe vernebelt.»

Dann fiel die schwere Tür ins Schloss.

Das Schlimmste war die Zeit nach den Schlägen. Der Schmerz kam erst, wenn sie Hildegard eingesperrt hatten, weil sie wieder ungeschickt gewesen war. Dann schämte sie sich, dann war sie ein hilfloses kleines Mädchen. Dabei war sie schon 13.

Sie lag auf dem eiskalten Steinboden und wagte es nicht aufzustehen. Wenn sie stehen würde und die Betten sah, würde sie sich auf ein Bett legen. Das hatte Schwester Agneta aber untersagt. Sie durfte sich auch nicht heimlich hinlegen, denn die Schwester würde es herausfinden. Sie war ja auch jedes Mal zur Stelle, wenn Hildegard in der Bibliothek ein Buch fallen ließ. Dabei machte Hildegard das nicht mit Absicht. Es war ein Unglück, jedes Mal aufs Neue.

Hildegard saß auf dem Steinboden, die Kälte kroch in den Körper. Krank werden durfte sie auch nicht. Wenn eine Schülerin krank wurde, war sie eine schwache Schülerin. Die mochte niemand von den Schwestern.

Sehnsüchtig blickte sich Hildegard um. Im Raum standen zehn Betten, fünf auf jeder Seite. Zwei Fenster führten in den Himmel, der Schlafsaal lag im oberen Stockwerk. Niemand konnte hineinsehen, nur die Vögel und die Wolken. Wie schaffte es Schwester Agneta trotzdem, immer Bescheid zu wissen? Konnte sie sich in einen Vogel verwandeln?

Hildegards Gesicht schmerzte, das rechte Auge tat besonders weh. Zweimal hatte sie die Faust hineinbekommen. Aber sie musste durchhalten. Morgen früh würde sie zum Unterricht gehen, dann würde Schwester Mechthild so tun, als sei nichts passiert. Schwester Mechthild war freundlich, bei ihr durfte man etwas fallen lassen, ohne dass sie gleich schrie und schlug.

Hildegard schloss die Augen und lehnte sich an die Wand, die so kalt war wie der Fußboden. Sie stellte sich den Herd in der Küche vor. Wenn man an brennendes Holz dachte, wurde einem warm. Wenn man heimlich auf das Bett kroch, auch.

«Armes Kind, was hast du diesmal angestellt?»

Mit geschlossenen Augen sagte Hildegard: «Gar nichts. Nur ein Buch.»

Die Stimme lachte. «Nur ein Buch. Was war es letztes Mal? Nur ein Teller. Und davor? Nur ein Kerzenhalter. Du wirst das Kloster zerstören, und dann sagst du: Gar nichts. Nur das Kloster.»

«Nicht aufhören», murmelte Hildegard.

Die Hand strich weiter über ihre Haare. Die Stimme sagte: «Dein Haar fühlt sich nicht an wie Haar. Mehr wie Stroh. Merkwürdig, dass es so schön aussieht.»

Hildegard und Antonia blickten sich an.

Antonia sagte: «Wenn sie sehen, dass du doch auf dem Bett liegst, werfen sie dich in den Keller.»

Hildegard begann zu zittern. Der Keller war das Schlimmste. Dort gab es kein Bett, kein Fenster, gar nichts außer einer Handvoll Stroh auf dem Boden. Hildegard kannte den Keller, Antonia kannte ihn nur vom Hörensagen.

«Dein Auge sieht seltsam aus», sagte Antonia.

Hildegard wurde bewusst, dass sie auf einem Auge nichts mehr sehen konnte. Sie hielt das gesunde Auge zu und war blind.

«Jetzt wird das rote Auge nass», sagte Antonia.

«Schwester Guta soll kommen», schluchzte Hildegard.

«Ist beschäftigt.»

«Aber sie muss. Ich bin eine Schülerin.»

Antonia lachte. «Eine kleine Schülerin, die jeden zweiten Tag etwas fallen lässt. Wenn ich Katharina sehe, sage ich ihr Bescheid.»

«Bringst du mir etwas zu essen?»

«Wenn sie herausfinden, dass du auf dem Bett liegst, wirst du lange Zeit nichts essen.»

«Aber das werden sie nicht herausfinden, weil du es ihnen nicht sagen wirst.»

Als sie wieder allein war, spürte Hildegard den Schmerz. Als es an der Tür ein Geräusch gab, fiel sie vor Schreck fast aus dem Bett.

«Ich will nur nach dir sehen», sagte Cecilia. «Ich muss gleich spielen.»

«Das ist aber schön», sagte Hildegard. «Du darfst den Schwestern vorspielen.»

«Schwester Kunigunde sagt, ich habe Talent und werde es zu etwas bringen.» Stolz streckte Cecilia beide Hände von sich: «Schwester Kunigunde sagt, in meinen Fingern steckt viel Segen.»

Bis zum Abend fiel Hildegard in einen Schlaf, aus dem sie bei jedem Geräusch aufschreckte. Einmal war sie nicht sicher, ob sie eine Maus gesehen hatte oder nicht.

An den Geräuschen im Haus erkannte Hildegard, wie spät es war. Um vier am Nachmittag wurde gebetet und gesungen, um fünf kehrten die Mädchen aus dem Dorf zurück. Im Hof wurde abgeladen, gut riechendes Holz. Wenn man es verbrannte, verströmte es wunderbare Wärme. Auch Beatrice roch wunderbar, als sie in den Schlafsaal stürmte. Wer tagsüber in der Wäscherei arbeitete, roch am Abend wie saubere Wäsche. Hildegard erzählte, was passiert war. In Beatrice' Gesicht las sie ab, wie schlimm das Auge aussehen musste.

«Jemand wird kommen und nachsehen», sagte Hildegard tapfer. Aber sie hatte große Angst um ihr Auge.

Katharina bemerkte man erst, wenn sie direkt vor einem stand. «Es sieht nicht gut aus», sagte die groß gewachsene Freundin, «aber gegen jede Schwester ist ein Kraut gewachsen.»

Ihrer alten Arzttasche, ohne die sie selten unterwegs war, entnahm sie einen Tiegel und verstrich eine Salbe um Hildes Auge.

«Es wird kneifen», sagte Katharina. «Daran erkennst du, dass es hilft.»

Hildegard drückte Katharinas Hand. «Muss weiter», sagte die Freundin und schloss die Tasche. «An manchen Tagen ist viel zu tun.»

2

Nach dem Gebet durfte gegessen werden, Sprechen war untersagt. Eine Schwester las aus der Bibel vor. Die Mädchen wussten, was Hildegard passiert war, und ließen Brot in den Falten ihrer Kleider verschwinden. Ursula wusste einen anderen Weg für das Brot, sie aß und aß und aß.

«Wie viel Essen in ein Kind hineinpassen kann», murmelte Schwester Mechthild.

Nach dem Essen durften die älteren Mädchen bis zum letzten Stundengebet im Kapitelsaal bleiben. Regula, die die lateinische Sprache so gut beherrschte wie ihre Muttersprache, vertiefte sich in die Schriften von Cicero. Ursula las in der Bibel, Antonia saß bei der Äbtissin und führte mit ihr eins der Streitgespräche, die die Äbtissin so liebte. Sie schlüpfte dann in die Rolle einer Ketzerin, und Antonia musste ihr mit den besten Gründen ins Gewissen reden. Die Äbtissin war eine kluge Frau und listig obendrein. Sie liebte es, Fallen zu stellen, lockte Antonia in gefährliche Themen und wartete gespannt darauf, ob es dem Mädchen gelingen würde, sich daraus zu befreien. Erst gestern hatte sie zu einer Mitschwester gesagt: «Dieses Kind könnte den Leibhaftigen überreden, in der Hölle das Feuer zu löschen.»

Im Schlafsaal brannte nachts eine Kerze, aber nicht deshalb, weil die Mädchen Angst vor der Dunkelheit gehabt hätten.

«Wenn sich jede von uns gut benehmen würde, könnten wir auf das Licht verzichten», stöhnte Regula.

«Wenn du ein Licht in dir hast, ist es einerlei, ob draußen eine Kerze brennt oder die Sonne.»

Alle verdrehten die Augen. Ursula ließ selten die Gelegenheit verstreichen, einen frommen Satz zu sagen.

Schwester Agneta stand in der Tür und starrte Hildegard an, Antonia sagte: «Wir mussten sie ins Bett legen, sie war eiskalt.»

«Wenn ich deine Meinung hören will, werde ich dich fragen», sagte die Schwester in dem Tonfall, der jedem Mädchen den Mund verschloss. «Außerdem habe ich nicht gewusst, dass du die Mutter unserer kleinen Zerstörerin bist. Oder eine Verwandte. Bist du das?»

«Nein, Mutter.»

«Lauter, ich bin keine Eule.»

«Nein, Mutter, ich bin nicht Hildegards Mutter und auch nicht mit ihr verwandt.»

Befriedigt wollte sich die Schwester abwenden, als Antonia sagte: «Jemand sollte sich ihr Auge ansehen. Es ist verletzt.»

Schwester Agneta dampfte vor Wut. Als sie die Tür schloss, war es im ganzen Haus zu hören.

«War das nötig?», fragte Regula.

«Hast du dir Hildes Auge angeguckt?»

«Es ist ja nicht zu übersehen. Aber das Auge ist das eine, und dass du uns alle bei der Dogge in Verruf bringst, ist das andere.»

Wenn sie unter sich waren, trauten sie sich Dinge auszusprechen, die tagsüber schwerste Strafen nach sich gezogen hätten.

Erneut wurde die Tür des Schlafsaals aufgerissen. Schwester

Guta rauschte herein. Als Hildegards Gesicht von mehreren Kerzen erhellt war, blickte die Schwester in die Runde: «Wer hat das getan?»

Niemand antwortete, da wusste Schwester Guta Bescheid. Sie öffnete die Stoffbeutel, die sie an einem Gürtel bei sich trug und beschmierte die Haut rund um Hildegards Auge mit einer Paste. Sie beugte sich zu Hilde und murmelte: «Seltsam. Als wäre schon jemand vor mir am Werk gewesen.»

Sie blickte sich um. Katharina stand im Hintergrund und sagte mit unschuldiger Miene: «Erst wenn die Meisterin am Werk war, ist es recht.»

Schwester Guta griff in die Tiefen ihres Gewands und holte ein Fläschchen heraus. Sie zog den Korken und hielt Hildegard die Flasche hin.

«Trink.»

Hildegard roch an der Flasche und verzog das Gesicht: «Das werde ich nicht tun. Das ist ... das ist ... Ich kann nicht sagen, wonach das riecht.»

Die Schwester roch an der Flasche und konnte nichts feststellen. Sie hielt Antonia die Flasche hin. Trotz des schlechten Lichts konnten alle erkennen, wie sie blass wurde.

«Wenn es hilft», sagte Antonia mühsam, «solltest du es trinken. Es hilft doch?»

Schwester Gutas Essenzen waren berühmt, nur die alte Leonardi zwei Dörfer weiter genoss einen besseren Ruf als die Nonne. Das war auch nicht schwer, denn die alte Leonardi war eine Hexe und stand mit den Kräften der Unterwelt in engem Kontakt. Schwester Guta holte ihre Kräuter aus dem Wald, sie wuchsen an Stellen, die so geheim waren, dass Schwester Guta sie manchmal selbst nicht wiederfand. Dann musste sie hinter der Leonardi herschleichen, denn die vergaß nie eine Stelle. Man erzählte sich, dass die Hexe so gut riechen konnte wie ein Hund.

Mit großem Widerwillen ergriff Hildegard die Flasche und nahm einen Schluck. Schwester Guta legte ihre Hand auf Hildegards Stirn.

«Du bist heiß», murmelte sie und hielt erneut die Flasche hin. Hildegard flehte, aber die Schwester war unerbittlich.

«Man gewöhnt sich daran», behauptete sie. Aber das stimmte nicht, der zweite Schluck schmeckte genauso schlimm wie der erste.

«Ist sonst noch jemand krank?», fragte die Schwester und schwenkte lächelnd die Flasche.

Alle waren gesund.

Die Tür fiel ins Schloss, einen Moment war es still, dann sagte Cecilia: «Trotz allem können wir viel lernen.»

«Dich schlägt ja auch niemand», sagte Regula. «Deine zarten Hände sind heilig, weil sie so schöne Töne erzeugen.»

«Ich habe mein Spiel im letzten Jahr wirklich verbessert. Wenn ich so weitermache, werde ich bald beim Fürsten vorspielen.»

«Ich finde es nicht richtig», zürnte Antonia, «man kann auch strafen, ohne zu schlagen. Ein Tag im Keller bringt keine um. Aber Schläge sind gemein. Sie schlägt jeden Tag, und sie schlägt immer dieselben.»

Es war still im Saal.

«Ich weiß, was ihr denkt», sagte Regula. «Aber so ist es nicht. Wenn ich schuldig werde, muss ich ebenso bestraft werden wie jede andere. Mein Vater hat der Äbtissin aufgetragen, bei mir keine Ausnahme zu machen.»

Als es raschelte, rückte Hildegard zur Seite. Eine halbe Stunde war vergangen, aus den Betten ertönten gleichmäßige Atemzüge.

«Frierst du?», fragte Antonia leise. «Ich habe dir meine Decke mitgebracht.»

«Das geht nicht», flüsterte Hildegard, «dann frierst ja du.»

«Ich friere nicht so leicht. Aber du musst aufpassen, dass du keinen roten Hals bekommst und keine schmerzenden Ohren.»

«Es ist nur ... es tut so weh. Als ob mein Auge tiefer im Kopf steckt als das andere.»

«Das tut mir so leid.»

«Aber ich klage niemand an. Ich bin den Schwestern dankbar, dass sie mich aufgenommen haben. Sie mussten das nicht tun. Das habe ich dem Herrn Pfarrer zu verdanken.»

«Willst du später wirklich im Kloster leben?»

«So ist es abgemacht.»

«Aber du bist ein Bauernmädchen. Du weißt alles über das Getreide und die Tiere, was sie essen dürfen und was nicht. Im Kloster wirst du dich langweilen – und Bücher fallen lassen.»

Antonia lachte leise. Hildegard merkte das, weil Antonias Körper wackelte. Antonia lachte, wenn sie sich etwas Lustiges vorstellte. Regula lachte, wenn jemandem etwas Schlimmes widerfahren war.

«Ich weiß auch nicht, wieso mir das immer passiert», sagte Hildegard betrübt.

«Weil die Bücher nicht deine Welt sind. Das ist auch gar nicht schlimm. Du kannst lesen und schreiben. Jetzt musst du keine frommen Bücher mehr lesen.»

«Gibt es denn andere Bücher?»

«Hast du noch nie etwas über die Botanik gelesen? Über die Tiere auf der Erde? Und über die Fahrten nach Afrika?»

«Davon gibt es Bücher? Wo stehen sie? Wird Schwester Barbara sie mir geben?»

«Ich weiß nicht. Sie hat Angst vor der Dogge.»

Hildegard war gerührt, dass Antonia ihr ein Buch ans Herz legte. Dabei las Hildegard nicht gern. Jedes einzelne Wort musste sie besteigen wie einen Hügel. Wenn die anderen Mädchen ein Buch aufschlugen, flitzten ihre Augen die Zeilen entlang. Hildegards Augen brauchten Krücken.

Antonia hatte einen Arm um Hildegard gelegt, das war schön. Noch schöner war, dass sich jemand um einen kümmerte. Früher waren immer viele Geschwister zusammen gewesen. Aber nachdem die Eltern bei dem schlimmen Feuer verbrannt waren, kam ein Kind zu den Großeltern, eins zur Tante, zwei als Knechte zum Bauern, und die kleinste, Hildegard, wollte niemand haben, denn sie konnte noch nicht arbeiten. Hätte sich der Pastor nicht in Hildegards kleinen Garten verliebt, wer weiß, was aus ihr geworden wäre. In dem Garten am Fluss hatte Hildegard alles in die Erde gebracht, was sie kannte: Blumen, Wurzeln, Rüben, Kräuter. Und die Büsche trugen große Beeren.

«Das Kind hat eine Hand für Wachsen und Blühen», hatte der Pastor gesagt. «Wir sollten ihr die Gelegenheit geben, eine gute Bäuerin zu werden. Wir brauchen Menschen, die wieder aufbauen, was niedergetrampelt worden ist.»

Das war in der Zeit, als der Krieg über das Land hereingebrochen war. Die Soldaten machten sich einen Spaß daraus, über die Felder zu jagen, alle Tiere zu töten und die Pflanzen aus der Erde zu reißen. Im ersten Monat waren sie von Westen nach Osten über die Felder gejagt, im nächsten Monat stürmten sie von Osten nach Westen. Im dritten Monat streunten

Trupps von Haus zu Haus, und wenn sie fortgingen, waren Knochen gebrochen und Gänsen war der Hals umgedreht worden. Es gab keine guten und schlechten Soldaten. Jeder, der eine Uniform trug, war ein Unglück für Hildegards Familie.

Die Nacht, als die betrunkenen Kerle Fackeln auf das Strohdach des Hauses schleuderten, war das Ende von Hildegards erstem Leben gewesen.

Hildegard hatte gelernt, so still zu weinen, dass niemand im Schlafsaal es merkte. Als Antonia sagte: «Wie kann man frieren, wenn man heiße Tränen hat?», schämte sich Hildegard. Aber nicht sehr, denn vor Antonia musste man sich nicht schämen.

Antonia war eine Schwester.

3

Nach dem Aufstehen kümmerte sich Katharina um Hildegards Gesicht. Sie hielt nicht viel von Schwester Gutas Künsten. «Sie weiß nur das, was alle wissen», sagte sie verächtlich.

Katharina verschwand Richtung Küche. Hildegard wusste nicht, wie sie es fertigbrachte, ihre Kräuter zum Kochen zu bringen. Schauten die Köchinnen so lange zur Seite, bis Katharina fertig war? Oder unterstützten sie die junge Heilerin sogar? Fast jede im Kloster war von Katharina schon einmal gesund gemacht worden. Sie heilte für ihr Leben gern und hatte nur Interesse für das Heilen. Als die Äbtissin Katharina in ihre Grenzen verweisen wollte, hatte Katharina der obersten Nonne nach der Strafpredigt eine Salbe gegen ihre Warzen angerührt; dazu durfte sie seltene Wurzeln benutzen, die Schwester Guta nur ungern hergab. Katharina bekämpfte Hautausschläge, Leibschmerzen und böse Träume. Irgendwann überredete sie auch die Ängstlichste, sich ihrer Heilkunst anzuvertrauen, denn sie besaß eine Art, die die Kranken beruhigte, und machte nicht so viel Wind wie Schwester Guta.

«Was hast du zu verlieren?», lautete Katharinas Standardspruch. «Schlimmer kann es dir nicht gehen. Aber ich kann helfen. Ich wüsste, was ich wählen würde.»

Kürzlich hatte sie ein Kind aus dem Dorf geheilt, Heinrich, den fünfjährigen Sohn vom Schmied. Der Schmied beschlug die Pferde, er machte Messer, Schwerter und Türbeschläge. Er war ungeheuer stark und konnte ein Pferd in die Knie zwingen. Das schaffte sonst keiner. Aber der Schmied trank vier Liter Bier an einem Abend und manchmal noch mehr. Erst wurde er lustig, dann wurde er finster, und wenn ein Fremder in der Nähe war, fing er Streit an und schlug ihm einige Zähne aus. Dann lachte der Schmied fürchterlich, ging nach Hause, ließ seine drei Kinder antreten und verdrosch auch sie. Mit dem Lederriemen zeichnete er ihnen Striemen auf Rücken und Hintern. Wenn sie weinten, rief er: «So wirst du nie ein Schmied.» Das geschah jeden Freitag. Samstags konnte Heinrich nicht sitzen, und Katharina musste seine wunden Stellen verarzten. Der Schmied hatte Katharina verboten, sich einzumischen. Aber mit Befehlen kam man bei Katharina nicht weit.

Eben dieser Schmied wurde heute im Kloster erwartet. Der Herd in der Küche zog nicht richtig, bisweilen quoll Qualm aus dem Abzug und vernebelte Küche, Menschen und Nahrungsmittel. Regula hatte gesagt: «Am besten leiten sie den Qualm in den Speisesaal. Dann müssen wir nicht sehen, was wir essen.»

Alle hatten sie erstaunt angesehen. Regula war es doch, die stets Verständnis aufbrachte: für die strengen Schwestern; für die Kälte in allen Räumen; für das Verbot zu lachen.

Katharina kehrte aus der Küche zurück und brachte in einer Schale den heißen Saft, den Hildegard schlucken sollte. Über Nacht war die Haut um das Auge dunkel angelaufen. Das Weiße im Auge war rot und schmerzte. Manchmal verspürte Hildegard einen Schwindel und musste sich festhalten, um nicht zu stürzen.

Ergeben trank sie den Saft und sah Katharina verdutzt an.

«Was ist?», fragte Katharina.

«Es schmeckt gar nicht wie Medizin. Es schmeckt wie ... wie eine Süßigkeit.»

«Ach ja?»

Katharina verließ den Schlafsaal und Hildegard dachte: Was, wenn sie mit ihren 14 Jahren schon klüger ist als Schwester Guta?

In der letzten Schulstunde hatten sie Unterricht bei Pater Hanawald. Das war ein Mann von über fünfzig Jahren mit einem gewaltigen Leib. Man erzählte sich, er habe in der Fastenzeit 14 Karpfen auf einen Streich gegessen. Auf dem Kopf war der Pater kahl bis auf einen Haarkranz. Die Haut auf dem Schädel war dunkel, als habe ein Feuer auf dem Kopf gebrannt. Die Mädchen wussten, dass er Privatlehrer eines Fürsten gewesen war. Angeblich war er mit dem vornehmen Jüngling auch auf Reisen gegangen, bis weit in den Osten am anderen Ende der Ostsee. Hildegard fand die Vorstellung Furcht einflößend, weiter als eine Tagesreise von zu Hause entfernt zu sein.

Regula wusste, was Reisen sind. Ihr Vater, der Kaufmann, fuhr mehrmals im Jahr bis nach Reichenhall, wo es das Salz gab. Er hatte seine Tochter mitgenommen, sie waren in den besten Herbergen abgestiegen und hatten am besten Tisch das beste Fleisch bekommen. Für Regula waren Reisen ein Vergnügen.

Nach den ersten Minuten der Schulstunde hörte man im Haus Schläge, wie wenn ein Hammer auf Stein trifft. Das war der Schmied, der begonnen hatte, den Abzug instand zu setzen. Antonia zuckte zusammen, sie mochte den Mann nicht, weil er seine Kinder schlug, aber auch wegen der Art, wie er den Mädchen hinterherblickte, wenn sie an der Schmiede vorbeigingen.

Regula, die neben Antonia saß, flüsterte: «Er ist ein dummes Tier.»

Die Worte hatte der Pater nicht verstanden, aber weil seiner Aufmerksamkeit nichts entging, sah er die Abneigung in Antonias Gesicht. Er forderte sie auf, laut zu sagen, was sie bedrückte. Keine Schwester hatte jemals ein Mädchen dazu aufgefordert, von sich aus das Wort zu ergreifen. Im Unterricht schwieg man; es sei denn, die Schwester stellte eine Wissensfrage. Dann allerdings musste gesprochen werden, wenn auch nur die richtige Antwort. Wer leicht ins Plaudern kam wie Waltraut, bekam von Schwester Agneta gesagt: «Du sollst keine Predigt halten.»

Der Pater war anders. Ein Mädchen brachte Kummer, Erlebnisse, Fragen mit in den Unterricht, und er brachte sie zum Reden – ohne dass sie sich fürchten musste.

«Es ist gar nichts», behauptete Antonia.

Der Pater blickte sie an. Sein Gesicht war ernst, seine Augen lächelten. Er konnte das, keine Schwester war dazu fähig.

«Die Schläge sind's», sagte Antonia unwillig.

«Soll ich dem Mann sagen, er soll so lange Ruhe geben, bis der Unterricht vorbei ist?»

«Bloß nicht!», rief Antonia. «Er wird wütend werden, und dann schlägt er seinen kleinen Sohn.»

«Ach, mein Kind», sagte der Pater, «alle Eltern schlagen ihre Kinder.»

«Er schlägt sie, weil er Freude daran hat. Wie kann man ein kleines Kind schlagen? Kein guter Mensch tut das.»

«Und du meinst, damit ist alles gesagt?»

Der Pater versuchte sie zu reizen, um ihr Widerspruch zu

entlocken. In den ersten Wochen hatte er bei den Mädchen gegen eine Wand geredet. Jetzt bekam er regelmäßig etwas von Antonia zu hören, er hatte sie ja aufgefordert. Niemand regte sich so sehr auf wie sie. «Es sind die Regeln», sagte sie. «Wenn wir auf die Welt kommen, sind die Regeln schon da. Eigentlich müssen wir gar nichts lernen, außer wie man die Regeln beachtet. Was haben die Regeln davon, dass ich lateinisch spreche und lesen kann?»

«Sie freuen sich, dass du gehorsam bist. Die Ordnung ist es wert, dass sich alle an sie halten.»

«Aber dann ist die Schule umsonst.»

«Ist die Schule dafür da, alles umzuwerfen?»

Antonia nickte eifrig. «Ja», sagte sie, «eine Regel kann alt werden und krank wie ein Mensch, Tier oder Baum. Irgendwann kommt ein junges Tier, ein kleiner Baum. Wo soll der hin, wenn sich überall die Regeln breitmachen wie Efeu, der alles bedeckt?»

Pater Hanawald war hingerissen. In dieser Antonia wohnte Leidenschaft. Sie nahm die Welt nicht einfach hin wie die anderen. Sie stellte Fragen. Die Fragen ließen Leben in die Gedanken wie ein offenes Fenster frische Luft ins muffige Haus brachte. Hanawald war seit fast dreißig Jahren Pater und fast genauso lange Lehrer. Er hatte tausende von Kindern gesehen – kluge und dumme. Noch das Klügste hatte seine Klugheit darauf beschränkt, besonders leicht Latein zu lernen, ein besonders gründlicher Schreiber oder ein Geistlicher mit laut tönenden Predigten zu werden. Aber Antonia war zu jung, um schon einen Beruf auszuüben. Außerdem war sie nur ein Mädchen und würde keinen Beruf ausüben, sondern heiraten und ihrem Mann gehorsam sein oder ins Kloster eintreten.

Nichts von dem, was Antonia äußerte, stand einer gehorsamen Ehefrau gut zu Gesicht; und eine Nonne mit solchen Gedanken würde aus dem Kloster gewiesen werden.

Nein, gehorsam war diese Antonia nicht; in ihr arbeitete es von morgens bis abends. Wenn sie die Gelegenheit hatte zu diskutieren, blühte sie auf. Wie sie da in ihrer Bank stand, in dem schlichten Kleid, sah Pater Hanawald einen Menschen vor sich, der ihn an jemand erinnerte, den er vor vielen Jahren gekannt hatte: leidenschaftlich, heißblütig, beweglich, vielseitig interessiert. Vor vielen Jahren hatte es einen Jungen gegeben, Lorenz Hanawald, der war so gewesen wie diese Antonia. Heute wog er doppelt so viel, hatte nur noch jedes zehnte Haar und führte ein Leben voller Gewohnheiten. Antonia war alles, was er nicht geworden war. Deshalb reizte der Pater die Mädchen mit seinen Einwänden dazu, ihre Gedanken geschmeidig zu halten. Sie sollten nach Umwegen im Denken suchen, sollten sich nicht mit der zweitbesten Lösung zufriedengeben.

Antonia sagte: «Kein Tier schlägt seine Jungen. Tiere sind dumm, Menschen sind klug. Warum dürfen die klügsten Lebewesen die dümmsten Dinge tun?»

«Weil das die Freiheit des Handelns ist. Es gibt die Freiheit, klug zu handeln oder dumm zu handeln.»

«Dann brauchen wir eine Regel.»

«Ich denke, es gibt zu viele Regeln.»

«Aber zu wenige gute. Ich tausche zehn alte Regeln gegen eine neue ein.»

«Ursula, was meinst du dazu?» Erschreckt fuhr Ursula in die Höhe, sie hatte nicht damit gerechnet, in diesen Streit hineingezogen zu werden.

«Ich kenne das Kind gar nicht», sagte sie ausweichend.

«Glaubt du, es ist wichtig, das Kind persönlich zu kennen?» Mürrisch starrte sie den Pater an. Von allen Geistlichen mochte sie diesen am wenigsten. Er war überhaupt nicht fromm, an manchen Tagen betete er nicht einmal mit den Schülerinnen. Sie durfte sich auch gleich wieder hinsetzen, denn der Pater erkannte, wer das Gespräch mit Widersprüchen suchte und wer seine Ruhe haben wollte. Pater Hanawald wollte sich um die Fragen des Widerspruchs kümmern. Denn auch der Widerspruch war Teil der Schöpfung.

4

Im Februar gab es auf den Feldern nichts zu arbeiten, aber auch im Februar mussten die Menschen essen. Deshalb fuhr einmal in der Woche ein Pferdefuhrwerk vom Kloster ins Dorf, um die Bewohnerinnen mit dem Nötigsten zu versorgen: Mehl, Milch, Käse, Eier, Fleisch, Rüben, Zwiebeln und Schmalz.

Der Erste, dem sie im Dorf begegneten, war der Schmied. Auf dem Hauptweg war der Schnee festgetreten und dadurch glatt. Die vier Mädchen auf dem Wagen wurden Zeuginnen, wie der Schmied erst torkelte, dann das Gleichgewicht verlor und stürzte. Sie hatten das Gefühl, als würde der Boden beben. Schimpfend rappelte sich der Riese auf. Als er sah, dass sein Unglück Zeugen hatte, beschimpfte er die Mädchen und den Knecht, der den Wagen lenkte.

«Er ist wieder betrunken», sagte Antonia verächtlich.

«Guckt woandershin», röhrte er.

«Ihr solltet nicht so viel trinken», rief Katharina ernsthaft.

Er wollte die Hände in die Seiten stützen, war aber zu betrunken. So hielt er sich an einer Hauswand fest und sagte: «Wenn ich von morgens bis abends beten könnte, hätte ich auch so zarte Finger wie die vornehmen Damen.» Er versuchte einen Diener und wäre beinahe wieder umgefallen. «Unsereins muss hart arbeiten», sagte er, «Frau faul, Kinder faul. Liegen auf dem Stroh und schnitzen Männchen aus Holz. Weiberkram. Muss man ihnen austreiben.»

Er wandte sich gerade ab, als Antonia sagte: «Ihr schlagt aber nicht wieder Euren kleinen Sohn.»

Der Schmied drehte sich um. Er hatte gelbe Augen wie ein Luchs, und so listig wie ein Luchs schaute er Antonia an: «Die Äbtissin ist aber jung geworden.»

«Bin nicht die Äbtissin. Bin Antonia.»

«Ach ja? Warum redest du dann mit einem erwachsenen Mann, als ob du etwas zu sagen hättest? Ich gebe ihnen zu essen. Ich hacke das Holz für den Ofen. Und wenn ich Lust habe, ihnen das Fell zu gerben, frage ich nicht um Erlaubnis.»

«Das ist nicht recht», sagte Antonia.

«Du regst mich auf», knurrte er. «Ihr Faulpelze aus dem Kloster regt mich alle auf. Betet lieber und brabbelt euer fremdes Zeug, was kein anständiger Mensch versteht. Ich verdresche jetzt den Heinrich und werde ihm bei jedem Hieb schöne Grüße von euch ausrichten.»

«Das werdet Ihr nicht tun!», rief Antonia.

Die Freundinnen zogen sie zurück, damit sie endlich Ruhe gab. Aber Antonia regte dieser Mann auf. Er war nur stark, sonst war alles an ihm dumm. Sein kleiner Sohn war zart und leicht wie eine Katze.

Grimmig lachend schwankte der Schmied davon, ein Bild schierer Kraft und fehlenden Gleichgewichts. «Wo steckt ihr Lumpen?», bölkte er. «Macht euch auf eine Tracht gefasst!»

Wer ihm entgegenkam, machte sicherheitshalber einen Bogen.

Katharina sagte: «Wir sollten ihn nicht mehr ins Kloster

lassen. Bestimmt trägt er Krankheiten mit sich. Nicht nur Läuse und Flöhe.»

«Ist das alles, was dich interessiert?», rief Antonia. «Ob auf ihm ein Floh herumspringt? Und ihr, was ist mit euch? Tut euch der kleine Junge gar nicht leid?»

Doch, Hildegard und Cecilia dachten an den Jungen. Aber vor allem dachten sie an den Schmied und seinen Zorn. Der Mann war der stärkste von allen Männern im Dorf. Er hatte einen Soldaten, der die Muskete auf ihn angelegt hatte, gegen die Wand geworfen. Danach hatte er die Muskete über den Oberschenkel gelegt und in der Mitte durchgebrochen. Den Soldaten hatten seine Kameraden weggetragen, er hatte keinen Laut mehr von sich gegeben.

«Wir können nichts gegen ihn machen», sagte Hildegard. «Wir haben alles und fahren jetzt nach Hause.»

«Ihr wisst, was er tun wird?», fragte Antonia.

«Der Kleine wird einen Backs bekommen», sagte Cecilia.

«Einen Backs», wiederholte Antonia fassungslos. «Er bekommt Schläge. Wie mit dem Hammer.»

Der Wagen zog an, die Mädchen mummelten sich gegen die Kälte ein. Jede hatte ein Tuch um den Kopf geschlungen, aus dem nur Augen und Nasenspitze herausschauten. Der Knecht Jakobus trug kein Tuch, nicht einmal eine Mütze. Er behauptete, dass ihm die Kälte nichts ausmachte.

Jakobus hatte die beste Sicht, aber es war Hildegard, die nur mit einem gesunden Auge ausgestattete Hildegard, die den Jungen entdeckte. Er versteckte sich vor dem vorbeirollenden Wagen hinter einem Holzhaufen. Hildegard wollte die Beobachtung für sich behalten, aber als sie hochschaute, traf sie auf Antonias Blick, er war aufmerksam und sehr misstrauisch. Hildegard schüttelte den Kopf, viel eifriger als nötig gewesen wäre. Antonia schlug Jakobus auf den Rücken, der Wagen hielt. Ein kleines Gesicht schaute neugierig hinter dem Holzstapel hervor.

Er war viel zu dünn angezogen. So sah ein Kind aus, das gerade aus der warmen Küche nach draußen gelaufen war und keine Gelegenheit gehabt hatte, sich etwas überzuziehen. Sein Gesicht war nicht sauber, die Ohren standen ab, die Haare waren zerzaust, die Augen voller Angst.

Antonia hockte sich vor ihn, fasste seine Hände. Sie waren eiskalt und zierlich.

«Du bist Heinrich», sagte sie sanft.

«Woher weißt du denn das?», kam es erstaunt zurück.

«Warum läufst du draußen herum? Es ist viel zu kalt.»

Er senkte den Kopf. Antonia fasste unter sein Kinn und hob den Kopf an.

«Ist es der Vater?», fragte sie.

Die erste Träne lief.

«Hast du Angst, dass er dich haut?»

Noch mehr Tränen liefen, er wischte sie gleich fort, aber es waren zu viele.

«Es tut so weh», sagte er leise. «Ich kann dann gar nicht schlafen, weil ich nicht weiß, wie ich liegen soll.»

Antonia schob seine Ärmel hoch, auf einem Arm war eine frische Schramme. Obwohl es bitterkalt war, zögerte sie nicht und zog seine Hemden in die Höhe. Brust und Rücken von Heinrich waren grün und blau geschlagen.

Antonia atmete tief ein. Die anderen Mädchen und Jakobus standen hinter ihr. Alle sahen, dass Heinrich, wenn er einatmete, Schmerzen hatte.

«Dieser Teufel», murmelte Katharina.

«Er meint das nicht böse», behauptete Cecilia. «Er hat sein Kind bestimmt lieb.»

Aber die Striemen waren furchtbar. Die Haut war aufgeplatzt, alles war rot und frisch.

Antonia sagte: «Wir nehmen ihn mit.» Überraschung auf allen Gesichtern.

«Das ist nicht dein Ernst», sagte Cecilia.

«Willst du, dass er ihn totschlägt?», fragte Antonia. Sie wickelte ihr Tuch vom Kopf und verpackte Heinrich darin. Einen Moment war sein Gesicht verschwunden, dann schauten zwei ängstliche Augen und eine blasse Nase hervor.

«Er wird Ärger machen», sagte Jakobus. Er war Zeuge gewesen, wie der Schmied im Gasthaus eine Probe seiner Kraft abgegeben hatte. Damals hatten ein Tisch und zwei Stühle dran glauben müssen. Vier Männer waren nötig gewesen, um den Rasenden zu bändigen.

Alle sahen, wie Heinrich vor Kälte klapperte. Jetzt näherten sich auch noch Stimmen. Der Schmied war es nicht, aber auch Dorfbewohner konnten lästige Fragen stellen. Antonia nahm den Kleinen unter ihren Mantel und drückte ihn an sich. Die anderen bildeten einen Kreis um sie, so ging man gemeinsam zum Wagen. Sie hatten ihn einige Minuten unbeaufsichtigt gelassen, schon waren zwei Jungen dabei, den Inhalt zu inspizieren. Der Knecht verjagte sie. Antonia und Heinrich fanden Schutz zwischen Säcken, Kisten und Körben. Der Knecht trieb das Pferd an, verdutzt warf der Klepper einen Blick nach hinten. Er konnte wohl nicht glauben, dass auf einmal solche Eile angesagt war.

5

Der Wagen fuhr so auf den Innenhof, dass man mit wenigen Schritten das Langhaus erreichte, wo die Nutztiere und Wagen des Klosters untergebracht waren. Dicht an Antonia gepresst, gelangte Heinrich ins Warme, bei den Pferden war es angenehmer als draußen. Während Heinrich sich staunend umsah, war Antonia damit beschäftigt, ein Holzgitter von der Wand zu entfernen. Hildegard und Katharina kehrten zurück, beladen mit Decken. Hildegard hatte in der Eile einen blauen Wollvorhang erwischt, mit dem im Winter die undichten Fenster verhängt wurden. Antonia kniete vor einem schulterhohen Tor, das hinter dem Holzgitter in der Wand sichtbar geworden war. Sie griff in den Spalt zwischen Wand und Tor, es knackte, das Tor schwang nach innen wie eine Tür.

«Wo geht denn das da hin?», fragte Heinrich beeindruckt.

«Das ist ein Versteck», sagte Antonia. «Wir haben es im letzten Jahr entdeckt, als wir den Stall ausgemistet haben.»

«Ich nicht», stellte Cecilia klar und blickte auf ihre Hände. Das tat sie etwa fünfzigmal am Tag. Es war ein liebevoller Blick, die Hände waren ihre besten Freunde. Dass Cecilia bei Schwestern und Erwachsenen beliebt war, lag an diesen Händen, die so zärtlich die Saiten greifen konnten.

«Du nicht, weil deine zarten Finger nicht mit Pferdemist in Kontakt kommen dürfen. Aber wir anderen hatten viel Spaß am Ausmisten, und Hildegard warf mit Pferdeäpfeln, und auf einmal fiel die Holzverkleidung von der Wand. So haben wir das Versteck entdeckt. Hast du Angst, Heinrich?»

Mit strahlenden Augen schüttelte das Kind den Kopf.

«Da kann ich Verstecken spielen», sagte er.

Antonia kroch voran, er folgte, Hildegard kam auch noch. Die anderen hielten Wache.

Der Raum hinter der Wand war nur zwei Schritte breit, aber er war lang, bestimmt zwanzig Schritte. Die Wände waren nicht verputzt, natürlich gab es keinen Ofen. Die beiden Stühle und die kleine Kiste befanden sich hier erst, nachdem die Mädchen sie hereingetragen hatten. Auf der Kiste standen dicke Kerzen, die eigentlich in die Kapelle gehörten. Hildegard und Ursula kamen manchmal hierher, wenn sie allein sein wollten. Den meisten war das Versteck gleichgültig. Aber alle kannten es.

«Wofür ist das hier?», fragte Heinrich, während Hildegard ein Lager für ihn ausbreitete. Durch die Decken würde die Kälte des Bodens nicht hindurchdringen.

«Weiß nicht», sagte Antonia, «vielleicht haben sie hier früher Sättel und Zaumzeug für die Pferde aufbewahrt. Vielleicht haben sich die Menschen versteckt, wenn sie nicht gefunden werden wollten.»

«Wenn die Mörder kommen», sagte Heinrich mit großen Augen.

Antonia war froh, dass er kein Heimweh hatte. Vor dem Vater war er zwar davongelaufen. Aber es gab eine Mutter und Geschwister. Der Junge begann gleich, Stühle und Kiste zu verschieben und versuchte, einen Stuhl in die Höhe zu heben. In diesem Moment richtete sich Hildegard vom Boden auf. Aus Versehen gab sie Heinrich einen Stoß, er wurde nach vorn geschleudert und stürzte, den Stuhl festhaltend, gegen die Längswand. Alle hörten das Knacken. Hildegard dachte: Der Stuhl ist zerbrochen. Antonia dachte: Sein Knochen ist gebrochen.

Verdutzt starrten sie auf die Öffnung in der Wand. Ein Stein war verschwunden, da, wo das Stuhlbein die Wand getroffen hatte. Heinrich hatte sich nicht wehgetan. Alle drei guckten durch die Öffnung. Der Stein war auf die andere Seite gefallen. Ein zweiter Stein saß locker, man konnte ihn herausschieben. Jetzt sah man, dass hinter der Wand ein Hohlraum lag. Er war nicht leer. Aber was stand dort?

«Wir brauchen Licht», sagte Antonia.

Hildegard verschwand und kam mit einer brennenden Kerze zurück.

«Da blitzt etwas», sagte Antonia.

Heinrich hatte inzwischen einen weiteren Stein gelockert. Nun gab es kein Halten mehr. Zwei Minuten später war die Öffnung so groß, dass Heinrich hindurch passte. Sie reichten ihm die Kerze hinein. Nun konnten sie von draußen sehen, was er drinnen sah.

Vier Kisten, zwei große, zwei kleine. In die großen hätten drei der Mädchen gepasst, in die kleinen noch eine von ihnen. An den Kisten lehnten Bilderrahmen, mit Tüchern verhängt. Auf den Kisten standen Kerzenleuchter, und ein Kruzifix lag da. Das Funkeln der Edelsteine auf dem Kruzifix reichte bis zu den Mädchen.

«Eine Schatzkammer», flüsterte Hildegard.

Antonia kroch in den Pferdestall zurück und forderte die

Wächterinnen auf, den Zugang vom Stall zum ersten Raum unsichtbar zu machen.

«Wollt ihr da drin übernachten?», fragte Cecilia.

«Wir müssen etwas untersuchen», sagte Antonia.

Drei weitere Steine fielen, dann passten Antonia und Hildegard hindurch. Sie nahmen die Tücher von den Rahmen und zählten 14 Bilder. Vornehme Männer und Frauen waren auf ihnen abgebildet, ein Bild zeigte den toten Christus, ein anderes die Madonna mit ihrem Kind. Auf den meisten entdeckten sie Natur: Tiere, Früchte, Dorfbewohner beim Schlittschuhlaufen. Auf einem Bild herrschte Krieg. Zwei Heere prallten aufeinander, mit erhobenen Schwertern und langen Speeren töteten sie ihre Feinde. Über ihnen stand ein unglaublicher Himmel: weiß, schwarz, grau, dunkelblau. Unten auf der Erde war alles Blut, oben im Himmel war alles herrlich.

Hildegard nahm das Kruzifix in die Hände, sie musste mit beiden Händen zugreifen, so schwer war es. «Das ist Gold», murmelte sie beeindruckt. Die Steine leuchteten tiefrot, einige auch weiß. «Wenn das Edelsteine sind ...» Hildegard fehlten die Worte für das, was sie empfand.

Antonia öffnete die erste Kiste, Heinrich hielt die Kerze.

Die Kiste war randvoll gefüllt mit Trinkbechern, Ketten, Armreifen, Spangen. Und Münzen lagen in der Kiste, überall Münzen, kleine und große, goldene und silberne, viele Pfund, vielleicht Zentner. Alles schimmerte golden und silbern. In den kleineren Kisten lagen massenhaft Schmuckstücke.

Erst waren die Mädchen scheu, dann mussten sie alles anfassen.

«Gleich knallt es und wir wachen auf», kicherte Hildegard. Dass es so etwas wirklich gab. Es sah wunderbar aus und fühlte sich herrlich an. Hildegard hängte Antonia eine Kette um den Hals. Dann fanden sie die Krone. Sie kam auf Antonias Kopf, an ihrem Kleid steckten Spangen und Broschen.

«Wie sehe ich aus?», fragte Antonia unsicher.

«Ich weine gleich», sagte Hildegard ergriffen.

«Du siehst aus wie eine Königin», sagte Heinrich. «Wer hat das da hingestellt? Was wollen wir damit machen? Darf ich damit spielen?»

Antonia umarmte den kleinen Kerl. Er hatte so eine nüchterne Art, die naheliegenden Fragen zu stellen.

«Das ist so viel wert, dass wir uns das nicht vorstellen können», sagte Antonia.

Sie öffneten die zweite der großen Kisten. In ihr lagen Stoffe, Kleider, Decken. Sie fühlten sich herrlich an, weich und warm. Ein Kleid hielten sie in die Luft, die anderen ließen sie in der Kiste liegen.

«Das ist bestimmt wegen des Krieges», sagte Antonia. «Das ist hier, damit die Soldaten es nicht finden.»

Hildegard sagte: «Gehört der Schatz den Schwestern?»

Die Mädchen blickten sich an.

6

Hildegard brachte dem Kind das Essen in sein Versteck. Bei ihr fiel es am wenigsten auf, wenn sie sich in den Ställen aufhielt. Die Mädchen dachten pausenlos an den Schatz, jedenfalls diejenigen, die Bescheid wussten. In ihrem ersten Überschwang waren sie nicht verschwiegen gewesen. Bis sie sich geschworen hatten, das Geheimnis des Schatzes zu wahren, wussten schon zehn von ihnen Bescheid – aber keine der Schwestern. Wo sich eine Gelegenheit fand, sprachen die Mädchen leise und verstohlen über die Kisten mit dem funkelnden Inhalt, über die Bilder und das schwere goldene Kreuz. Es mussten starke Männer gewesen sein, die die Schätze in das Versteck getragen hatten.

«Unsere Leute sind dafür zu schwach», behauptete Hildegard. Im Kloster wurden die meisten Arbeiten von den Nonnen und den Mädchen erledigt. Nur eine Handvoll Männer kam aus dem Dorf, ein Maurer, ein Tischler, der Kutscher Jakobus. Der Maurer war zu alt, Jakobus zu dünn.

Antonia sagte: «Irgendjemand hat es getan, und wenn er nicht gestorben ist, weiß er, wo sich der Schatz befindet. Bestimmt sind es zwei Männer, drei oder noch mehr. Es sind die falschen Zeiten, um über Gold und Edelsteine Bescheid zu wissen.»

«Ich weiß, was du denkst», sagte Hildegard. «Sie wären längst zurückgekommen und hätten sich bedient.»

Antonia nickte. «Ich könnte das niemandem verdenken. Bevor ich meine Familie hungern ließe, würde ich alles tun, damit sie genug zu essen bekommt.»

«Die Schwestern können die schweren Kisten nicht tragen», behauptete Hildegard.

«Alleine nicht. Alles auf einmal auch nicht. Aber wenn jede etwas trägt? Und wenn sie immer nur so viel genommen haben, wie sie tragen können? Und so viel, wie sie am Körper verstecken können?»

«So könnte es gewesen sein», sagte Hildegard. «Aber dann wissen wir immer noch nicht, wem das alles gehört. Das ist so viel und es glitzert und blinkt so sehr, das muss einem Fürsten gehören oder einem König.»

«Es gibt auch reiche Bürger.»

«So reich ist keiner, der nicht von Adel ist.»

«Regulas Vater ist reich.»

Regula erzählte oft, wie es bei ihr zu Hause aussah. Fünf Bedienstete, zwölf Zimmer, und ein Vater, der bis nach Prag reiste und über die Alpen bis nach Mailand, wo er Stoffe verkaufte, die er aus England und aus dem Rheinland bezog. 40 Menschen arbeiteten für ihn, das waren so viele, wie Hildegards Heimatdorf Einwohner hatte. Regula brüstete sich nicht damit, wie reich ihre Familie war. Sie hatte nur so eine Art, bisweilen eine Bemerkung fallen zu lassen: über das Festessen für die Gäste aus England, über das Gartenfest, zu dem alle wohlhabenden Bürger eingeladen waren, wie alle «Aah!» und «Ooh» gerufen hatten, als das Feuerwerk losgegangen war, über die Privatlehrer, die zu Regula ins Haus gekommen waren …

«Wir wissen gar nichts», sagte Antonia. «Vor allem wissen wir nicht, wie lange der Schatz dort schon liegt. Einen Monat? Zehn Jahre? Hundert Jahre? Vielleicht war er einst doppelt so groß.»

«Aber das würde ja bedeuten, dass die Schwestern …»

«Sag's ruhig, Hilde. Warum sollen nicht auch Nonnen von Gold verführt werden?»

«Aber sie sind doch arm.»

«Sie führen ein Leben ohne Reichtümer. Aber wissen wir, ob sie mit dem Schatz nicht ihre Familien unterstützen? Oder ob sie anfangen, wie im Paradies zu leben, wenn sie älter sind?»

«Das glaube ich nicht», sagte Hildegard. Aber das sagte sie nur, um ihre Überraschung zu verbergen. Wie konnte Antonia Nonnen verdächtigen?

«Ihr seid zu Hause nicht reich, oder?», fragte sie eingeschüchtert.

«Nein», sagte Antonia, «wir sind nicht reich. Das weißt du doch. Ein Buchbinder ist nicht reich.»

Sie hatten oft darüber gesprochen, abends im Schlafsaal. Heimweh kannten die meisten Mädchen, aber nicht alle. Hildegard hatte keine Eltern mehr, Ursula auch nicht. Alle anderen schrieben ihren Eltern Briefe und reisten zweimal im Jahr zu ihnen. Antonia dachte oft an zu Hause, und stets sah sie das Gesicht der Mutter, als die einzige Tochter an ihrem Bett gesessen hatte. Eiskalt waren die Hände der kranken Frau gewesen, während die müden Augen voller Liebe Antonias Gesicht musterten. «Versprich mir, dass du alles tust, was ein Mädchen tun kann», hatte sie gesagt, sie konnte nur noch flüstern. Antonia hatte genickt und die Mutter hatte gesagt: «Ich wünsche mir, dass du zu den Nonnen gehst. Ich weiß, du magst sie nicht.

Aber du kannst so viel bei ihnen lernen. Gegen das Kloster sind die Schulen in der Stadt nichts. Lass dir alles beibringen, was sie wissen. Und dann geh hinaus in dein Leben und mach das Beste draus. Ich möchte, dass mein Kind glücklich wird. Dumme Menschen werden immer Diener bleiben. Halte die vier Jahre durch. Und vergiss deine Mutter nicht, willst du mir das versprechen?»

Als sie das sagte, konnte Antonia schon nichts mehr erkennen, weil ihre Augen voller Tränen waren. Aber sie konnte die kalten Hände drücken. Niederbeugen zu der todkranken Frau konnte sie sich und sie in die Arme nehmen, ganz fest. Und als sich Antonia wieder aufgerichtet hatte, war dieses Lächeln auf dem Gesicht der Mutter gewesen. Es sah aus, als wäre sie zufrieden, als wäre alles gesagt, was zu sagen gewesen war. Es waren ihre letzten Worte gewesen.

Roderich Haidhauser, Buchbindermeister aus Marburg an der Lahn, hatte lange gebraucht, um den Verlust seiner geliebten Frau zu verkraften. Vier Monate hing ein Schild an der Tür seiner Werkstatt, die verehrten Kunden sollten zum Kollegen in der Armengasse gehen. Danach arbeitete Haidhauser wieder, aber er war nie mehr der Alte geworden. Antonias großer Bruder, der sich in den Krieg verabschiedet hatte, ließ nie mehr von sich hören. Ihr kleiner Bruder war zu einer Tante aufs Land gekommen, wo er es besser haben würde als bei einem einsamen Buchbinder, der morgens vergaß, sich zu rasieren, mittags vergaß, etwas zu essen, und nachts vergaß, mehr als vier Stunden zu schlafen. Wie gern wäre Antonia zu Hause geblieben, wo man sie dringend brauchte. Sie hätte dort zur Schule gehen können, sie hätte sich ausbilden können, so gut, wie es ein Mädchen im Jahr 1636 tun konnte. Aber sie ging in die Klosterschule und wählte ein Kloster, das weit entfernt war. Denn wenn das Heimweh sie zu quälen begann, wollte sie nicht in Versuchung geraten, aus der Schule zu fliehen.

7

Sie hatten gewusst, dass es nur eine Frage der Zeit war. Aber als er dann auftauchte, erschraken sie doch. Um neun Uhr morgens ertönte Geschrei im Hof. Hildegard, die am Fenster saß, sprang auf. Im nächsten Moment waren die anderen Mädchen bei ihr, obwohl die Schwester wütend mit dem Stock aufs Pult schlug und rief: «Sofort setzt ihr euch hin.» Doch dann warf sie seufzend einen Blick auf die leeren Bänke und suchte sich selbst ein Fenster.

Getrunken hatte er nicht. Gesicht und Hals waren so rot, weil er durch den Neuschnee gestapft war. Sein Atem dampfte, genau wie der seines Bluthundes, der an der Leine zerrte. Was der Schmied rief, war nicht zu verstehen. Schwester Agneta eilte ihm entgegen. Sie redete mit dem Schmied, dann gingen beide ins Haus.

Kurze Zeit später wurden die Mädchen aus dem Unterricht gerufen. Eine nach der anderen musste im Raum der Äbtissin erscheinen, wo neben der höchsten Nonne zwei weitere Schwestern und der Schmied warteten. Als er Antonia erkannte, sprang er auf: «Das ist sie! Sie hat mir mein Kind weggenommen. Werft sie in den Turm. Oder gebt sie mir. Ich werde sie …»

«Platz!», rief Schwester Agneta. Der Schmied fiel auf den Schemel zurück.

Die Äbtissin fixierte Antonia. «Ich nehme an, du kennst den Schmied. Jeder kennt ihn, er sorgt ja selbst dafür, wenn er betrunken durch die Welt läuft und seine unzüchtigen Lieder singt.»

Der Schmied rief: «Das tut nichts zur Sache, wie viel ich trinke. Sie haben mir mein Kind weggenommen. Auf Entführung steht die Todesstrafe. Tut Eure Pflicht.»

«Mir muss niemand sagen, was meine Pflicht ist. Wenn Ihr Euch nicht angemessen benehmen könnt, muss ich Euch auffordern, nach draußen zu gehen.»

Sie wandte sich wieder Antonia zu: «Seit zwei Tagen vermisst er seinen Sohn. Anstatt bei Nachbarn nachzufragen oder in den Wäldern zu suchen, wirft er meinen Schutzbefohlenen vor, ihm das Kind weggenommen zu haben. Möchtest du etwas dazu sagen? Ich frage dich, weil ich weiß, dass du besser Bescheid weißt als die anderen Mädchen.»

«Warum sollte ich besser Bescheid wissen, Frau Äbtissin?»

«Weil sie zu dir kommen, wenn sie nicht weiterwissen. Wenn sie etwas angestellt haben und einen Weg suchen, wie sie aus dem Schlamassel herauskommen. Wir verstehen uns.»

Wie die Äbtissin sie anlächelte. Ihre Augen besaßen die Wärme einer Kreuzotter.

Antonia schilderte das Ausmaß an Trunkenheit, das sie angetroffen hatten: wie dem Schmied die Spucke aus dem Mund gelaufen sei, wie blutunterlaufen seine Augen gewesen seien, wie lautstark er gefurzt habe, wie ihm die Hemden aus der Hose hingen, so dass die Mädchen aus dem Kloster den Bauch eines Mannes ansehen mussten.

Die Äbtissin war so abgestoßen, wie Antonia es erwartet hatte. Mochte die fromme Frau auch ihre Schülerinnen geringschätzen, noch mehr verabscheute sie Männer.

Antonia sagte: «Wir haben ihn aufgefordert, seinen Sohn anständig zu behandeln. Wir haben uns verhalten wie gute Christen. Was du antust einem der Geringsten unter meinen Geschöpfen, das tust du mir an. Wir wollten verhindern, dass der Schmied Gott lästert, Verehrte Frau. Von Euch haben wir gelernt, dass man so handeln muss. Hoffentlich haben den kleinen Jungen nicht die Wölfe geholt. Wenn doch, so trägt daran dieser Mann die Schuld.»

Antonia kehrte in den Unterricht zurück. Dort drehte sich alles um die Suche des Vaters nach seinem Sohn. Die Nonne äußerte abenteuerliche Ideen: «Das Kind ist von einem Dämon geholt worden. Oder der Schmied hat es gegessen und weiß es nicht mehr, weil er ja keinen Verstand besitzt.»

Die Mädchen wisperten miteinander. In den Details hatten nicht alle das Gleiche gesagt. Aber keine hatte den kleinen Heinrich verraten, das war das Wichtigste.

Auf dem Weg vom Unterricht zu den Räumen, wo sie ihre Studien vertieften oder handwerkliche Arbeiten erledigten, traf Antonia auf die Äbtissin. Sie grüßte und wollte vorbeigehen, als die Äbtissin sagte:

«Ich mag diesen Schmied nicht, weil er wie ein Tier ist. Aber dich mag ich auch nicht. Haben wir uns verstanden?»

Zwei Tage später brachte Antonia Heinrich sein Essen. Der kleine Kerl fühlte sich in seinem Versteck wohl, er aß gut und freute sich, wenn ein Mädchen mit ihm spielte. Sie hatten ein Klopfzeichen abgemacht, zweimal, Pause, dreimal. Antonia stellte das Holzgatter zur Seite, kroch in das Versteck – und stand einem König gegenüber. Die Krone war zu groß für den kleinen Kopf und saß fast auf der Nase. Um seine schmalen Schultern trug Heinrich edle Tücher.

«Knie nieder, Untertan», tönte er mit verstellter Stimme. «Dein König hat schlechte Laune, weil seine Diener ihn hungern lassen.»

Antonia spielte das Spiel mit, sie machte einen Knicks, reichte ihm Brot und Sirup mit gesenktem Kopf.

Der König schnüffelte und sagte: «Wenn es nicht schmeckt, bist du einen Kopf kürzer.»

Als er mampfte, kroch Antonia durch die Öffnung. Zum ersten Mal war sie mit dem Schatz allein. Die tanzenden Schatten des Kerzenlichts verwandelten das Kreuz in ein Wesen, das sich bewegte. Antonia strich über die goldene Oberfläche. Wulstig ragten die Edelsteine aus ihren Fassungen heraus.

«Heinrich, Heinrich, was soll das nur werden?», sagte sie nachdenklich, als der kleine König kauend neben ihr auftauchte.

«Gute Sachen machen», sagte er. «Viel Gold, viel Segen.»

Antonia war bewusst, dass sie ihn nicht ewig verstecken konnten. Eines Tages musste eine Entscheidung fallen. Insgeheim hatte sie gehofft, der Schmied würde sich beruhigen. Dann hätten sie riskieren können, ihm seinen Sohn zurückzugeben. Aber er war genauso wütend wie vor fünf Tagen. Wer würde den Mädchen glauben, dass sie nur aus Mitleid mit dem Jungen so gehandelt hatten? Es war auch nicht gut, wenn Kind und Schatz zusammenlebten. Eines Tages würde Heinrich auf eigene Faust ins Freie kriechen. Jemand würde ihn entdecken, das war immer so: Erst ging das eine schief und dann das andere.

Antonia verbeugte sich tief: «Eure Untertanin bittet, sich zurückziehen zu dürfen.»

Der König neigte den Kopf und sagte huldvoll: «Meinetwegen.»

8

Schwester Mechthild war ein gläubiger Mensch. Gehorsam war sie obendrein. Sie brachte den Mädchen Latein und alle Techniken bei, die eine Frau im Haushalt braucht. Sie legte Wert darauf, die Freundin ihrer Schülerinnen zu werden. Die Äbtissin sah das nicht gern. An dieser Schule herrschte ein Ton, der Schwester Mechthild nicht behagte. Nie sprachen die Schwestern ein Lob aus, nie lachten sie, und nicht selten schlugen sie. Das war nicht die Welt von Schwester Mechthild. Sie galt als weich und nachgiebig, im Speisesaal war ihr Platz immer noch in der letzten Reihe. Schwestern, die später ins Kloster gekommen waren, saßen vor ihr. Mechthild fühlte sich einsam. Die Mitschwestern sahen durch sie hindurch und die Arbeitskräfte von außerhalb benahmen sich ihr gegenüber aufsässig und frech. Umso erfreuter war Mechthild, als zwei Schülerinnen sie um ein Gespräch baten, Antonia und Hildegard. Was sie ihr zu erzählen hatten, verstand die redliche Nonne zuerst nicht.

«Ihr wollt mich verulken», stieß sie hervor.

Aber die Mädchen lachten nicht. Antonia und Hildegard standen auch nicht im Ruf, Scherze zu treiben.

«Ein Schatz? Woher soll denn ein Schatz kommen?»

Antonia musste die Nonne bitten, nicht so laut zu sprechen.

Es wäre einfach gewesen, ihre Zweifel zu zerstreuen, sie hätten sie einfach ins Versteck führen müssen. Aber das durften sie nicht, denn als sie gestern vor dem Einschlafen darüber gesprochen hatten, war es schon schwer genug gewesen, die anderen davon zu überzeugen, dass es klug wäre, mit einer Nonne zu sprechen. Vielleicht gab es eine einfache Erklärung für den Schatz. Aber wenn nicht? «Dann ist es besser, wenn die habgierigen Weiber nicht wissen, wo das Gold liegt», hatte Regula gesagt. «Sprecht mit einer, wenn ihr glaubt, ihr müsst das tun. Ich werde es nicht tun.»

Jetzt saßen sie mit Schwester Mechthild in ihrer Kemenate, in der nichts weiter als ein Bett, ein Hocker und eine Kiste standen. «Natürlich weiß ich nichts von einem Schatz», sagte die Nonne. «Was stellt ihr euch denn vor?»

«Dass jemand dem Besitzer des Schatzes erlaubt hat, seinen Besitz zu verstecken, bis der Krieg vorüber ist.»

«Aber das dürfte ich doch nicht erlauben.»

«Ihr oder eine andere Schwester. Oder die Äbtissin.»

Antonia wartete darauf, dass sie die entscheidende Frage stellen würde. Aber die Schwester war zu verwirrt, um darüber nachzudenken, wo sich denn dieser Schatz befand.

Sie redeten noch einige Minuten, dann gingen die Mädchen. Schon in der Tür stehend, sagte Antonia: «Sicher werdet Ihr verstehen, dass darüber nicht gesprochen werden soll. – Nicht mit bestimmten Schwestern.»

Nach dem Abendgebet begann Mechthild, neugierig zu werden. Wo mochte der Schatz wohl liegen? Was konnte man alles dafür kaufen? Ob er so viel Geld einbringen würde, dass man zehn Handwerker davon bezahlen konnte? Zehn Handwerker, die alle Schäden im Kloster beseitigen würden, so dass niemand mehr frieren musste und sich nicht jeden Tag der gleiche Brei in den Schüsseln befand. Mechthild war eine redliche Person. Schon lange träumte sie von einer Schule, in der es im Winter nicht so zugig war; in der es die Bücher in deutscher Sprache gab, die auch diejenigen Mädchen verstanden, die Latein nicht beherrschten. In dieser schlaflosen Nacht fielen Schwester Mechthild viele Fragen ein, die sie den Mädchen stellen wollte. Aber bevor sie das tat, musste sie mit der Äbtissin sprechen. Wenn jemand von einem Schatz wusste, dann sie.

Kaum hatte Mechthild zwei Sätze ausgesprochen, besaß sie die ungeteilte Aufmerksamkeit der Äbtissin, auch wenn Mechthild so unerwartet ins Zimmer gestürmt war, dass die Äbtissin es kaum geschafft hatte, das Brett mit dem Fleisch zu verbergen.

«Ein Schatz?», sagte sie mit betont neutraler Stimme. «Ja, was für ein Schatz denn? Ist er groß, ist er klein? Wo befindet er sich? Woher wissen die Kinder davon? Warum kommen sie damit zu Euch und nicht zu mir?»

Mechthild verteidigte die Mädchen, wie sie es jedes Mal tat. Die Äbtissin verachtete sie dafür, doch heute gab es Wichtigeres. Missmutig begriff die Äbtissin, dass Mechthild nichts Genaues wusste. Aber die Vorsteherin zählte zwei und zwei zusammen. Der Schatz musste sich in der Nähe befinden. Auf welche Weise sollte die Brut von einem Schatz erfahren haben, der weit entfernt lagerte? Und wo denn? Im Dorf? Im Wald? Nein, der einzige Ort, der in diesen unsicheren Zeiten geeignet war, um ihm Wertgegenstände anzuvertrauen, war das Kloster. In den fast zwanzig Jahren, die der endlose Krieg nun schon dauerte, waren nur zweimal Soldaten vor dem Tor aufgetaucht, Hessen und Schweden. Die einen wie die anderen hatten sich damit begnügt, einen Blick in einige Räume zu werfen, bevor sie weiterzogen.

Ein Schatz auf dem Klostergelände – diese Nachricht elektrisierte die Äbtissin. Die Gebäude waren weitläufig. Selbst sie, die seit 24 Jahren hier lebte, kannte nicht jede Ecke. Und die Mädchen? Natürlich spielte Antonia die erste Geige, hier passierte nichts, wovon dieses Mädchen nichts wusste. Als würde sie vier Augen und vier Ohren besitzen! Wie schaffte sie es nur, mit allen gut Freund zu sein? Sie hatte so gar nichts Schmeichlerisches und Liebedienerisches. Es musste etwas geben, womit sie sich das Wohlwollen erkaufte. Geld konnte es nicht sein, die Äbtissin war über Antonias Herkunft informiert. Schulische Leistungen waren es nicht, dazu war Antonia nicht brillant genug. Sie gehörte in allen Fächern zu den Besseren, aber in jedem Fach gab es ein Mädchen, von dem Antonia übertroffen wurde. Sogar Regula gab sich mit ihr ab, das hatte die Äbtissin nicht für möglich gehalten. Regula war von bestem Blut, der Name des väterlichen Geschäfts besaß einen guten Klang.

Missmutig blickte die Äbtissin Schwester Mechthild an. Wie sie herumzappelte und auf ihre Unterlippe biss; wie sie sich pausenlos dafür entschuldigte, dass sie so wenig wusste. Natürlich wusste sie zu wenig. Diese Frau wusste immer zu wenig. Es reichte gerade, um den Unterricht durchzuführen. Dennoch kam die Äbtissin nicht um eine Erkenntnis herum: Es war Schwester Mechthild und nicht Schwester Agneta, an die sich die Kinder gewandt hatten. So gesehen konnte es nicht schaden, die Schwester anzulächeln.

«Gut gemacht», sagte die Äbtissin milde. «Es war richtig, zu mir zu kommen.»

«Ihr dürft aber nicht …», rief Mechthild voller Angst.

«Keine Angst, Schwester. Ich weiß, wann ich zu reden habe und wann zu schweigen. Ich werde mich kümmern, und es wird Euer Schaden nicht sein.»

Wenn die Äbtissin nachdenken wollte, ging sie nicht in die Kapelle. Dort traf sie zu jeder Tageszeit auf eine Nonne. Wenn sie Ruhe brauchte, warf sie den gefütterten Umhang um und befahl dem Kutscher, anzuspannen. Der gehorsamste Wallach, die fragile Kutsche, in der zwei Menschen Platz fanden. Heute musste der Gaul nur einen tragen, denn die Äbtissin liebte es, selbst die Zügel zu führen. Sie ließ das Pferd traben. Die Luft war kristallklar und eisig.

An der zweiten Abbiegung hatte die Äbtissin bereits eine Lösung gefunden. Man würde Antonia und Hildegard von den anderen trennen, man würde sie hart anfassen. Man würde ihnen nichts zu essen geben und nichts zu trinken. Man würde diejenigen Schwestern zu ihnen schicken, die Erfahrung im Umgang mit tollwütigen Tieren besaßen. Nach zwei Tagen würde man wissen, wo der Schatz lag. Natürlich würden sie zuerst lügen. Die Äbtissin hielt es für möglich, dass Antonia Schmerzen überstand. Aber würde sie es ertragen, Zeugin zu sein, wenn Hildegard Bekanntschaft mit der Lederpeitsche machen würde?

Gleich nach ihrer Rückkehr ins Kloster schrieb die Äbtissin einen Brief an den Bischof, in dem sie ihn bat, in drei Tagen eine Handvoll kräftiger Reiter zu schicken, um ein widerspenstiges Mädchen, das mit dem Teufel im Bunde war, aus dem Kloster wegzubringen. Am Morgen machte sich der Kutscher auf den Weg, um die Depesche zu überbringen.

Die Vorsteherin des Klosters war immer eine ungeduldige Frau gewesen. Aber die folgenden zwei Tage kamen sie besonders schwer an. Erst als es noch exakt 24 Stunden bis zur Ankunft der Häscher waren, entspannte sie sich und lächelte auch wieder.

9

Vor dem Abendessen sah Katharina nach den Tieren. Schwester Walburga hatte ihr dies untersagt, aber sie hätte Katharina fesseln müssen, um sie zu stoppen. Schwester Walburga war für den Umgang mit Schafen, Ziegen und Hühnern talentiert, aber Katharina hielt es für notwendig, Krankheiten so früh wie möglich zu erkennen. Wenn erst einmal die halbe Herde befallen war, half nur noch Schlachten.

Um zu den Ställen zu kommen, musste sie über den Hof. Sie sah die Gestalt erst, als eine Hand nach ihr griff und sie in den Stall zog. Katharina begann zu kämpfen, eine Männerstimme raunte: «Ruhig! Seid doch ruhig! Ich will Euch nichts tun.»

«Hartmann?»

Sie erkannte sein Gesicht, obwohl sie seinerzeit mehr Aufmerksamkeit für seine Hand aufgebracht hatte als für Nase und Augen.

Katharina sagte: «Wie kommt Ihr hierher? Ist es wegen der Hand?»

Eine Hand wurde in die Luft gereckt, Finger bewegten sich. «Alles in Ordnung», sagte Hartmann. «Sogar der Daumen greift wieder zu. Das habe ich Euch zu verdanken.»

«Ich war nur zufällig in der Nähe.»

«Ihr habt Euch gekümmert, obwohl Ihr es nicht musstet. Ihr habt mir geholfen, obwohl ich nichts zahlen konnte.»

Beim Baumfällen hatte ein Kollege Hartmann mit der Axt in die Hand geschlagen, im Wald zwischen Kloster und Dorf. Katharina war vorbeigekommen und hatte geholfen. Sie schreckte nicht vor Blut zurück, es machte ihr nichts aus, einen Ärmel ihres Kleides abzureißen, um mit ihm die Blutung zu stillen. Sie hatte die tiefe Wunde behandelt, mit einem Brei aus Kräutern und Blättern, aus Honig und Schneckenschleim. Fünf Wochen hatte es gedauert, bis die Wunde begann, zusammenzuwachsen. Katharina hatte nicht die Geduld verloren.

Sie bestand darauf, sich die Hand anzusehen, und forderte Hartmann auf, mit zum Haus zu kommen, wo es Licht gab. Aber er sagte: «Ihr seid in Gefahr. Morgen früh kommen die Männer des Bischofs und holen Euch ab. Antonia und eine andere sollen scharf verhört werden.»

«Um Gottes willen. Was hat Antonia denn getan?»

«Es geht um Geld, das Ihr versteckt haben sollt. Die Äbtissin will wissen, wo sich das Geld befindet, weil sie gute Werke damit tun will.»

«Der Schatz», sagte Katharina leise. «Schwester Mechthild hat geplaudert. Diese dumme Person.»

«Um sechs Uhr werden wir hier sein.»

«Wir? Wieso wir?»

«Weil ich zu den Häschern gehöre. Es ist Krieg, man muss jede Arbeit nehmen, die man bekommen kann.»

Um acht Uhr wurden die Kerzen gelöscht. Gegen halb neun warf Schwester Guta einen Blick in den Schlafsaal und schloss die Tür. 20 Minuten später waren zehn Betten leer.

Die beiden Wagen standen hinter dem Langhaus. Beatrice kümmerte sich um den kleinen Heinrich. Er war begeistert: «Eine Reise? Das finde ich toll. Du kommst bis nach Afrika und musst nichts dafür tun, weil das Pferd deine Arbeit macht.»
Zuerst versuchten sie, die Münzkisten und Gemälde durch den kleinen Durchgang zu bugsieren. Das dauerte lange und einiges passte nicht hindurch. Regula ergriff den Stuhl und drosch ihn gegen die Wand. Vier Mädchen packten jeweils ein Stuhlbein, sie stemmten und kanteten so viele Steine aus der Mauer, bis die Trennung zwischen den beiden Räumen halb verschwunden war. Genauso gingen sie bei der Mauer zum Stall vor. Draußen behielten Wachen die Umgebung im Auge.
Jakobus bändigte die Pferde. Sie tänzelten hin und her, die ungewohnten Geräusche in der Dunkelheit machten sie nervös. Die beiden Ochsen vor dem zweiten Wagen rührten sich nicht, reglos wie Denkmäler standen sie im Geschirr.
Zwei Stunden dauerte es, um alles auf den Wagen zu laden. Die Mädchen bildeten eine Kette. Schmuck, Bücher und Gemälde wanderten von Hand zu Hand. Ursula schlug vor, den Schwestern ein Andenken zurückzulassen. Darüber gerieten sie in Streit. «Nie und nimmer!», rief Cecilia. «Sie wollen uns in den Kerker werfen. Sie sollen nichts bekommen, gar nichts.»
«Auch nicht Schwester Mechthild?»
«Auch die nicht. Sie ist zu dumm, sie werden es ihr sofort wegnehmen. Wenn sie Pech hat, wird sie dafür büßen, dass die Äbtissin auf ihre Beute verzichten muss.»
Ein Wagen für den Schatz, ein Wagen für die Menschen. Sie warteten, bis im Hauptgebäude alles ruhig war und nur hinter zwei Fenstern schwacher Lichtschein zu sehen war. Jakobus hatte die Schlüssel für das Tor besorgt.

«Das vergesse ich dir nicht», sagte Antonia zu dem schmächtigen Kutscher.

«Ach, das ist doch keine große Sache», entgegnete der junge Mann. Seine Stimme verriet, wie aufgeregt er war. Antonia wusste, dass er sie gernhatte. Sie war immer freundlich zu ihm gewesen. Einen Moment hielt sie es für möglich, dass er nur mit ihnen kam, weil er in ihrer Nähe bleiben wollte. Sie zwang sich, nicht weiter darüber nachzudenken.

Jakobus trieb die Ochsen an, die den Schatz zogen. Die Mädchen krochen unter die Plane des zweiten Wagens, Heinrich fand alles furchtbar spannend. Er fragte nicht, wohin die Reise gehen sollte. Hildegard war die Kutscherin. Bis zur letzten Sekunde waren sie darauf gefasst, entdeckt zu werden.

So begann die Flucht. Sie hatten abnehmenden Mond, der Himmel war frei von Wolken. Die mitgeführten Laternen, die auf beiden Wagen brannten, dienten als Mittel gegen die Angst.

Fünf Stunden Dunkelheit lagen vor ihnen, bevor der neue Tag beginnen würde. Es wäre klug gewesen, erst zwei Stunden später zu starten. Aber sie wollten nicht riskieren, den Häschern in die Arme zu laufen. So schnell wie möglich bogen sie von dem Weg ab, den die Männer des Bischofs benutzen würden. Ihr erstes Ziel sollte ein Dorf sein, in dem entfernte Verwandte von Hildegard lebten. Aber schon bei der nächsten Abbiegung war Hildegard nicht mehr sicher, ob sie rechts oder links abbiegen mussten.

Regula fauchte: «Du bist einfach nur blöd. Du würdest dich im Bett verlaufen.»

Antonia drängte zur Eile. Jede Meile, die sie zwischen sich und das Kloster brachten, war Gold wert. Die Häscher würden auf Pferden erscheinen, sie würden eine leere Kutsche dabeihaben. Sie waren schneller als die schweren Wagen. Prompt wurde der Weg schmaler, der Schnee war nicht festgetreten, die Hufe sanken ein, die Tiere gingen vorsichtig, und weil sie langsam gingen, schafften sie es kaum, den Wagen in Bewegung zu halten.

«Alle runter!», rief Hildegard. «Wenn der Wagen leer ist, wird es gehen.»

Es ging nicht gut und nicht schnell, aber sie kamen voran. Der Schatzwagen bewegte sich im Gleichmaß der Ochsen. Jakobus war auch abgestiegen und hielt gehend die Zügel. Antonia blieb neben ihm. Sie suchte noch nach den richtigen Worten, als er schon sagte: «Natürlich habe ich schreckliche Angst davor, was sie mit mir anstellen werden, wenn ich zurückkehre. Soll ich sagen, ihr habt mich gezwungen? Ich könnte sagen, dass ihr mir wehgetan habt. Mit einem Brandeisen.»

«Jakobus, was redest du denn?»

«Katharina kriegt das fertig. Sie hat gesagt, wenn es sein muss, würde sie mir den Fuß abschneiden.»

«Das ist nicht wahr.»

«Wenn eine Mauer umstürzt und ich liege mit dem Bein unter den Steinen, und in der Ferne heulen schon die Wölfe, und der Bär hat meine Witterung aufgenommen, und die Drachen aus dem Berg werden wach, und alle kommen auf mich zu, dann, hat Katharina gesagt, dann schneidet sie mir den Fuß ab, um mich zu retten.»

Antonia warf einen Blick auf den Wagen. Sie hatten Decken über die Kisten gebreitet, über die Decken hatten sie Heu geworfen. Wer mit dem Spieß hineinstach, würde die Kisten treffen.

Eine Zeit lang gingen Antonia und Ursula nebeneinander her.

«Ich halte es da vorne nicht aus», sagte Ursula. «Regula erteilt Ratschläge. Sie verbietet ihnen, Angst zu haben.»

«Sie will nur beruhigen.»

«Das kann sie auch mit anderen Worten. Wir haben doch alle Angst. Deshalb sind wir doch weggegangen. Regula hat auch Angst. Aber sie gibt das nicht zu.»

Antonia lächelte in der Dunkelheit. Wenn Ursula nicht gerade betete oder fromme Traktate studierte, konnte sie sehr scharfsichtig sein. Aber Antonia fand es richtig, dass Regula die anderen anfeuerte. Sollten sie sich ruhig über Regula ärgern. Das würde sie von ihren Befürchtungen ablenken. Am Ende war alles so schnell gegangen. Keine fünf Minuten hatten sie miteinander gesprochen, dann war ihnen klar gewesen, dass sie verschwinden mussten. Jede von ihnen war in Gefahr. Einerlei, ob sie von den Häschern des Bischofs abgeholt werden würden oder mit Schwester Agneta allein in einem Raum zubringen mussten – alles war schrecklich, und schrecklich war auch, dass die Äbtissin nicht vergessen konnte. Sie würde herausfinden, wer von dem Schatz wusste und ihr nicht davon berichtet hatte. Die Äbtissin konnte sehr gründlich sein – im Glauben und im Hassen. Am Ende hatten zehn Mädchen den Schritt ins Ungewisse gewagt. Waltraut war zwischendurch von den Ställen in den Schlafraum zurückgekehrt, um am Ende doch auf den Wagen zu klettern.

Im Schnee zu gehen, strengte an. Nach einer Stunde meuterten die Ersten und durften auf den Wagen. Eine halbe Stunde später gingen nur noch Antonia, Regula und Beatrice. Einmal rutschte Antonia aus. Um nicht hinzuschlagen, stützte sie sich am Erstbesten ab und spürte, wie eiskalt Beatrice war. Die tat so, als wisse sie nicht, worum es ging. Man hielt eine Laterne an ihre Schuhe, die Sohlen waren durchlöchert, die Füße so kalt wie der Schnee. Sie setzten die zappelnde Beatrice auf den Wagen.

Antonia sagte: «Sei nicht dumm. Du hilfst keinem, wenn du krank wirst.»

«Wer ist krank?», rief aus dem Hintergrund hoffnungsfroh Katharina.

Regula sagte: «Wir hätten keine mitnehmen sollen, die nicht richtig angezogen ist. Die Schwächste gefährdet alle anderen.»

Ihre Schuhe waren von tadelloser Qualität. Katharina legte eine Hand auf Regulas Gesicht. Man sah von Weitem, wie sich Regulas Körper versteifte.

«Nimm die Hand weg», sagte sie mit mühsam beherrschtem Zorn.

«Nicht zu kalt», sagte Katharina seelenruhig. In solchen Momenten fragte sich Antonia, was das war mit Katharina: Hatte sie tatsächlich vor niemandem Angst? Oder war in ihrem Kopf an der Stelle, wo bei anderen die Angst sitzt, ein Loch?

Nach zwei Stunden wurde Brot verteilt. Hildegard und Ursula arbeiteten regelmäßig in der Küche. Auf Antonias Anweisung waren seit einer Woche Brote abgezweigt und an einem sicheren Ort gebunkert worden.

«Als hätte sie das gewusst», sagte Waltraut kauend zu Regula. «Als wüsste sie mehr als wir.»

«Mehr als du bestimmt», knurrte Regula leise.

Falls Waltraut ihre Worte gehört hatte, ließ sie es sich nicht anmerken. Waltraut war eine unauffällige Erscheinung. Von niemandem die engste Freundin, aber auch mit niemandem zerstritten, lief sie im Klosteralltag am Rande mit. Dass sie sich den Flüchtlingen angeschlossen hatte, wunderte niemand. Es hätte aber auch niemanden gewundert, wäre sie zurückgeblieben. Meistens war Waltraut einfach unsichtbar.

Heinrich lag schlafend im Heu. Seine vor Aufregung blitzenden Augen waren immer matter und kleiner geworden, dann war er einfach umgefallen.

In der nächsten Stunde ging es noch leidlich voran, danach kam alles zusammen. Die Tiere wollten nicht mehr, der Weg wurde schlechter, alle Mädchen waren müde.

«Schlafen ist nicht drin», sagte Regula. «Wer bei diesem Wetter einschläft, wacht nicht mehr auf.»

«Nur zehn Minuten», sagte Waltraut.

«Kein Schlafen.»

«Ganz kurz nur.»

«Hörst du schlecht? Niemand schläft. Wir gehen weiter, bis es hell wird. Unsere Radspuren sind zu sehen. Wer uns verfolgt, muss nicht einmal den Kopf senken.»

Daran hatte niemand gedacht. Zur Müdigkeit und zum Durst kam die Angst.

Hildegard sagte: «Wenn die Äbtissin sieht, dass wir weg sind, wird sie wütend sein. Wenn sie nachdenkt und erkennt, dass auch der Schatz weg ist, wird sie so wütend sein wie noch nie im Leben.»

«Sie weiß doch gar nicht, ob es den Schatz überhaupt gibt», sagte Cecilia.

«Noch ein Grund, uns zu verfolgen. Nur dann wird sie es wissen. Was soll sie sonst tun? Das gesamte Kloster absuchen lassen? Das ist viel aufwendiger, als wenn sie die Männer des Bischofs hinter uns herschickt. Ich sehe schon, wie sie sie am

Tor empfängt. Sie wird nach Westen weisen: Da lang, wird sie rufen. In die Richtung sind sie geflohen. Holt sie euch.»

«Das werden sie nicht tun», sagte Katharina. «Ihr Auftrag war, uns mitzunehmen, nicht, in der Gegend herumzuirren.»

«Die Äbtissin kennt einen Weg, damit sie Lust kriegen», sagte Regula. «Ihr bekommt den zehnten Teil vom Schatz, wird sie sagen. Vielleicht sagt sie auch: Ihr bekommt den zehnten Teil, davon muss der Bischof nichts erfahren. Sie werden begeistert Richtung Westen reiten.»

Die Worte hinterließen einen tiefen Eindruck.

«Na, wennschon», sagte Antonia. «Sie verspricht ihnen den zehnten Teil von einem Schatz, den sie nicht hat. Wir haben den Schatz, wir versprechen den Häschern das Doppelte.»

Alle Köpfe drehten sich zu Antonia um.

«Wir vergraben den Schatz einfach», sagte Hildegard eifrig. «Jetzt, hier, gleich. Oder erst hier und fünf Meilen weiter wieder einen Teil. Hier wird niemand suchen. Hier gibt es keine Menschen.»

«Aber Tiere», sagte Regula. «Wilde Schweine, Hirsche, Luchse. Im Winter graben sie die Erde um, um Futter zu finden. Im nächsten Sommer wird dieser Wald Goldwald heißen.»

«Wir müssen weiter», sagte Antonia. «Wir dürfen nicht stehen bleiben und auf sie warten.»

«Wir sollten uns trennen», sagte Regula. «Zwei Wagen, zwei Gruppen. Jeder kriegt die Hälfte vom Schatz.»

«Regula, sag mir, warum wir vom Kloster weggegangen sind.»

Regula blickte Antonia sehr aufmerksam an.

«Sag's uns», forderte Antonia sie auf. «Sind wir gegangen,

um den Schatz zu retten? Wollen wir die Beute teilen und uns mit einem Batzen Gold durch die Welt schlagen? Oder sind wir gegangen, weil uns die Schwestern gequält haben und weil sie uns sogar gefangen nehmen wollen? Ich habe Angst um euch alle. Ich habe keine Angst um den Schatz. Meinetwegen können wir ihn hier liegen lassen. Das ist mir gleichgültig. Ich will, dass wir nicht mehr geschlagen werden. Ich will, dass wir keine Angst mehr haben müssen. Ich will, dass wir zusammenhalten, wenn wir Angst haben, und dass wir dicht zusammenrücken, wenn uns kalt ist. Und wenn jemand Hunger hat und ich habe noch etwas zu essen, teilen wir uns den Rest, und ich weiß, dass jede von euch es genauso tun würde. Deshalb sind wir hier: weil wir Freundinnen sind; weil wir wissen, dass wir zusammenhalten müssen, denn allein haben wir keine Chance. Und jetzt fahren wir weiter. Nur schwache Tiere erstarren vor Angst, wenn der Luchs auf sie zuschleicht. Wir sind nicht schwach und sind nicht klein. Jakobus, treib die Ochsen an! Hilde, hör auf, die Pferde zu streicheln! Wer nicht mehr gehen kann, steigt auf. Die anderen gehen zu Fuß.»

10

Sie gingen weiter, bis es hell geworden war. In allen steckte die grimmige Kälte der langen Nacht, vier Mädchen lagen schlafend auf dem Wagen. Heinrich war zwischendurch wach geworden und hatte vor Schreck geschrien. Katharina hatte ihn beruhigt, als er sich nicht beruhigen wollte, hatte sie ihm zugeflüstert, was mit Kindern passiert, die nicht gehorsam sind. Seitdem hatte Heinrich nicht mehr die Augen geöffnet und den Mund auch nicht. Zweimal waren sie an Gehöften vorbeigekommen. Hunde hatten angeschlagen, fremde Stimmen gerufen, eilig waren sie weitergezogen. Dabei sehnten sich alle danach, einen Halt einzulegen. Die Aussicht auf eine Küche, in der ein Feuer brannte, war verlockend. Ein Krug Wasser, eine Schüssel mit Brei, ein Lager, auf dem man für eine Stunde Ruhe finden würde. Oder zwei Stunden. Aber das wären zwei Stunden gewesen, in denen die Verfolger zwei Stunden dichter an sie herangerückt wären. Die Verfolger waren nicht mit schweren Wagen unterwegs, sie hatten Pferde und kein Gepäck, und wenn sie eine Kutsche hatten, so war sie leicht und würde nicht einsinken.

«Wie lange werden sie brauchen, um uns einzuholen?», fragte Hildegard leise.

«Wenn es so weit ist, werden wir es merken», entgegnete Regula. «Bis dahin werden wir uns bewegen.»

«Wie es Antonia gesagt hat.»

«Wie es … genau. Antonia. Ihr braucht immer jemand, der euch sagt, in welche Richtung es geht.»

«Nicht alle sind gleich klug», entgegnete Hildegard treuherzig. «Sonst könnten uns die Klugen ja gar nichts mehr erzählen.»

Regula warf ihr einen prüfenden Blick zu, aber Hildegard plapperte nur vor sich hin. Regula achtete genau darauf, was andere Menschen sagten – und was sie nicht sagten. Auch aus Blicken und Bewegungen las sie eine Menge heraus. Für Regula gab es keine Zufälle.

Dann stand der Stein am Weg, der die Richtung zu der kleinen Stadt wies. Zwei Mädchen waren schon einmal dort gewesen. Es gab einen Gasthof und einen Stall für die Tiere. Das war verlockend. Aber es gab auch 400 Bewohner, von denen 398 durch den Schatz dazu verleitet werden konnten, sich den Mädchen gegenüber schlecht zu benehmen.

Sie zogen weiter. Als es zu schneien begann, dauerte es einige Minuten, bevor ihnen klar wurde, dass der Schnee ihre Spuren bedecken würde. Allerdings wussten sie nicht, ob es auch hinter ihnen schneien würde. Sie wussten gar nichts. Sie wussten nur, dass sie unterwegs waren. Sie waren von einem Punkt aufgebrochen, aber es gab keinen Punkt, zu dem sie unterwegs waren.

Der Weg wurde schlechter, jeder Schritt fiel schwer. Jakobus bestand darauf, für die Tiere eine Pause einzulegen.

Zwei Reiter kamen ihnen entgegen. Ursula stürzte auf sie zu, um sie nach einem Gasthof zu fragen oder einem Bauernhof, wo sie in der Scheune schlafen könnten. Antonia legte ihr die Hand auf den Mund, die Reiter wunderten sich, in der Schneewüste so vielen Mädchen zu begegnen. Angeblich waren sie Schreiber, die von einem Rathaus zum nächsten unterwegs waren.

«Was sollte das denn?», fragte Hildegard, als die Männer nicht mehr zu sehen waren.

Antonia sagte: «Wenn wir sie fragen, wo wir Rast machen können, werden sie jedem, der sie danach fragt, sagen, worüber wir gesprochen haben. Dann muss man nur noch zu dem Ort reiten und uns fesseln.»

«Wir dürfen mit niemandem reden?»

«Mit niemandem.»

«Dann dürfen wir doch auch nirgendwo übernachten.»

«Es wird das Beste sein.»

Weiter, immer weiter. Der Schneefall hatte abgenommen, ohne aufzuhören. Die Köpfe gebeugt, die Krägen hochgeschlagen, Schals um die Hälse, die Schuhe mit Tüchern ausgepolstert, so schleppten sie sich vorwärts. Ab und zu blickte Heinrichs Gesicht unter der Plane hervor. «Du darfst wieder sprechen», sagte Katharina und lächelte ihm zu. Aber er lächelte nicht zurück. Jakobus hatte die Tiere gefüttert. Niemand sprach mehr. Sprechen kostete Kraft, die man sinnvoller einsetzen konnte. Auf dem Wagen lagen ständig mehrere Mädchen. Manche hielten sich im Schlaf umklammert.

Die Mittagsstunde war vorüber, es hatte wieder Brot gegeben. Wer es zu hart fand, tauchte es in den Schnee. Niemand murrte, auch dazu waren sie zu müde. Längst hatten sie die

Orientierung verloren. Tief und dick hingen die Wolken. Als es schon nach Dämmerung aussah, stieß jemand einen Laut aus. Beatrice stand auf dem Wagen und deutete aufgeregt nach vorne. Aber da war alles weiß, links und rechts standen Bäume, dazwischen eine Lichtung. Beatrice wies in eine Richtung.

Es konnte eine Scherbe sein, eine Flasche, Metall, eine Rüstung, eine Schüssel, Bronze, Kupfer, was in Küchen anzutreffen war. Wo eine Küche war, war ein Haus.

Heinrich kroch auf Regulas Schultern. Zwei Mädchen hielten seine Beine fest, so stand er auf Regula wie auf einem Ausguck und blickte nach vorne.

«Kaputtes Haus», meldete der Ausguck. «Oder Stall. Alles kaputt.»

Das Haus war klein, die beiden Hütten dahinter waren Ställe gewesen. Eine Wand stand noch, der Rest war niedergebrannt, umgestürzt, von Schnee bedeckt. Am Schluss war das Dach wohl einfach eingestürzt. Zwischen Wänden und Dachbalken gab es nun Höhlen, schräg und niedrig, aber geschützt gegen den Schnee und ein wenig gegen die Kälte. In den Höhlen war der Boden trocken. Die Mädchen trugen Decken und Mäntel zusammen, jemand hatte Vorhänge mitgenommen. Die Letzten waren noch damit beschäftigt, sich ihr Lager zu richten, als die Ersten bereits eingeschlafen waren.

Antonia hatte sich vorgenommen, Wachen einzuteilen. Dann stand sie zwischen den reglosen Körpern und musste aufpassen, niemanden zu treten.

«Na, Königin, ist dir dein Volk eingeschlafen?»

Regula war aus der Dunkelheit aufgetaucht, sie trug zwei Laternen.

«Sie sind erschöpft», sagte Antonia, «ich bin es auch.»

«Ach, wirklich? Spürst du Müdigkeit? Bist du menschlich? Bist du womöglich sterblich?»

«Wie redest du denn? Wollen wir Wache halten? Ich übernehme die erste Wache und wecke dich dann. Beatrice macht auch mit, sie braucht am wenigsten Schlaf.»

Regula war gleich eingeschlafen, während Antonia, in Decken eingemummelt, vor der Ruine stand und lauschte. Tiere waren wach in den Wäldern, Tiere von der Art, die in Rudeln lebten und jagten. Sie fraßen am liebsten warmes Fleisch. In dem Buch hatte gestanden, es würde Wölfe geben, die nur Herzen fraßen, die vor zwei Minuten noch geschlagen hatten. Antonia dachte: Du musst an etwas anderes denken.

Auf der Rückseite der Ruine hatte Jakobus das kleine Feuer entzündet. Ein Feuer nur zu sehen, war in dieser Stunde Medizin. Es gab das andere Leben noch. Sie würden es bald wieder haben, mussten nur noch etwas durchhalten. Bis dahin durfte man sich nicht hinsetzen, wenn man die Wache war und alle sich auf einen verließen. Sitzen ist der Anfang vom Ende. Nicht dahin gehen, wo es warm war, wo Menschen atmeten und dich schlafend einluden, neben ihnen zu schlafen.

Nicht schlafen, nicht schlafen, ich werde nicht schlafen, es darf nicht … es darf nicht …

11

Eine Schnecke, weich und schleimig, sie kroch über die Wange auf die Lippen, von den Lippen in den Mund, den sie mit Interesse erkundete. Ursula strampelte mit den Beinen, schlug mit den Armen, sprang auf, um sie herum wurde geschrien und geschlagen. Balken stürzten ein, Körper prallten aneinander, dann standen die Mädchen mit dem Kind auf der linken Seite und die vier Männer rechts. Einer hielt die strampelnde Ursula fest, mit einer Hand verschloss er ihren Mund, den er eben noch geküsst hatte.

«Gebt sie raus», forderte Regula mit einer Stimme, die so kalt und rein war wie Eisen.

«Oha, sie können sprechen!», rief der, der Ursula festhielt. Die anderen drei hielten Flaschen in den Händen. Ihre Kleidung starrte vor Schmutz und war zerrissen. Bei einem fehlten beide Ärmel. Ihre hohen Schuhe hatten Löcher. Aber am schlimmsten waren die Waffen. Zwein hingen Musketen über den Schultern. Bei dem, der gesprochen hatte, steckte ein Säbel im Gürtel. Der Säbel war das Sauberste an dem Mann, dessen Haare verfilzt waren und dessen Hut eine Schlangenhaut zierte.

Neugierig krähte Heinrich: «Können eure Musketen richtig schießen?»

Antonia dachte: Es ist hell. Du hast zu lange geschlafen.

Sie sagte: «Lasst sie los. Seht ihr nicht, dass sie Angst hat?»

«Oh, sie hat nicht nur Angst», rief der mit der Schlangenhaut, «sie hat einiges anderes, was mir sehr an ihr gefällt.»

Aus seiner Manteltasche zog er eine Flasche, aus der er einen Schluck nahm. Er schüttelte sich, dass die Tropfen flogen, und hielt Ursula die Flasche hin. «Trink», sagte er, «davon wirst du lustig.»

Ursula schüttelte den Kopf und wehrte sich gegen die Hand, die ihren Mund verschloss. Der Mann hielt ihr die Flasche vors Gesicht und begann, die Flasche in ihren Mund zu schieben. Ursula wehrte sich.

«Lass das oder wir sorgen dafür, dass du es lässt.»

Verdutzt blickte der Mann Katharina an. Sie hielt etwas in der Hand, das klein war, aber spitz.

«Oh, nun habe ich aber große Angst», lachte der Mann.

Katharina trat nach vorne, stach zu und kehrte in den Kreis der Mädchen zurück. Der Mann starrte auf seinen Arm, dann sagte er zu seinen Kumpanen: «Sie hat mich gestochen. Sie hat mich mit dem Messer gestochen.»

«Betrachtet das als letzte Warnung», sagte Katharina. «Beim zweiten Mal wird es richtig wehtun.»

Der Mann streifte den Mantelärmel hoch, er blutete aus dem Unterarm.

«Das glaubt man nicht», sagte der Mann. Die Überraschung war größer als der Schmerz.

«Wir werden euch angreifen», kündigte Katharina an.

«Ihr! Gegen uns!»

«Wir gegen euch. Wir sind mehr, und wir sind schnell. Eine von uns könnt ihr besiegen. Wie wollt ihr gegen alle kämpfen?»

Der Wortführer trat in die Mitte und sagte: «Nun mal mit der Ruhe. Reden wir wie gut erzogene Menschen miteinander. Was seid ihr für welche?»

«Wir sind aus dem Kloster geflohen», antwortete Regula. «Sie haben uns geschlagen und es gab nicht genug zu essen.»

«Ja», sagte Antonia, «und dann kamen Soldaten und haben das Kloster geplündert. Da hatten wir nichts mehr. Da sind wir los.»

«Mutig, mutig», sagte der Wortführer und kratzte sich am Kopf. Alle Mädchen sahen, wie es aus seinen Haaren rieselte. Einiges, was da rieselte, besaß Beine und war lebendig.

«Es ist eine gefährliche Zeit für junge Frauen», sagte er. «Auf den Straßen sind nicht nur Ehrenmänner wie wir unterwegs.»

Sein Kumpan schrie auf: «Sie hat mich gebissen.»

Ursula spuckte ihn an.

«Und angespuckt hat sie mich.»

Ursula trat ihm mit voller Wucht auf den Fuß und sagte mit verstellter Stimme: «Jetzt hat sie mich auf den Fuß getreten.»

Dann wechselte Ursula die Front, die Männer hinderten sie nicht daran.

Der Wortführer sagte: «Ihr müsst entschuldigen, aber meine Begleiter sind die Gesellschaft von Damen nicht gewöhnt. Sie kennen nur liederliche Frauenzimmer in den Gasthäusern.»

«Und ihr», sagte Regula mit falscher Freundlichkeit, «erzählt uns von euch.»

«Wir vier sind Meister der Konversation. Wir gewinnen unsere Schlachten nicht mit Kämpfen, sondern mit Plaudern.» Er vollführte einen übertriebenen Kratzfuß und erzählte die Geschichte, die jedes Mädchen kannte. Es war die Geschichte von vielen Männern in den Jahren des Krieges, der schon getobt hatte, als die Älteste von ihnen geboren worden war. Vier Männer aus dem Norden, alle aus armen Verhältnissen, alle auf der Suche nach einem Auskommen; viele Jungen gingen zu den Soldaten, man hatte dort ein sicheres Einkommen. Und wenn man sich geschickt anstellte, konnte man seine Einkünfte noch aufbessern.

«Ihr redet vom Plündern», sagte Katharina scharf.

«Was für ein hässliches Wort», entgegnete der Soldat grinsend. «Wenn du viel herumkommst, kommst du an Orte, wo etwas herumliegt, wo jemand sein Haus verlassen hat und alle Türen stehen offen. Das ist wie eine Einladung.»

«Das ist Diebstahl.»

«Nicht im Krieg. Wenn wieder Frieden ist, magst du es Diebstahl nennen. Der Mensch muss essen und trinken.»

«Soldaten müssen töten.»

Der Mann hielt den Mädchen die Innenseiten seiner Hände entgegen. «Diese Hände haben noch keinen Menschen getötet. Jedenfalls keinen, der nicht Soldat war. Wir sind nicht im Blutrausch, das sind nur Tiere. Soldaten treten gegen Soldaten an, das Signal ertönt, dann hast du die Wahl: leben oder sterben. Wenn du sterben willst, musst du nichts tun. Wenn du leben willst, musst du schnell und geschickt sein. Wir kennen den Unterschied. Euch werden wir nicht töten, mit euch werden wir Spaß haben.»

Die Bedrohung war wieder da.

Der Wortführer schnappte sich den kleinen Heinrich und nahm ihn auf den Arm. Erst zappelte Heinrich, dann entdeckte er die Schlangenhaut auf dem Hut und musste sie dringend untersuchen.

«Warum seid ihr so wenige?», fragte Antonia.

«Wir waren viel mehr. Wir waren ein Heer, wir hatten sogar Pferde.»

«Aber?»

Zum ersten Mal bröckelte seine markige Fassade. «Es gibt bessere Zeiten und schlechtere Zeiten.»

«Wollt ihr, dass die Zeiten für euch wieder besser werden?»

Oh, wie breit er grinste und wie dabei seine untere Zahnreihe entblößt wurde, von der nur noch zwei Zähne vorhanden waren.

«Sie sind gerade besser geworden», sagte er.

Antonia bedauerte ihn. Er war ein armer Kerl, aber er und seine Kameraden besaßen Musketen. Heinrich stand wieder auf dem Boden und hielt sich furchtlos bei den Soldaten auf. Einer von ihnen schäkerte verstohlen mit dem Jungen herum.

Antonia sagte: «Wir werden verfolgt.»

«Ihr habt jetzt starke Beschützer.» Wieder dieses Grinsen.

«Der Bischof hat seine Leute hinter uns hergeschickt. Sie tragen gute Kleidung und jeder hat ein Pferd.»

«Wo stecken sie denn? Ich sehe sie nicht?» In übertriebener Weise reckte er den Hals.

«Sie befinden sich zwischen dem Kloster und uns, sie nehmen den kürzesten Weg. Ihr kennt euch hier nicht aus?»

«Schöne Dame, wir sind seit Monaten zwischen dem Baltischen Meer und der Donau unterwegs. Es gibt wenige Stellen auf Gottes Erde, die wir zweimal betreten. Das ist auch gut so, bewegliche Ziele trifft man schlechter.»

Antonia war enttäuscht. Wenn die Soldaten den Weg nicht kannten, würden sie sie nicht loswerden. Sie musste sich eine andere …

«Ich führe sie hin», sagte Jakobus.

Plötzlich stand er zwischen Mädchen und Soldaten. Die waren überrascht, bis eben war von dem Kutscher nichts zu sehen gewesen.

«Ein Kavalier», sagte der Wortführer. «Wo hat er sich versteckt? War er mit einer Schönen im Wald? Hat er dort gefunden, wonach er gesucht hat?»

Er jagte Jakobus Angst ein, aber der Junge riss sich zusammen und sagte: «Ich kenne den Weg, ich führe euch hin. Sie kommen vom Bischof, es sind Edelleute.»

«Wie viele, sagtet ihr, sind es?»

«Fünf, höchstens fünf», rief Antonia.

Der Wortführer kratzte sich das unrasierte Kinn, danach den Hals. Mit Interesse betrachtete er, was zwischen Daumen und Zeigefinger steckte, bevor er es zerquetschte.

«Fünf Pferde», sagte er. «Und ein Wams, das gut riecht. Die Kirchen-Schwengel riechen gut.»

Antonia nickte eifrig. Auch die anderen Mädchen begannen nun, die Soldaten zu bestärken. Sie wurden immer zuversichtlicher, als der Wortführer sagte: «Und welche von den jungen Damen begleitet uns?»

Die zuversichtliche Stimmung fiel zusammen wie ein Kartenhaus.

«Wir müssen zusammenbleiben», behauptete Antonia.

«Unsinn», kam es hart zurück, «ihr seid so viele, es fällt gar nicht auf, wenn ihr eine weniger seid. Wem steht der Sinn nach der Gesellschaft von vier gut gebauten Mannsbildern, die euch ritterlichen Schutz gewähren?»

Er lachte sein zahnloses Lachen, die Kumpane stimmten ein.

Die Mädchen wehrten sich, aber die Soldaten forderten ein Mädchen. Und sie bekamen langsam schlechte Laune.

Der Wortführer zog seinen Säbel, alle wichen zurück. Er sagte: «Wir machen es so: Wir holen uns von den jungen Damen einen Finger, alle fünf Minuten einen. Erst von dir einen, dann von dir einen, dann von dir, die Reihe nach, bis jeder von euch einen Finger gegeben hat. Danach fangen wir wieder links an und arbeiten uns nach rechts vor. Habt ihr das verstanden? Daran stirbt man nicht, es soll euch bloß helfen, noch einmal nachzudenken. Bin ich verstanden worden? Fein, ich mag es, wenn man mich versteht. Wer will anfangen? Du, tritt nach vorne.»

Katharina sah ihn verächtlich an und bewegte sich nicht. Cecilia begann zu weinen. Jakobus trat vor den Wortführer: «Das erlaube ich nicht.»

Der Wortführer sah den Burschen an, von oben bis unten. Bevor es geschah, wusste Antonia, dass es geschehen würde. Plötzlich lag Jakobus am Boden, ein Fuß stand auf seiner Brust, der Wortführer sagte: «Was willst du denn spenden, mein tapferer junger Freund? Hast du ein Teil, für das du keine Verwendung mehr hast? Wir könnten uns auch mit dem Kind beschäftigen.»

«Nehmt mich», sagte Waltraut und trat vor den Wortführer. Er starrte sie an, grinsend, prüfend. Sie hielt seinem Blick stand. Er sagte: «Eine gesunde junge Frau, gelenkig und gehorsam. Du wirst uns nicht davonlaufen oder?»

«Ich laufe nicht weg», sagte Waltraut. «Ich bin gehorsam und gesund.»

«Überall? Am ganzen Körper?»

«Ich wasche mich und ich habe keine Flöhe wie ihr.»

Antonia sah, wie Katharina die Feile packte. Einen würden sie überwältigen, vielleicht zwei. Aber wenn auch nur einer dazu kommen würde, einen Schuss abzufeuern, würde es ein Blutbad geben. Antonia legte ihre Hand auf Katharinas Arm und schüttelte den Kopf. Katharinas Gesicht zeigte die Entschlossenheit, die jede kannte, die von ihr schon einmal behandelt worden war. Sie deutete in eine Richtung, Antonia erschrak. Unbemerkt von den Soldaten stand dort Heinrich und hantierte mit einer Muskete. Wann hatten die Soldaten ihre Waffen abgestellt? Antonia rief leise nach dem Kind. Er fand die Muskete interessanter und trennte sich nur widerwillig von ihm. «Warum tust du das?», wisperte Katharina wütend.

«Weil ich nicht will, dass dem Kind etwas passiert. Sie reißen ihm den Kopf ab.»

Die Soldaten umringten Waltraut. Antonia wurde übel. Sie mussten das verhindern. Waltraut drehte sich um. Die Blicke der beiden Mädchen begegneten sich. Leise sagte Antonia: «Tu das nicht.»

Aber Waltraut guckte so zuversichtlich, sie wirkte auch gar nicht ängstlich. Und wenn sie einen Plan hatte? Wenn sie die Soldaten nur von den Mädchen ablenken wollte? Wenn sie die erste Gelegenheit nutzen wollte, um in den Wald zu laufen? Sie war jung und leicht, auf dem Schnee würde sie schneller vorankommen als die schweren Männer, die erschöpft waren. Ja, so würde es sein, Waltraut hatte einen Plan. Antonia lächelte sie an und der Wortführer rief:

«Das Geschäft ist abgemacht.»

Die Soldaten standen mit Waltraut und Jakobus schon auf dem Weg, als sich der Wortführer noch einmal zu den Mädchen umdrehte, die von der Hausruine mitgekommen waren.

«Ich will kein Unmensch sein», sagte er. «Es hat mir mein mitfühlend' Herz gebrochen, als ich euch vorhin alle im Dreck liegen sah. Wenn ihr den Weg in dieser Richtung geht und viermal links abbiegt, wundert euch nicht, wenn ihr etwas seht, was ihr nicht erwartet. Mehr wird nicht verraten, es soll ja eine Überraschung sein.»

«Stellt ihr uns eine Falle?», fragte Regula.

Die Hand des Wortführers lag auf seinem Herzen: «Könnte ich schöne Frauen in eine Falle locken? Es hat mich gefreut, eure Bekanntschaft gemacht zu haben. Ich mag mutige Frauen. Gäbe es mehr von eurer Art, wäre der Krieg längst zu Ende.»

Er legte die Hand an seinen Hut, zögerte, nahm den Hut und riss die Schlangenhaut ab. Wie ein Blitz war Heinrich bei ihm und kehrte zu den Mädchen zurück, die Schlangenhaut stolz an seine Brust drückend. Der Wortführer folgte seinen Kumpanen, die nicht gewartet hatten. Zwischen ihnen gingen Jakobus und Waltraut. Als sich der Kutscher noch einmal umdrehte, schnürte es Antonia den Hals zu. Waltraut drehte sich nicht um.

Zwei Stunden später trauten sie sich in den Wald. Zwischen den beiden Wagen und der Hausruine standen die Bäume so dicht, dass ein Sichtkontakt vom Haus aus nicht möglich war. Jakobus hatte gestern darauf bestanden, die Wagen zwischen die Bäume zu fahren. Die Mädchen hatten ihn verspottet. Jakobus war es jetzt zu verdanken, dass der Schatz nicht entdeckt worden war. Pferde und Ochsen auch nicht, sie hätten einen prächtigen Braten für die ausgehungerten Soldaten abgegeben.

In aller Eile brachen sie auf. Eine Gruppe lehnte es ab, viermal links abzubiegen. «Von diesen Kerlen haben wir nichts Gutes zu erwarten», sagte Ursula. «Habt ihr bemerkt, wie sie gerochen haben? Sie haben sich seit Monaten nicht gewaschen.» Sie griff sich an den Hals, schlug zu, betrachtete ungläubig ihre Hand und hielt Antonia die Hand hin. «Zwei Flöhe auf einen Schlag bringen Glück», entgegnete die trocken.

Der Streit war kurz. Er endete mit dem Entschluss, viermal links abzubiegen. «Ich gehe voran», sagte Antonia. «Zur Not allein.»

Als es so weit war, befand sich Beatrice an ihrer Seite.

«Danke», sagte Antonia, «zu zweit ist es schöner. Und mit dir ist es besonders schön.»

Beatrice lächelte und drückte Antonias Hand. Um ihren Hals baumelte die Schiefertafel, auf die sie ihre Mitteilungen zu schreiben pflegte. Beatrice hatte sich angewöhnt, knapp zu schreiben, nur einen halben Satz oder einzelne Wörter.

Beatrice war stumm. Mit ihr zusammen zu sein, erzeugte eine besondere Atmosphäre. Da die Freundin nicht sprach, redete Antonia allein. Um Beatrice nicht zu zwingen, ständig die Tafel zu benutzen, hatte Antonia sich angewöhnt, so zu reden, dass Beatrice mit Ja oder Nein antworten oder durch Gesten ihre Antworten zeigen konnte.

Hoch und dicht standen die beschneiten Bäume bis an den Weg. Es war, als würde man durch einen Tunnel gehen. Jedes Mal, wenn Schnee zu Boden stürzte, zuckten die Mädchen zusammen.

Der Wald trat zurück und öffnete sich auf eine weite Fläche. Büsche wuchsen hier und junge Bäume, alles wurde durchsichtiger, heller und freundlicher.

«Wir sollten vorsichtig sein», sagte Antonia. Beatrice hielt ihr die Tafel hin. «Dorf.» Ja, vielleicht würde jetzt ein Dorf kommen, und dies waren Flächen, auf denen Häuser gebaut werden sollten oder im Sommer Vieh weiden würde. In dem Moment, als Antonia links einen dünnen Rauchfaden zu entdecken glaubte, packte Beatrice stürmisch ihren Arm.

12

Aus dem Boden wuchsen Mauern bis zum Himmel. Über die Mauern ragten Türme, zwischen den dicken Türmen der Abschluss eines Dachs. Die Mauern waren mit Efeu, Knöterich und wilden Rosen bewachsen, durch den vielen Schnee sahen die Ranken aus, als sei die Mauer mit weißen Adern durchzogen.

«Ein Schloss», sagte Antonia staunend und blickte auf die Schiefertafel. «Burg.»

Das Tor stand offen, die Zufahrt war hoch eingeschneit, Spuren vieler Tierfüße. Die Mädchen sanken bis zu den Knien ein. Beatrice zupfte Antonia am Arm. «Auf andere warten.»

«Ja, ja», murmelte sie und ging weiter. Sie mussten sich den Eintritt in den Innenhof regelrecht erarbeiten. Hier hatte der Wind den Schnee auf einer Seite hoch aufgetürmt, die andere Seite war frei. Staunend standen sie im Hof, blickten in die Höhe und drehten sich im Kreis. Der Innenhof war groß, hier konnten Pferdekarren rangieren. Links schloss die Burg den Hof ein, rechts standen Nebengebäude, nur zwei Geschosse hoch mit spitzen Dächern. Soweit der Schnee ein Urteil zuließ, war alles vernachlässigt und lange nicht benutzt worden, aber eine Ruine war es nicht. Die Menschen, die hier gelebt hatten, waren schon vor langer Zeit gegangen, aber nicht vor hundert Jahren, sondern vielleicht vor fünfzehn oder zehn.

Ein doppelflügeliges Tor führte ins Innere der Burg, im rechten Torflügel gab es eine Tür. Eine breite Treppe mit steinernem Geländer führte zum Eingang der Burg, der von einer schwarzen Eisentür verschlossen war. Die Fenster waren schmal und hoch, an einigen hingen Fensterläden, an einigen nicht. Antonia zählte drei Geschosse, das Dach war hoch und spitz. Die Burgkörper knickte ab, so wurde der Hof praktisch auf zwei Seiten von der Burg eingefasst.

Die niedrigen Gebäude waren wohl für das Vieh und landwirtschaftliche Geräte gedacht. Vielleicht war in den Gebäuden das Waschhaus untergebracht oder eine Schmiede. Vor allem wurden hier wohl Getreide, Rüben, Heu gelagert. Und natürlich Holz, mit dem geheizt wurde. Die meisten Tore der Nebengebäude standen offen. An den Außenwänden lagen geflochtene Körbe, sie waren fast zerfallen.

Hinter sich hörten sie Stimmen. Staunend blickten sich die anderen Mädchen im Innenhof um.

«Das ist ja riesig», murmelte Hildegard. «Wofür braucht ein Mensch so viel Platz?»

«Fürsten», flüsterte Cecilia, «Könige, Prinzen, die brauchen so viel Platz.»

«Es ist nicht so groß», sagte Katharina.

«Du musst es ja wissen.»

«Stell dir vor, kleine Bäuerin, ich weiß es tatsächlich.»

«Weil du von einem Schloss stammst.»

«Weil ich Schlösser besucht habe, um Menschen gesund zu machen. Einige waren so groß wie hier. Einige waren größer. Hier ist nichts, wovor man niederknien müsste.»

«Wer wohnt hier?», fragte Hildegard. «Warum sehen wir keine Menschen? Sie müssen uns doch bemerkt haben.»

«Und wenn sie ... wenn sie tot sind?»

Alle blickten Ursula an.

Regula sagte: «Dafür, dass du jeden Tag mit Gott redest, hast du es für meinen Geschmack zu oft mit dem Tod.»

Antonia entfernte sich von der Außenwand. Wenn man dicht vor dem Gebäude stand, sah man zu wenig. Dieses Schloss war nicht bewohnt, wer würde bei diesen Temperaturen die Türen offen lassen? Antonia stellte sich die toten Körper vor, in jedem Raum würden sie eine Leiche finden, in manchen zwei oder zehn. Nur noch Haut und Knochen.

Sie sah, wie Regula auf die Treppe zuging.

«Tu das nicht!», rief Maria. «Sie werden dich mit Pech übergießen.»

Regula drehte sich nicht um und hielt nicht an. Antonia folgte ihr. Vielleicht brauchten die Bewohner Hilfe. Das mit den Toten war nur ein unheimlicher Gedanke. Wahrscheinlicher war, dass die Menschen krank waren.

Antonia rief: «Katharina, wenn es die Pest ist ...?»

Überraschte Gesichter, ängstliche Mienen.

Katharina sagte: «Dann sind alle tot.»

«Dürfen wir dann hineingehen?»

«Wir müssen, sonst erfahren wir nichts.»

Regula und Antonia stiegen die Treppe empor.

«Ist dort jemand?!», rief Antonia. «Hört uns jemand?! Braucht ihr Hilfe? Wir kommen jetzt hinein!»

Regula sagte: «Ich habe mir die ganze Zeit vorgestellt, hinter dem Tor steht eine Kanone und zielt auf uns. Und wenn wir in der offenen Tür stehen, geht die Kanone los.»

Das Tor war hoch, es war verschlossen, es war gefährlich. Als sie sich umdrehten, wirkten die Mädchen unten im Hof klein wie Mäuse.

Antonia sagte: «Na denn …»

Sie drückte gegen das Tor, es bewegte sich nicht. Sie drückte mit der Schulter. Der rechte Flügel bewegte sich, vom eigenen Schwung mitgerissen, fiel Antonia in den Vorraum.

«Vorsicht!», rief Regula hinter ihr.

Ein Vorraum, die Wände mit Holz getäfelt, dahinter eine kleinere Tür, auch mit zwei Flügeln. Antonia stieß die Tür auf. Der Blick fiel auf einen langen Flur, von dem verschiedene Türen abgingen. Die Wände trugen Spuren von Kämpfen. Es sah aus, als habe jemand mit Hämmern und Schwertern auf die Wände eingeschlagen. Antonia kam das sinnlos vor. Wie konnte man gegen Wände kämpfen? Was an Steinen aus der Wand herausgeschlagen worden war, lag auf dem Fußboden.

Hinter ihr sagte Regula leise: «Hier ist niemand. Es fühlt sich anders an, wenn Menschen in der Nähe sind.»

Vorsichtig blickten sie in den ersten Raum. Er war klein, ein Tisch, zwei Stühle, sonst nichts. Nicht einmal ein Fenster. «Ein Dienerzimmer», stellte Regula fest. «Hier warten sie, bis sie von den Herrschaften gebraucht werden.»

Sie hatten vergessen, den anderen ein Signal zu geben. Als sich nichts tat, wagte sich Hildegard die Treppe hinauf. Einige Minuten später waren alle neun Mädchen im Schloss. Heinrich suchte Hildegards Nähe und kümmerte sich nicht darum, wie es in den Räumen aussah. Einige Mädchen warfen einen Blick in die Räume und eilten weiter. Andere stoppten bei jeder schön geschnitzten Truhe und bestaunten sie.

Antonia blieb erst stehen, als sie im ersten Geschoss den Saal betrat. Bestimmt zwanzig Schritte in der Länge, nicht so viele in der Breite, eine geschnitzte Decke und Fenster, die bis zum Boden reichten. Die Wände mit blauer und goldener Farbe bemalt, Kerzenleuchter und Spiegel, in denen sich alles bis ins Unendliche vervielfachte. Der Boden war mit Parkett ausgelegt. Am Rand ging das Holz in Marmor über. Welch eine Pracht! An einigen Fenstern hingen Vorhänge, einige waren heruntergerissen. Der Anblick tat Antonia weh. So sollte es hier nicht aussehen. Hier sollte Musik spielen, Paare sollten über das Parkett schweben, der König und seine Frau sollten von ihren Plätzen dem festlichen Treiben zuschauen.

Der Thron für den Herrscher besaß ein Dach. Der Platz daneben war zierlicher. Polsterstühle standen an der Wand, ein halbes Dutzend Bodenleuchter und die beiden Thronsessel. Sonst war der Saal leer. Kleine Füße trappelten über den Boden, Heinrich versuchte auf den Thron zu krabbeln. Er schaffte es nicht und wählte den kleineren Thron. Den bewältigte er und blickte strahlend unter seiner Mütze hervor. Alles an Heinrich war zu klein für dieses Monstrum. Seine Beine reichten nicht bis zum Boden, sein Rücken berührte nicht die Lehne, und die Armlehnen waren zu hoch. Aber er strahlte. Vom Flur, der parallel zur Längsseite des Saals verlief, führten zwei Zugänge herein. Dort sah man immer wieder ein Mädchen vorbeilaufen.

Dann saß Regula auf dem Thron. Ihren Mantel hatte sie ausgezogen, ihre Arme lagen auf den Lehnen.

Antonia dachte: Sie denkt, sie ist die Königin. Aber sie ist Regula.

«Ich bin der König, du bist die Königin», quakte Heinrich.

«Du bist ein Hosenscheißer», stellte Regula klar.

Antonia fragte alle, die ihr entgegenkamen. Gab es Bewohner, tot oder lebendig? Gab es Anzeichen, dass einzelne Räume bewohnt wurden?

«Ich war noch nicht überall», berichtete Hildegard aufgeregt. Ihre anfängliche Scheu hatte sie verloren und wirkte so aufgekratzt, als habe sie einen Becher Branntwein getrunken. «Es ist so groß und so viel, und du willst überall zugleich sein, und zwischendurch verläufst du dich und weißt nicht, wo du bist, und dann stehst du in einem Raum und merkst, dass du da schon gewesen bist. Weißt du, dass sie Betten haben, richtige Betten?»

«Hilde, Hilde, hol Atem, du bist ja völlig durcheinander.»

«Nein, ich bin glücklich. Ich wollte immer schon ein Schloss von innen sehen.»

«Aber wo sind die Bewohner?»

«Das weiß ich doch nicht, ist mir auch egal.»

Weg war sie, mit geröteten Wangen und wehenden Mantelschößen.

Auf den Fluren herrschte eine Stimmung wie auf dem Jahrmarkt. Gekicher, Stimmengewirr, alles musste sofort weitererzählt werden, alles ging durcheinander und hopplahopp. Einmal berichteten sich Hilde und Ursula von einem Himmelbett und merkten nicht, dass sie vom selben Bett schwärmten.

Die Dämmerung zog herein. Da es tagsüber bedeckt geblieben war, musste nur wenig Licht verschwinden, und es war dunkel. Im Treppenhaus schrie ein Mädchen: «Drachen! Sie haben fliegende Drachen!» Es polterte, kurze unheilvolle Stille, danach Weinen und Wehklagen: Hildegard war die Treppe herabgestürzt, alle wollten ihr zu Hilfe eilen und erkannten, dass sie kein Licht hatten, keine Kerze, keine Flamme. Antonia rief: «Wer weiß, wo die Küche ist?»

So kamen sie in den Keller. Es war gerade noch hell genug, um ohne Gefahr Treppen zu steigen. Dass es sich um einen großen Raum handelte, sah Antonia. Dass dieser Raum ordentlich ausgestattet war, sah sie auch.

Der Herd war riesig, der Tisch groß. Töpfe waren vorhanden; in Schränken und Schubladen fand sich, was man in der Küche brauchte.

Neben dem Herd lagen Holzreste. Zwei Mädchen machten sich an die Arbeit. Als der erste Span brannte, konnte nichts mehr passieren. Beim Anblick der züngelnden Flammen dachten alle, es sei schon warm. Aber es dauerte einige Minuten, bis es nicht mehr eiskalt war.

In der Zwischenzeit waren andere damit beschäftigt, die Wagen auf den Innenhof zu ziehen. Sie hatten mit ihrer wertvollen Fracht vor dem Schloss gestanden, davon eine halbe Stunde ohne Aufsicht. Zuverlässig zogen die Ochsen den Wagen durch die Schneeberge und dienten als Fräse für den zweiten Wagen. Die Pferde auszuspannen und in den Stall zu führen, war nicht schwer. Mit Ochsen kannten sich die Mädchen nicht aus. Sosehr sie auch am Halfter rissen, stoisch standen die Kolosse auf der Stelle und glotzten gleichmütig. Als es den Tieren zu viel wurde, senkten sie den Kopf und stießen die Störenfriede aus dem Weg. Zum Schluss lockten sie die Tiere mit Stroh in den Stall und verschlossen die Stalltür. Da war es längst finster, der Weg über Innenhof und Treppe war begleitet von Wispern und Flüstern. In der Küche fiel die Anspannung noch lange nicht von den Mädchen ab.

Schwesterlich teilten sie die letzten Brote. Erst durchsuchten sie die Küche, danach die angrenzenden Räume. Hier hatten wohl Rüben und Wurzeln gelegen, eine Handvoll mumifizierter Stängel ließ nicht mehr erkennen, worum es sich einst gehandelt haben mochte.

Schließlich kam der Augenblick, in dem alle schwiegen. Nur das knisternde Holz im Herd war zu hören, vor dem sie sich ein Lager bereitet hatten.

«Wir haben noch nicht alles gesehen», sagte Cecilia. «Wissen wir denn, ob nicht doch noch Menschen hier leben?»

«Geister!»

Sie starrten auf die Schiefertafel, danach auf Beatrice' Gesicht, soweit es im Schein des Herdfeuers auszumachen war.

Regula schnaubte verächtlich. «Jetzt geht das wieder los.»

Und wie es losging. Es wollte kein Ende nehmen. Jeder fiel ein Dämon ein, an dessen Existenz kein Zweifel bestand, den sie gesehen hatte, und wenn sie ihn nicht persönlich gesehen hatte, kannte sie jemand, der ihn gesehen hatte: den Riesen mit dem Auge auf der Stirn; die hingerichtete Hebamme ohne Kopf; die hundegroße Fledermaus, der das Blut der letzten Mahlzeit vom Maul tropfte; der Mensch mit dem Kopf eines Adlers; der Wurm mit den acht Köpfen, von denen jeweils vier schliefen und vier fraßen; schleimige Wesen, halb Schnecke, halb Wolf, die nur in Schlössern lebten, die nur nachts hungrig wurden und am liebsten Mädchen fraßen, denen sie das Blut aus den Beinen saugten, danach aus den Armen und zuletzt aus den Ohren, und die Mädchen merkten erst nach dem Aufwachen, dass sie kein Blut mehr im Körper hatten.

«Hört auf damit», rief Antonia und hielt sich die Ohren zu, «ihr macht alles nur noch schlimmer!»

Beatrice schrieb. «Schön hier. Dicke Mauern. Warme Küche. Wir alle zusammen. Müde sein, schlafen dürfen.»

Im Keller stand auch ein Klosett. Katharina untersuchte, ob es zu gebrauchen war. Weil sie nicht gleich ein passendes Holzstück fand, griff sie mit bloßen Händen in den Herd hinein und warf brennende Scheite in eine Schüssel, die sie zum Klosett trug. Alle Mädchen kannten ihr Kunststück mit dem Feuer. Die Zeiten, in denen Augenzeuginnen ohnmächtig geworden waren, lagen nicht lange zurück.

«Ich würde trotzdem gerne wissen, wie sie es macht», flüsterte Cecilia Antonia zu.

«Es kann nicht klappen», sagte Antonia ernst. Sie folgte Katharina, um auch einen Blick auf ihre Hände zu werfen.

«Alles heil», sagte Katharina, ohne sich umzudrehen.

Heil war auch das Klosett. «Das ist gut», befand Katharina zufrieden. «Wer sich erleichtern kann, ist erleichtert. Wer verstopft ist, handelt auch so.»

13

Antonia schlief unruhig. So ging es ihr jedes Mal, wenn sie an einem Ort die erste Nacht verbrachte. Irgendwann saß sie am anderen Ende der Küche mit Ursula zusammen. Ursula vergaß kein Morgengebet und erwachte zuverlässig kurz vor vier, auch im Winter, wenn es draußen dunkel war. Sie nutzte jede Gelegenheit, die Mädchen zum gemeinsamen Gebet zu überreden. Manche beteten, um Ruhe zu haben. Regula und Katharina taten es nie.

«Warum sind sie weggegangen?», fragte Antonia leise, um die Schlafenden nicht zu stören.

«Es hat natürlich mit dem Krieg zu tun.»

«Du meinst, sie sind geflohen? Vertrieben worden von feindlichen Soldaten? Aber hier sieht alles so … so ordentlich aus. Ein paar Kratzer bei der Treppe, sonst nichts. Krieg stelle ich mir anders vor.»

«Du meinst mit Schießen und Hauen und Stechen, und wer Gott nicht abschwört, wird auf den Scheiterhaufen gebunden.»

«So etwa, ja. Und warum sind sie nicht zurückgekehrt?»

«Weil sie etwas Schöneres gefunden haben.»

«Man lässt eine windschiefe Hütte zurück. Wer lässt ein Schloss zurück?»

«Vielleicht hat der König seinen Gott gefunden und braucht nun kein Schloss mehr.»

«Gut, Ursula, dann sag mir doch, warum das Schloss leer ist: Wenn der König oder Fürst hier nicht mehr leben will, warum lebt hier kein anderer König oder Fürst? Warum sind keine Tagelöhner und Bauern und Handwerker eingezogen?»

«Weil der Ort verflucht ist.»

Die erschöpften Körper der Mädchen hatten die frühen Weckzeiten im Kloster schnell vergessen. Wer wach wurde, drehte sich noch einmal um, nachdem er sich vergewissert hatte, wo er sich befand. Zuletzt lagen noch Maria und Augustine allen Mädchen im Weg, die hin und her liefen, um Holz nachzulegen, Schnee zu erwärmen oder ihre Hände über die warme Herdplatte zu halten. Endlich gab es die Möglichkeit, Hände und Gesicht zu reinigen. Ursula sagte: «Lasst uns ein Gebet für Waltraut und Jakobus sprechen, die sich für uns geopfert haben und denen es in dieser Minute hoffentlich gut geht.»

«Wenn es ihnen nicht gut geht, sind sie tot», murmelte Regula.

Alle senkten die Köpfe, Ursula bat den Herrn, den beiden guten Seelen beizustehen.

Antonia klatschte in die Hände. «Lasst uns systematisch vorgehen. Zuerst müssen wir uns um Holz kümmern, dann um Essen und Ker...»

«Falsch», kam es von Regula. «Zuerst müssen wir uns darauf einigen, wer solche Reden hält.»

Die meisten Mädchen verstanden nicht, was sie meinte.

Regula knurrte: «Ich bin es leid, ständig für dumm verkauft zu werden.»

«Aber ich habe dich doch nicht …»

«Mach einfach zwei Minuten Pause. Ob dir das vielleicht möglich ist? Danke, zu gnädig. Ich verlange, dass wir uns Gedanken machen, was als Nächstes zu tun ist. Ich möchte nicht, dass eine meint, uns pausenlos erklären zu müssen, in welche Körperöffnung das Essen gehört und aus welcher Körperöffnung die Pisse herausfließt.»

Das verstanden alle Mädchen.

«Wir wissen alle selbst, was wir jetzt tun müssen und was nicht wichtig ist. Oder was denkt ihr?»

Etwas an Regula war in der Lage, Menschen einzuschüchtern.

Nur Hildegard meinte treuherzig: «Antonia meint es doch nur gut.»

Regula nickte. «Wie wäre es denn, wenn du sagst, was zu tun ist.»

Hildegard begriff nicht gleich, dass sie gemeint war. Dann wehrte sie ab: «Ich kann das nicht. Das soll jemand anders machen.»

«Gut», sagte Regula, «dann mache ich es. Wir brauchen Holz und Essen, und wir müssen die Wagen leer machen, bevor es jemand für uns tut. Wer hat Lust darauf, Kisten zu schleppen?»

Zehn Minuten später waren die Arbeiten verteilt. «Siehst du», sagte Regula im Vorbeigehen zu Antonia, «es ist gar nicht schwer, alle mit einzubeziehen.»

«Das finde ich doch auch gut.»

«Schade, dass du es nicht tust.»

«Aber ich …» Antonia brach nicht nur deshalb ab, weil Regula einfach weggegangen war.

Ohne etwas gegessen zu haben, begannen die Mädchen die Suche nach Holz, Kerzen und Lebensmitteln.

Pferde und Ochsen hatten die Nacht gut überstanden. Hilde kümmerte sich um sie und verfütterte das letzte Stroh.

Zwei Mädchen begannen, den Innenhof vom Schnee zu reinigen. Ohne nachzudenken, schippten sie die weiße Pracht neben den Eingang, wo sie eine halbe Stunde später störte und zum zweiten Mal angepackt werden musste.

Antonia zog es auch nach draußen, sie wollte sich einen Überblick verschaffen. Grau war das Schloss, weiß der Schnee, schmutzig-grau die tief hängenden Wolken. Die Sonne sah man nicht. Aber alles wirkte freundlich. Das lag an den Mädchen. Wohin man blickte, überall lief eine durchs Blickfeld, und stets war sie beschäftigt.

Antonia wurde nicht mit der Tatsache fertig, niemand angetroffen zu haben. Zwar kannten sie noch nicht alle Räume, aber ihr war schon klar, dass niemand auf sie warten würde. Waren die Menschen wirklich vor dem Krieg geflohen? Vielleicht war der Verlust des Schlosses für sie nicht so schlimm geworden, weil sie ihre Familien gerettet hatten? Antonia dachte an ihren Vater und die Geschwister. Sie dachte an ihre Mutter, wegen der sie in die Klosterschule gegangen war. Der Mutter hätte nicht gefallen, dass ihr Kind hungern musste. Zu Hause war auch immer Holz vorhanden gewesen, um zu heizen. Sie würden es schaffen. Neun Mädchen waren eine Macht, und Hunger war ein gutes Mittel, um die Faulsten in Bewegung zu bringen. Im Hof gab es Geschrei, Regula regte sich über die Langschläferinnen auf.

Antonia kehrte ins Schloss zurück. Die Wendeltreppe im Turm erreichte man durch eine unscheinbare Tür, an der Antonia zweimal vorbeilief, ehe sie beim dritten Mal stehen blieb. Staub, Dreck und dicke Spinnenweben erschwerten es, die Tür aufzustoßen. Und noch etwas: ein Stück Holz oder ein Stein. Aber Steine besaßen keine Knochen. Was mochte das gewesen sein? Eine Katze? Ein Marder? Jetzt war es nichts als grauer Knochen. Antonia blickte nach oben. Einschüchternd eng drehte sich die Treppe in die Höhe. Hier war noch keins der Mädchen gewesen, hier war noch jede Überraschung möglich. Plötzlich hatte es Antonia nicht mehr eilig. Was immer da oben auf sie warten würde, es würde nicht weglaufen.

Zögernd stieg sie nach oben. Die Treppe drehte sich ohne Ende, Fenster gab es nicht, nur Auslassungen im Stein, durch die genug Licht hereinfiel, um die Stufen zu erkennen. Oben die nächste Tür. Antonia stieß und drückte, arbeitete sich an der Tür ab, bevor sie merkte, dass sie nach innen aufging. Nun war alles leicht, sie trat nach draußen, kniff die Augen zusammen. Bei diesigem Licht war sie losgegangen, bei Sonnenschein trat sie auf den Umlauf des höheren der beiden Schlosstürme. Ihre Hände suchten unwillkürlich Halt am Nächstbesten und umklammerten das Geländer aus Stein. Antonia wusste, was Berge und Täler sind. Aber wenn sie früher mit ihrem Vater einen Berg bestiegen hatte, war sie innerlich darauf eingestellt gewesen. Dieser Turm war schmal und hoch, was unter ihr lag, sah meilenweit entfernt aus. Wie Ameisen wirkten die Mädchen im Hof, emsig eilten sie hin und her. Antonia atmete ein und merkte, wie lange sie die Luft angehalten hatte.

Zum ersten Mal nahm sie die Umgebung des Schlosses wahr. Zum ersten Mal sah sie die Ansammlung von Häusern. Es mochten zwanzig Gebäude sein, kaum mehr. Sie zählte die Schornsteine, aus denen Rauch aufstieg, und kam auf drei. Es gab Menschen hier, die Mädchen hatten Nachbarn. Die dicke Schneeauflage ließ nicht erkennen, ob das Schloss erhöht auf einem Felsen stand. Dennoch hatte Antonia das Gefühl, als ob die Häuser tiefer stehen würden. Jedenfalls standen sie auf der Rückseite des Haupteingangs, man musste um das Schloss herumgehen und hatte dann 500 oder 600 Schritte zu gehen. Es musste einen Weg geben, aber Antonia sah ihn nicht. Es fand kein Verkehr zwischen Schloss und Dorf statt – ein weiterer Hinweis darauf, dass im Schloss niemand lebte.

Immer wieder kehrte Antonias Blick zu dem Dorf zurück. Dass es Waldstücke gab und weite Flächen, die nicht Wald und nicht Weide waren, die von Buschwerk bewachsen waren, das alles registrierte sie nur am Rande. Dass das Land hinter dem Dorf wellig wurde, dass es Hügel gab, die auch hoher Schnee nicht einebnen konnte, war weniger interessant als der Rauch aus drei Schornsteinen.

Sie beugte sich über die Brüstung und rief: «Da drüben leben Menschen!»

Die Ameisen erstarrten in ihren Bewegungen und blickten in den Himmel.

Die Ersten gingen sofort los. Als Antonia vom Turm heruntergestiegen war, hatte sich der Hof geleert. In der Küche lagen Maria und Augustine immer noch vor dem Herd. Antonia stieß sie mit dem Fuß an. «Ihr müsst jetzt aufwachen. Wir sind die Wächterinnen. Die anderen sind alle weg.»

Augustine knurrte und drehte sich um. Antonia stieß erneut zu. «Ihr müsst anfangen zu arbeiten.»

«Keine Lust», knurrte Augustine. «Ich schlafe zwei Tage. Dann kannst du wieder nachfragen.»

Der dritte Tritt war heftiger. Augustine beschwerte sich, Antonia sagte: «Steht jetzt auf oder ihr bekommt Ärger.»

«Mit wem?», fragte Augustine kampflustig. «Mit dir?»

«Mit mir und allen anderen. Wir können uns keine Faulpelze leisten.»

Augustine stieß Maria an. «Sie droht uns. Kaum sind die anderen weg, wird sie frech.»

Antonia war fassungslos. Im Kloster hatte sie zu den beiden keinen besonders engen Kontakt gehabt. Dass Augustine manchmal verschlief, wussten alle. Dass sie dafür einige Male in den Keller gegangen war, wussten auch alle. Augustine war aufsässig und ließ sich nichts sagen. Wenn eine Schwester dabei war, spielte sie die Lammfromme und hielt den Kopf gesenkt. Das war für Antonia das Bild von Augustine: gesenkter Kopf, gefaltete Hände und ein Grinsen auf dem Gesicht, denn die Schwestern ließen sich durch geheuchelte Unterwürfigkeit täuschen.

Maria war die beste Freundin von Augustine, viel mehr wusste man nicht über sie. Im Schlafsaal hatte sie das Bett zwischen Augustine und Beatrice. Sie war eine sehr gute Reiterin und schaffte es, selbst störrische Pferde zu bändigen. Bei den Männern, die ins Kloster kamen, war sie beliebt, denn sie tat ihnen schön und benahm sich so, als würde ihr jeder Mann imponieren. Das gefiel den Männern. Aber sie hörten ja nicht, wie sich Maria später über sie äußerte.

Maria und Augustine standen auf und nahmen eine drohende Haltung ein. Antonia wollte es nicht glauben. Was bildeten die beiden sich ein? Wollten sie Antonia schlagen? Oder nur einschüchtern?

«Helft mir beim Suchen», sagte Antonia. «Wir müssen Kerzen finden, sonst gibt es wieder so eine Nacht.»

«Mich stört das nicht», stellte Augustine klar. «Ich kann überall schlafen.»

«Nimm Maria mit. Vielleicht findet ihr etwas, was alle anderen übersehen haben.»

Die Aussicht, als besonders aufmerksam und klug dazustehen, gefiel ihnen dann doch. Zu zweit machten sie sich auf die Suche.

14

Die ersten Schritte legten sie voller Neugier und Zuversicht zurück.

«Wir hätten ein Geschenk mitnehmen sollen», sagte Katharina.

«Wozu das denn?», entgegnete Ursula.

«Das tut man so, wenn zwei Völker sich zum ersten Mal begegnen.»

«Ich rede», sagte Regula. «Sie sollen uns ja mögen, wo wir doch Nachbarn sein werden.»

Am meisten freuten sich alle Mädchen darauf, dass sie etwas zu essen kriegen würden. Mit lachenden Gesichtern erreichten sie das erste Haus. Im Inneren bellte ein Hund, Menschen waren nicht zu sehen.

«Warum verstecken die sich?», stöhnte Regula.

«Vielleicht sind sie Aussätzige», überlegte Katharina.

«Oh mein Gott», rief Ursula, «dann sind wir in Gefahr! Wir kehren um, wir müssen die anderen warnen.»

«Reiß dich zusammen», sagte Regula. «Sie beobachten uns.»

Schlagartig rückten alle zusammen, weil sie sich von unsichtbaren Augen beobachtet fühlten. Von Nahem sahen die Häuser schäbig aus. Alles atmete Armut. Im Grunde waren es nur Hütten, windschief, löchrig, der Wind pfiff durch alle Ritzen, und der Hund im ersten Haus spielte verrückt. Alle Fenster waren verhängt. Die Sitzbank neben der Haustür war zusammengebrochen.

Sie begannen zu rufen, «Hallo!», immer wieder: «Hallo!»

Katharina rief: «Wer ärztliche Hilfe braucht, soll sich melden. Ich helfe bei allen Krankheiten!»

Regula beugte sich zu Katharina. «Antonia ist ja schon eine Angeberin. Aber du schlägst alle.»

Im Haus tat sich nichts, nur der Hund bellte. Man konnte hören, wie er an der Tür in die Höhe sprang.

Sie gingen ein Haus weiter, es war nicht bewohnt, durch die kaputten Wände konnte man hindurchsehen. Zwischen den beiden Häusern erreichten sie die Hütten in der zweiten Reihe. Sie wurden erwartet. 22 Personen, acht Frauen, zwei von ihnen alt und gebrechlich, vier Männer, vier Halbwüchsige, der Rest kleine Kinder. Ursula schlug ein Kreuz und sicherheitshalber noch einige mehr. Die Menschen waren nicht bewaffnet, sie trugen nichts bei sich, was auf Kampf schließen ließ. Aber sie wirkten wie ein einziger Körper, und dieser Körper sandte eine Botschaft aus: Verschwindet! Verschwindet sofort!

Regula trat nach vorne. «Seid gegrüßt. Mein Name ist Regula, das sind Freundinnen von mir. Wir kommen aus dem … von weit her kommen wir und wollen uns einige Tage ausruhen. Wir sind in großer Eile aufgebrochen und haben Hunger. Es fällt uns nicht leicht, Euch um etwas zu essen zu bitten. Wir brauchen nicht viel und werden es bestimmt zurückgeben.»

Regula brach ab. Die 22 Menschen regten sich nicht. Niemand sprach. Nichts hatte sich verändert? Doch, ihre Blicke. Vorhin waren sie abwartend gewesen. Jetzt stand Ablehnung in ihnen und der Wille, die unerwünschten Besucher zu entfernen.

Ursulas Stimme zitterte: «Es ist ein Akt der Barmherzigkeit, Reisende zu bewirten. So steht es in der Bibel, und die Bibel hat immer recht. Ihr könnt doch lesen? Sonst will ich es gerne für Euch …»

Zwei Arme zogen sie nach hinten.

Dann flog der Stein. Kein Mädchen sah, wer ihn geworfen hatte. Er traf niemanden, aber der Stein war groß. Regula wollte etwas sagen, da flog der zweite Stein und traf Beatrice. Sie griff sich an den Arm, die Mädchen umringten sie. Ein dritter Stein, die Mädchen wichen nach hinten. Beim nächsten Stein waren sie schon auf dem Rückzug. Dann flohen alle, wer stolperte, rappelte sich auf und lief weiter.

15

Sie betraten den Hof wie ein Heer nach der verlorenen Schlacht und ließen sich auf die Treppenstufen sinken. Niemand sprach, es war auch niemand da, der Fragen stellte. Denn Antonia durchsuchte das Obergeschoss nach Kerzen und anderen brauchbaren Gegenständen, Maria und Augustine hatten sich unsichtbar gemacht.

Es war Regula, die das Schweigen brach: «Dafür werden sie bezahlen. Das schwöre ich.»

«Blas dich nicht auf. Wir haben gebettelt und sind aus dem Dorf gejagt worden. Das erlebt jeder Bettler zehnmal am Tag.»

Regula funkelte Katharina an. «Ich bin aber kein Bettler. Ich bin eine … Dame.»

«Du glaubst, du bist eine Dame?»

«Was wäre daran falsch?»

«Nicht viel. Nur dass eine Dame nicht bettelt.»

Regula wusste, dass es nicht möglich war, Katharina mit Worten zu besiegen. So wenig aggressiv sie wirkte, so uneinnehmbar war die Mauer, hinter der sie Deckung fand. Regula hatte diese Mauer hundertmal bestürmt und sich hundertmal eine Beule geholt.

«Das war furchtbar», sagte Cecilia. «Ich habe nicht gewusst, dass Schweigen so schrecklich sein kann.»

«Sag bloß», höhnte Regula, «du bist schon 14 und hast doch noch etwas Neues gelernt.»

«20 Stück!» Eine Handvoll Kerzen schwenkend, kam Antonia lachend auf die Mädchen zu. Gesicht und Haare waren voller Spinnenweben, im Korb lagen die Kerzen. Antonia brauchte einige Sekunden, bevor sie die Atmosphäre aufnahm. Katharina berichtete, Antonia war bestürzt.

«Kein guter Beginn», sagte sie.

«Kein guter Beginn», äffte Regula sie nach. «Sag doch, was du denkst.»

«Was denke ich denn?»

«Du denkst: Das hat sie schön verbockt, die hochnäsige Regula. Einmal darf sie Königin spielen, und was sie dafür erntet, sind zehn Steine ins Kreuz.»

Neuer Streit lag in der Luft, aber die meisten Mädchen waren in Gedanken noch im Dorf.

«Das darf man ihnen nicht durchgehen lassen», meinte Ursula. «Sie sind doch keine Heiden.»

«Ach komm», sagte Katharina nachsichtig. «Fromm sein muss man sich auch leisten können. Was ist, wenn sie nicht genug haben, um es mit uns zu teilen?»

«Man kann alles teilen», ereiferte sich Ursula. «Vor allem kann man reden.»

Katharina war nicht überzeugt. «Wir wissen nicht, wer beim letzten Mal in ihr Dorf gekommen ist und etwas zu essen wollte. Vielleicht haben sie früher bereitwillig gegeben. Vielleicht haben sie Bettler erlebt, die Musketen dabeihatten.»

«Ich verstehe, was du meinst», sagte Ursula unwillig.

«Und ich verstehe, dass du schockiert bist.» Katharina nahm Ursula in die Arme. Jetzt konnte sie endlich weinen, was sie ausgiebig tat.

Für einige Mädchen war es die beste Medizin, sich zu beschäftigen. Sie suchten die Nebengebäude nach Holz, Torf und anderem Brennmaterial ab. Andere saßen noch zusammen und tauschten sich über den Besuch im Dorf aus. Die dort herrschende Armut war niemandem entgangen. Häuser, Kleidung – alles strahlte Hoffnungslosigkeit aus. Aber wie sie es auch drehten und wendeten – sie waren immer noch hungrig, und es war schon wieder Mittagszeit. In wenigen Stunden würde es dunkel werden. Noch einen Tag mit knurrendem Magen wollte niemand erleben.

Es kam der Augenblick, wo jemandem auffiel, Hilde schon lange nicht mehr gesehen zu haben. Erst riefen sie, dann suchten sie.

Es war Augustine, die einen der Räume betrat, in denen Betten standen. Hier fand sie Hilde. Ihr Fuß war seit dem Sturz auf der Treppe so stark angeschwollen, dass sie nicht mehr stehen konnte. Katharina legte einen Verband an, Ursula sprach ein Gebet, Regula sagte: «Dein Rücken macht noch einen heilen Eindruck. Ich schlage vor, den schlägst du dir als Nächstes an.»

An der Seite von Cecilia durchsuchte Antonia das Gebäude, in dem die Wagen standen. Es gab eine Reihe von kleinen Verschlägen, hier waren Tiere untergebracht worden, Schweine, Ziegen, Schafe, Geflügel. Heu und Gras hatten im hinteren Teil gelegen. Jetzt war alles leer.

«So wird das nichts», sagte Antonia, «hier ist alles abgesucht. Die Soldaten kannten das Schloss doch auch. Die haben das

Gleiche gemacht wie wir. Und das waren nicht die ersten Soldaten, die vorbeigekommen sind.»

«Wir müssen uns Essen kaufen», sagte Cecilia. «Geld genug haben wir ja.»

«Das dauert zu lange», sagte Antonia. «Wir wissen auch gar nicht, wo die nächste Stadt liegt.»

«Wir gehen ins Dorf und kaufen denen was ab.»

«Das tun wir nicht.»

«Warum nicht? Geld macht Freunde.»

«Geld weckt Begehrlichkeiten. Wenn die das erste Geld von uns in der Hand haben, werden wir sie nie mehr loswerden. Wenn es stimmt, dass sie arm sind, sind sie nicht erst seit gestern arm. Wir wissen nicht, wie schlimm die Soldaten gehaust haben. Wenn sie zusammenhalten, haben wir keine Chance gegen sie.»

Antonia wusste, dass sie sich in diesem Moment schrecklich vernünftig anhörte. Dabei wäre sie lieber fröhlich gewesen und hätte sich nicht Gedanken gemacht, die für Erwachsene da waren. Seitdem sie bei Nacht und Nebel das Kloster verlassen hatten, war allen das Lachen vergangen. Seitdem regierten Angst und Ungewissheit. Im Kloster war es selten vergnügt zugegangen. Aber wenn keine Schwester in der Nähe war, hatten die Mädchen Spaß gehabt. Am schönsten waren die Minuten im Schlafsaal gewesen, wenn die letzte Schwester hereingeschaut hatte. Dann war der lange Tag mit Unterricht und den Pflichten in Küche und Werkstätten von den Mädchen abgefallen. Dann konnten sie endlich über das reden, was ihnen auf der Seele lag. In den Minuten im Schlafsaal wurden Freundschaften vertieft, Streitereien ausgetragen und geschlichtet. Wer traurig war, wurde getröstet; wer weinte, wurde in den

Arm genommen, denn schon wenige Sekunden nachdem es dunkel war, lagen in manchem Bett zwei Mädchen. Wer sich einsam fühlte, fand Zuspruch; wer mit Wehmut an zu Hause dachte, fand Ablenkung; oft wurde einfach nur herumgealbert. Das war Medizin, denn die Tage wurden von einem strengen Zeitplan bestimmt und standen unter dem Regiment der Schwestern.

«Lass uns etwas zu essen auftreiben», schlug Antonia vor. «Und genug Holz, dann sieht alles besser aus. Kerzen haben wir schon.»

«Die reichen einen Tag.»

«Ein Tag ohne Dunkelheit ist gut.»

«Vielleicht sollten wir weiterziehen. Diese Burg ist zu groß. Wir brauchen keine Burg.»

Aber Antonia wusste, dass die Mädchen zu erschöpft waren, um wieder aufzubrechen. Sie selbst hatte auch keine Lust, Pferde und Ochsen anzuspannen. Sie dachte an Jakobus und Waltraut. Hoffentlich war ihnen die Flucht geglückt. Flucht war ihre einzige Chance, und Waltraut war dazu imstande. Aber Jakobus ... er war so ein zarter Junge. Für ihn war die Flucht aus dem Kloster die größte Mutprobe seines Lebens gewesen. Ihn konnten sie zerbrechen. Und sie würden nicht zögern, es zu tun.

Dann fand Cecilia die Falle. Sie lag auf einem Stapel zusammengebrochener Regale, Antonia hatte sie übersehen. «Damit fängt man Tiere», sagte Cecilia und führte vor, wie man die Falle spannte, damit die Eisenbügel aufeinanderschlagen und das Opfer töten. Als sie klein gewesen war, hatte ein Pelzjäger nebenan gewohnt. Er hatte ihren älteren Brüdern gezeigt, wie man Fallen aufstellt. Zuerst hatte Cecilia sich davor geekelt. Aber als sie älter wurde, hatte sie es faszinierend gefunden und war ihren Brüdern beim Fallenstellen nicht mehr von der Seite gewichen. Sie wollte sofort in den Wald, um die Falle aufzustellen. Aber sie hatten nichts, womit sie hungrige Tiere anlocken konnten.

Als sie den Hof überquerten, kam ihnen Augustine entgegen. Stolz schwenkte sie am Schwanz eine Ratte und rief: «Sie hat gedacht, sie ist schnell, aber ich war schneller.»

So kamen sie zu einem Köder.

Zwischendurch schaute Antonia bei Hildegard vorbei. Sie war aus dem klammen Bett in die Küche gewechselt und wirkte unglücklich, weil sie sich nicht nützlich machen konnte. «Ich bin allen im Weg», jammerte sie. Antonia versuchte zu trösten, das klappte bei Hildegard schnell, und sie berichtete, wie sie sich vorhin doch etwas nützlich gemacht hatte. «Das ist nicht dein Ernst!», rief Antonia entsetzt. «Du hast ihnen gesagt, sie sollen sich ins Dorf schleichen und Rüben ausgraben?»

«Nicht ins Dorf, nur in die Nähe. Da, wo sie die Rüben anbauen.»

«Aber wir wissen doch gar nicht, wo sie sie anbauen. Vielleicht passiert das dicht bei den Häusern. Willst du, dass sie ihre Hunde auf uns hetzen?»

Hilde klappte zusammen und jammerte: «Ich sag's doch, ich bin allen im Weg.»

Offenbar hatte sich Maria allein auf den Weg gemacht. Antonia schüttelte den Kopf. «Erst kommen wir in Kompaniestärke und betteln sie an. Dann schicken wir Spione und bestehlen sie. Wie sollen wir jemals ein gutes Verhältnis zu ihnen kriegen?»

«Kein Problem», sagte Hilde, «ich gehe rüber und rede mit ihnen – wenn ich wieder gehen kann.»

«Und was willst du ihnen sagen? Guten Tag, ich bin Hilde, die euch die Diebe auf den Hals geschickt hat. Habt ihr noch was, was man euch stehlen kann?»

16

Nachmittags fanden sich die Mädchen in der Küche ein, es roch nach frischem Holz. Werkzeuge hatten sich gefunden, Beile und Sägen.

«Problem gelöst», verkündete die Tafel von Beatrice.

Auf dem Küchentisch stand alles, was die Schränke und Kammern an Tellern und Bechern hergegeben hatten.

«Wunderbar», sagte Regula, «für jede ein Schüsselchen und ein Löffelchen. Fehlt nur noch etwas zum Löffeln.»

Am Rand des Tischs lagen Rüben, Wurzeln und Beeren, das eine gestohlen, das andere tiefgefroren aus dem Wald geholt. Maria glühte vor Eifer: «Sie glauben, sie sind schlau, aber ich bin schlauer. Das wird ihnen eine Lehre sein.»

Im Schutz des Waldrands hatte sie die freie Fläche umrundet. Bei einer Erhöhung hatte sie zu graben begonnen und war auf Büsche gestoßen, unter denen Rüben lagen. Aus Schnee wurde Wasser, aus Wasser wurde eine Rübensuppe. Endlich bekamen die Mädchen wieder etwas Warmes in den Magen.

Danach gingen alle gemeinsam durchs Schloss, um sich einen Überblick zu verschaffen. Es gab 22 Räume, in fünf von ihnen standen insgesamt 11 Betten. Fenster besaßen alle Räume, viermal waren die Glasscheiben zerstört worden. Leer standen zwei Räume, in allen anderen befanden sich Möbel. Manchmal sah es so aus, als ob einzelne Stücke entfernt worden waren. Beheizt werden konnten 12 Räume.

«Na großartig», knurrte Regula, «und was soll das Ganze nun? Ich denke, es geht ums Essen. Meinetwegen noch ums Schlafen. Warum müssen wir die Räume durchzählen?»

An der Bibliothek schieden sich die Geister. Augustine und Maria schlugen vor, die Bücher zu verheizen. Katharina sagte: «Ihr habt Zutrittsverbot.»

Augustine und Maria protestierten und wollten eine Abstimmung über die Zukunft der Bibliothek herbeiführen, die sich über zwei miteinander verbundene Räume im mittleren Geschoss erstreckte.

Aber gegen Katharina kamen sie nicht an. «Keine Abstimmung, kein Buch im Herd.»

Kleider waren noch nicht gefunden worden, aber es gab Türen, hinter die die Mädchen noch nicht geschaut hatten.

Die Vorratsräume neben der Küche waren inspiziert worden, die Türen im Boden waren nicht von Interesse. Von Interesse war die Wasserleitung, die aus der Küchenwand kam und in das Becken mündete. Die Leitung ließ sich durch die Vorratsräume bis zum Brunnen verfolgen. Für das Brunnenloch gab es einen eigenen Raum am Ende des Kellers. Zurzeit war das Wasser eingefroren.

Danach kamen die Nebengebäude an die Reihe. Wo Vieh gehalten worden war, stand eine Kutsche; in dem zweiten Gebäude gab es Reste einer Werkstatt. Daneben stießen sie auf eine Fundgrube: ein Raum, in dem alles abgelegt worden war, was nicht gebraucht wurde. Werkzeuge, Latten und Balken, Handwagen, zerbrochene Küchengeräte, Harken, Schaufeln und Hämmer, so groß, dass mit ihnen wohl der Fels bearbeitet worden war, auf dem das Schloss stand. Vogelkäfige gab es auch, aus dünnem Korb geflochten.

Antonia sagte: «Gibt es irgendwas, was wir über die früheren Bewohner wissen?»

«Sie konnten nichts wegwerfen», knurrte Regula.

«Das hilft uns jetzt.»

«Wir sind keine Handwerker. Warum sollen wir alles heil machen, was kaputt ist? Wir brauchen Essen, wir brauchen eine trockene Ecke zum Schlafen und fertig.»

«Gut, Regula, wenn du es selber ansprichst, reden wir!»

Sie machten es sich in der Küche bequem. Die dicken Fenstervorhänge dienten als Teppiche gegen die Eiseskälte des steinernen Fußbodens.

Antonia und Regula saßen sich am Tisch gegenüber.

«Worüber möchtest du denn mit mir sprechen?», fragte Regula gönnerhaft.

«Was glaubst du, wo wir in einer Woche sein werden? Wir haben diese Burg gefunden, sie ist leer. Wir verdrängen niemanden und stören keinen. Es gibt nichts zu essen, wir nehmen also auch niemandem etwas fort. Das ist das eine. Das andere ist: Wir haben strengen Frost, so wird es noch Wochen bleiben. Wo immer wir hingehen, wir werden uns überall wieder etwas zu essen und zu schlafen suchen müssen. Außerdem sind wir auf der Flucht und es ist möglich, dass wir verfolgt werden. Daher wäre es schlau, wenn wir uns in der nächsten Zeit nicht sehen lassen. Vor allem nicht in Dörfern, wo sich die Leute später an uns erinnern könnten. Und an uns erinnert sich jeder, dazu ist es zu ungewöhnlich, wenn viele Mädchen alleine unterwegs sind.»

«Du regst mich auf mit deiner Altklugkeit», sagte Regula gepresst.

«Ich sage nur, wie unsere Lage ist. Erschöpft sind wir auch. Keine von uns hat vorher gewusst, wie anstrengend es werden wird. Deshalb schlage ich vor: Wir bleiben hier. Ein paar Tage, zwei Wochen, länger. Wir werden es spüren, wenn die Zeit gekommen ist, um weiterzuziehen.»

Niemand erwiderte etwas. Allen Mädchen war bewusst, dass sie eine Entscheidung treffen mussten.

Katharina war die Erste, die den Mund aufmachte: «Es ist schon seltsam. Keine von uns hat sich im Kloster wohlgefühlt. Aber wir wussten, dass wir dort etwas lernen. Ich bin das dritte Jahr dort, Regula ist fast so lange da, Ursula auch. Ob man das Kloster mag oder nicht: Es ist unser Zuhause geworden. Das gibt man nicht leichtfertig auf. Ich wäre nicht mit euch gegangen, wenn ich mich bloß über eine Schwester geärgert hätte. Aber einige von ihnen haben Freude darin gefunden, uns zu quälen. Schwester Agneta hat gesagt, sie liebt es, uns zu schlagen, weil das der einzige Weg sei, uns zu gehorsamen Frauen zu formen. Ich weiß, warum ich gegangen bin. Ich fühle mich befreit, für mich ist es ein Aufbruch. Angst? Habe ich nie gehabt. Und was das Lernen betrifft – ich werde dafür sorgen, dass ich weiter lernen kann. Ich weiß, wo die klügsten Ärzte leben, und habe keine Angst, eine Kutsche zu besteigen, um zu ihnen zu fahren.»

Dann war Maria an der Reihe. «Ich finde am schlimmsten, dass uns alle für Diebe halten», sagte sie. «Nicht wegen der Rüben, das zählt nicht. Wegen dem Schatz. Wir wissen ja nicht, wem das alles gehört. Aber wir haben es mitgenommen. Nie stehlen, hat meine Mutter gesagt. Ein ehrlicher Mensch ist ein wertvoller Mensch. Gold und Besitz sind wie eine Krankheit, deshalb leben die Schwestern in Armut.»

«Was heißt das?», entgegnete Regula streng. «Willst du ihnen den Schatz überlassen?»

«Manchmal denke ich, je schneller wir zurückgehen, umso besser. Sie werden uns eine Strafe geben, daran werden wir nicht sterben. Aber sie werden auch froh sein, wenn wir zurückkehren. Für die Äbtissin ist es kein Ruhmesblatt, wenn ihr jede vierte Schülerin von der Fahne geht. Wenn zehn gehen, kann sie nicht so tun, als ob ein einziges Mädchen über die Stränge geschlagen hätte. Eine kann immer frech sein. Zehn – das bleibt an der Äbtissin hängen. Wenn wir zurückkehren, tun wir ihr einen Gefallen.»

Beatrice fasste sich kürzer. «Gut hier. Gerne mehr.»

Ursula erinnerte die Mädchen an Pater Hanawald. «Zuerst mochte ich ihn nicht, denn ich habe gedacht, er macht sich über uns lustig. Aber dann habe ich gemerkt, uns nimmt er ernst, er macht sich über den Glauben lustig. Natürlich kann ich das nicht billigen, und er wird für diesen Frevel die gerechte Strafe bekommen. Aber bevor ich ins Kloster kam, habe ich mir vorgestellt, wie sie wohl sein werden, unsere Lehrerinnen. Ich habe gehofft, sie würden so sein wie dann am Ende nur Pater Hanawald war. Vorher habe ich befürchtet, eine könne im schlimmsten Fall so sein wie Schwester Agneta, und am Ende war jede Zweite von ihnen wie Agneta. Warum geht so eine Frau in ein Kloster, wenn sie sich da benimmt wie ein Straßenräuber?»

So hatten sie Ursula noch nie reden hören.

Als Ursula wieder aufblickte, sahen alle, wie zerquält ihr Gesicht war. «Sie sind mit Gott im Bunde», sagte sie. «Sie leben in einem Kloster, sie sind erleuchtet. Ich will auch erleuchtet werden. Aber ich bin im Zweifel, ob sie richtig leben. Warum soll es falsch sein, uns nicht zu schlagen? Uns nicht in den Keller zu sperren, wo kein Licht ist und das einzige Geräusch ist das der Ratten, die mit dir im selben Raum sind?»

Antonia fragte: «Du bist zu einer Entscheidung gekommen?»

«Hierbleiben. Gute Menschen sein. Wenn das schwer ist, üben wir, bis wir es können.»

17

Plötzlich öffnete sich die Küchentür. Alle erschraken, denn niemand hatte bemerkt, dass eine fehlte. Erst dachten sie, Cecilia würde eine merkwürdig geformte Baumwurzel anschleppen. Sie stellte ihren Fund auf den Tisch, alle umringten ihn.

Die beiden Füchse hatten gekämpft. Keiner hatte dem anderen die Beute gegönnt oder das Weibchen oder das Territorium. Wenn das nicht Schmutz auf ihren Fellen war, war es Blut. Ein Tier wies Wunden unter dem Hals aus, beim anderen stand ein Bein unnatürlich ab. Sie waren ineinander verbissen, umschlangen sich wie ein Liebespaar.

«Wie lange sind die schon eingefroren?», fragte ein Mädchen.

«Ich kann dir sagen, wie lange sie es noch sein werden», sagte Cecilia, die im Hintergrund beschäftigt war. «In einer Stunde sind sie aufgetaut. Und so lange brauche ich sie auch noch am Stück.»

Ein heller Vorhang wurde an der Wand befestigt, der Aschehaufen wanderte vom Herd neben den Vorhang und diente als Farbe. Dann begann Cecilia zu malen. Sie arbeitete mit langen, sicheren Strichen, ihre Pinsel waren Holzstücke, die nicht gänzlich verbrannt waren. Sie verbrauchte acht Pinsel, bevor sie zurücktrat. Im Vergleich zum vorhin gezeigten Selbstbewusstsein wirkte ihr Lächeln jetzt schüchtern. Die Mädchen waren beeindruckt. «Sie kann das», murmelte Antonia. «Sie braucht nichts als einige Striche, und am Ende sind die Striche lebendig.»

«Bei meinen Eltern waren oft Künstler zu Gast», tönte Regula.

Aber das wollte jetzt keine hören. Jetzt wollten die Mädchen Cecilia in die Arme nehmen und sie auf die Wangen küssen.

«Es ist noch nicht richtig gut», murmelte Cecilia. Sie war rot angelaufen, die Bewunderung tat ihr gut. «Ich muss noch viel lernen», behauptete sie.

«Für uns bist du eine Künstlerin», sagte Ursula. «Nur schade, dass man deine Füchse nicht essen kann.»

Gierig rissen sie dann endlich den echten Füchsen das Fell vom Leib, nahmen die Innereien heraus und setzten die Leiber in der Pfanne auf den Herd. Das einzige Fett, über das sie verfügten, war das der Tiere. Die Braten durften nicht zu viel Hitze bekommen, weil sie sonst angebrannt und verkohlt wären.

Der Duft nach appetitlichem Fleisch erfüllte die Küche und verbesserte die Laune. Fleisch war besser als Rüben.

«Es geht aufwärts», sagte Antonia strahlend. Solche Erlebnisse waren Gold wert. Alle drängten sich um den Herd, um einen Blick in die Pfanne zu werfen. Im Kloster war Fleisch den Schwestern vorbehalten gewesen.

Sie rissen das Fleisch mit bloßen Fingern von den Knochen. Es war nicht so viel, dass alle satt werden konnten. Aber es war köstlich.

«Guckt euch das an!», rief Maria und hielt beide Hände in die Höhe. «Fettige Finger. Wer möchte meine Finger ablecken?»

Als Augustine ihr Handgelenk packte und einen Finger nach dem anderen in den Mund nahm, wirkte Maria nicht wenig überrascht. Zu dem Fleisch verschlangen sie die Reste der dünnen Rübensuppe.

«Jetzt ein Bad», sagte Regula versonnen, «und ich bin bereit, daran zu glauben, dass es einen Gott gibt.» Ursula ließ sich nicht zu einer unbedachten Äußerung hinreißen. Dann fragte Regula mit koketter Unwissenheit: «Sag uns, Ursula, nimmt Gott der Herr bisweilen ein Bad oder ist er sauber für immer und ewig?»

Ursula konnte nicht antworten, weil sie einen Finger im Mund hatte, mit dem sie Essensreste zwischen den Zähnen hervorholte. «Das macht Spaß», sagte sie, «wenn du alles isst, was hängen geblieben ist, ist es wie ein zweites Essen.»

Antonia wollte mit den Freundinnen über die Zukunft ihrer Ernährung sprechen, aber sie hielt den Mund, denn keiner war danach, jetzt Pläne zu schmieden.

«Mein Bauch gluckert», sagte Hilde, «das tut er immer, wenn er sich freut.»

Zwischendurch holten sie neuen Schnee von draußen, um ihn in Wasser zu verwandeln. Wer müde war, schlief einfach ein. Alle nahmen Rücksicht, alle redeten leise. So viel Zufriedenheit hatte im Schloss wohl seit Jahren nicht mehr geherrscht.

Irgendwann stellte Antonia fest, dass Katharina fehlte. Außerhalb der Küche brannten keine Kerzen. Mit der zufallenden Tür wurde es schwarz. Nirgends ein Fenster, das etwas Helligkeit spendete. Sich an der Wand abstützend, bewältigte sie die Treppen. Zweimal stolperte Antonia, fing sich aber gleich.

Als sie den Lichtschein sah, wunderte sie sich, wie wenig sie überrascht war.

Im Raum brannte eine einzige Kerze. Katharina stand lesend am Pult, nichts an ihr rührte sich.

«Krieg keinen Schreck.» Behutsam betrat Antonia den Raum.

«Es ist nicht zu glauben», murmelte Katharina, ohne den Kopf von dem großformatigen Buch abzuwenden. «Im Kloster gab es wichtige Bücher. Die Schwestern kümmern sich dort seit 150 Jahren um Heilkunde. Aber das hier … ich habe nicht gewusst, was es sonst noch gibt.»

Zwei verzauberte Augen trafen Antonia. «Es ist wie ein Geschenk.» Katharina lächelte. «Diese Kräuterrezepte helfen mir so viel weiter. Die Beschwörungsformeln sind so vollständig, ich werde alle ausprobieren. Bisher habe ich gedacht, ich muss sie alle besuchen, die Doctores und Hebammen und alle Klöster, wo sie sich um Medizin kümmern. Aber dieses Buch hier und das da und das und das ganze Regal da vorne, da steht alles drin. Auch das, von dem ich bis heute dachte, es ist noch gar nicht auf der Welt. Hier, sieh …»

Antonia zuckte zurück. Zu schrecklich war der Anblick des Menschen: Er hatte keine Haut mehr, aber er bestand nicht nur aus Knochen, denn man hatte ihn nicht ausgenommen, wie sie es mit den Füchsen getan hatten. Der Mensch steckte voller Innereien, ein Gewimmel von Schläuchen, in dem das Essen landet; darüber das kleine Stück Fleisch, das Antonia spürte, wenn sie die Hand auf ihre Brust legte und das sie hörte, wenn sie ihr Ohr an den Leib der Freundin presste. Und da, die Säcke, in denen wurde die Luft aufbewahrt, die durch die Nase kam …

«Das hilft mir so viel», sagte Katharina verträumt. «Warum gab es das nicht im Kloster?»

«Vielleicht gab es das und die Schwestern haben es dir nur nicht gezeigt.»

«Warum sollten sie so etwas tun?»

Das wusste Antonia nicht, aber es gab viele Beispiele, dass die Schwestern Dinge vor den Mädchen versteckten: Essen, hübsche Kleider, Branntwein, die Bücher mit den unzüchtigen Bildern und die Bücher mit den ketzerischen Texten. Warum sollten sie nicht auch Medizin verstecken? Vielleicht wollten sie verhindern, dass Katharina so viel wusste wie sie.

Katharina hatte im Kloster eine eigene Kräutersammlung angelegt – zuerst unter Anleitung von Schwester Guta. Später hatte die Schwester keine Zeit mehr für Katharina gehabt, dann waren Töpfe mit getrockneten Kräutern verschwunden, und kurz vor der Flucht aus dem Kloster hatte sich Guta verplappert und zugegeben, dass die Äbtissin ihr untersagt hatte, Katharina weiter in die Geheimnisse der Heilkunst einzuführen.

Katharina las sich fest und vergaß, dass sie nicht allein war. Antonia wanderte an den Bücherschränken entlang. In der Ecke stand ein runder Tisch mit einem Sessel, der bequem aussah. Antonia setzte sich hinein, legte den Kopf an die hohe Lehne.

«Soll ich dir noch Kerzen bringen?», fragte sie.

«Nein, nein. Unten werden sie dringender gebraucht.»

18

Augustine stand wieder als Letzte auf. Fünf Minuten später rannte sie über den Hof und rief: «Sie sind geflohen. Wo ist der Schatz? Wir müssen sofort den Schatz überprüfen.»

Regula, Antonia und Beatrice waren verschwunden, mit ihnen die Kutsche und die Pferde. Vom Schatz fehlte nichts, jedenfalls kein Gemälde, das Kreuz nicht, auch die Krone war noch vorhanden. Ob Münzen fehlten, darüber waren sich die Mädchen nicht einig. Als es darum gegangen war, die Kisten zu verstecken, war ein Streit über den besten Ort entstanden. Fürs Erste waren die wertvollen Gegenstände in dem vollgemüllten Raum gelandet.

«Wir müssen Buch führen», forderte Maria. «Sonst kann sich ja jede die Taschen voll stecken und hinterher behaupten, dass sie nicht am Gold war.»

Katharina lachte. «Antonia ist keine Diebin, Regula auch nicht. Und nie im Leben würden die beiden gemeinsame Sache machen. Falls du es noch nicht erkannt hast: Sie hassen sich.»

«Für einige Pfund Gold und Diamanten vergessen sie ihre Feindschaft», behauptete Maria. Sie selbst hatte schon mehrfach darüber nachgedacht, wie schön es wäre, einige Münzen und Broschen in ihren Besitz zu überführen. Es war keine

Angst, erwischt zu werden, die sie davon abhielt. Es war der Schatz selbst, der ihr Angst einjagte. Maria stammte aus bescheidenen Verhältnissen. Ohne die Frömmigkeit ihrer Eltern hätte der Graf, für den der Vater die Fischteiche überwachte, nie das Empfehlungsschreiben an den Bischof aufgesetzt, der wiederum einen Brief an die Äbtissin geschrieben hatte, die das Schreiben erbost mit den Worten auf den Tisch geknallt hatte: «Sind wir eine Kinderstube für bessere Töchter oder sammeln wir die Reste der dreckigen Bauern ein?»

Schmuck war für Maria stets das Zeichen für eine hochstehende Herkunft gewesen. Der schönste Schmuck in ihrem Haus war, wenn die Mutter zum Erntedankfest einen Kranz aus Wiesenblumen geflochten hatte. Nie hatte Maria Gold besessen. Mehrfach hatte sie ihre Lippen auf den Ring des Grafen drücken dürfen, wenn er an die Teiche kam, um mit Marias Vater über Karpfen, Schleie und Hechte zu sprechen. Als der Schatz im Klosterversteck lag, war niemand so oft zu ihm gekrochen wie Maria. Sie hatte sich nicht mit der Krone geschmückt, hatte nicht wie Augustine Münzen durch ihre Hände rinnen lassen. Sie wollte nur schauen, eine größere Annäherung war für sie nicht denkbar. Deshalb hasste sie Regula und Antonia. Die besaßen so eine respektlose Art, mit dem kostbaren Geschmeide umzugehen. Sie taten, als würde es sich nur um vornehmes Geschirr handeln. Dabei standen sie vor einem Schatz, wie ihn nicht einmal Graf oder Bischof besaßen. Vielleicht war der Krieg wegen diesem Schatz ausgebrochen. Vielleicht waren sie die mächtigsten Mädchen der Welt und wussten es nicht.

Katharina bereitete sich sorgfältig vor. Sie brachte ihre Vorräte in Ordnung, steckte die Haare an den Kopf und löste sie ein wenig. Festgestecktes Haar machte streng, lockeres Haar machte schön.

Cecilia kehrte aus dem Wald zurück. Sie hatte die zweite Falle aufgestellt, die morgens aufgetaucht war. In der ersten Falle hatte sich noch kein Tier gefangen.

«Ich habe Spuren gesehen», berichtete sie. «Der Wald steckt voller Tiere.»

Der Junge fiel Katharina direkt vor die Füße. Das zweite Kind, vor dem er wohl im Spiel geflohen war, erstarrte, als sei er gegen eine Wand gelaufen. Beide Kinder starrten Katharina an. Sie stellte den Kleinen auf die Beine. Seine Schuhe bestanden aus Lederfetzen, die über dem Spann zusammengebunden waren. Zwischen Leder und kurzer Hose schaute nackte Haut hervor. Beide Ärmel glitzerten, mit rechts wischte er sich den Schnodder von der Nase.

Plötzlich erklang die Stimme einer Frau, die Kinder flitzten zu ihr. Nicht ihr Erscheinen ließ Katharina zusammenzucken. Es war etwas anderes: Sie verstand die Frau nicht, kein einziges Wort. Katharina nannte ihren Namen und dass sie es bedaure, wie ungünstig der erste Kontakt ausgefallen sei. Die Mutter stand schweigend, die Arme vor der Brust verschränkt. Die fadenscheinige Strickweste über der dünnen Bluse war ein sicherer Weg, sich zu erkälten. Während ihr solche Gedanken durch den Kopf gingen, wusste Katharina schon, dass sie der Frau nicht gerecht wurde. Die Frau würde jeden Tag zu dünn angezogen sein und machte nicht den Eindruck, als wäre sie erkältet. Sicher war sie mager, aber das lag nicht an der Kälte.

Sicher war sie misstrauisch. Auch dagegen befand sich kein Kraut in Katharinas Tasche.

«Ich will Euch nicht belästigen», sagte sie. «Aber ich habe gesehen, dass einige von Euch nicht gesund sind.»

Jetzt sprach die Frau, zwei oder drei Sätze. Diesmal kamen Katharina einige Wörter bekannt vor: «weggehen», «Ruhe lassen», «Schläge kriegen».

Wie konnte das sein? Waren sie in ein fremdes Land gekommen? Nie war im Kloster davon die Rede gewesen, dass zwei Tagesmärsche entfernt eine fremde Sprache gesprochen wurde. Wahrscheinlich handelte es sich um einen Dialekt. Die halbe Nacht hatte sie über Büchern verbracht. Als sie morgens erwacht war, hatte sie sich darauf gefreut, mit ihrem Wissen Menschen zu helfen. Und jetzt scheiterte es an der Sprache.

Katharina sagte: «Ich kann Euch nicht gut verstehen. Ihr sprecht einen anderen Dialekt als dort, wo ich herkomme. Ich komme aus der Gegend von Kassel. Vielleicht habt Ihr schon davon gehört.»

Das Gesicht der Frau zeigte an, dass sie den Ort kannte, wenigstens den Namen. Katharina nutzte ihre Chance: «Ich bilde mich in medizinischen Künsten aus. Ich lerne noch, aber ich weiß schon einiges. Ich habe Medizin bei mir, mit ihr kann man helfen bei Hautkrankheiten, bei entzündeten Augen, bei Zahnschmerzen und wenn der Bauch wehtut. Wenn Ihr meine Salbe auf Wunden streicht, heilen sie schneller. Ihr müsst mir nur sagen, wo ich helfen kann. Bei unserer ersten Begegnung sah ich, dass zwei Kinder entzündete Augen haben. Das sollte behandelt werden, die Augen könnten sonst ihre Kraft verlieren.»

Plötzlich stand der Mann zwischen ihnen. Offenbar hatte er

Katharinas letzte Worte gehört, denn er begann sofort zu toben: «Warum droht Ihr uns? Reicht es Euch nicht, dass wir hungern und frieren? Müsst Ihr Euren Spaß mit uns treiben?»

So viele ungerechte Vorwürfe waren Katharina noch nie begegnet. Deshalb zögerte sie einen Moment mit der Antwort. Der Mann nahm das Zögern als Eingeständnis ihrer Schuld und trat auf sie zu. Er war nicht rasiert, seine Haare waren so kurz, wie Katharina es selten bei einem Mann gesehen hatte. Katharina verstand jedes Wort, dabei besaß seine Sprache die Klangfarbe der Frau. Sie verstand, dass sie verschwinden sollte, dass sie sich nie wieder sehen lassen sollte, dass ab morgen die Hunde frei herumlaufen würden.

Katharina war wütend. Warum nahmen sie die angebotene Hilfe nicht an? Wie schlecht musste es ihnen gehen, bevor sie zur Vernunft kamen? Oder war der Mann gar nicht zornig, sondern verzweifelt? Dann wäre er kein Fall für Katharina, sondern für Ursula. Ihre fromme Medizin konnte heilen, das bezweifelte Katharina nicht. Aber in ihrer Tasche steckten andere Arzneien, von denen sie eine herausholte und der Frau entgegenstreckte.

«Gebt das den Kindern mit den Augen. Ihr müsst es warm machen, sie sollen die Augen darin baden. Morgens und abends. Eine Woche lang. Habt Ihr mich verstanden? Wenn Ihr mehr braucht, ich habe mehr.»

Die Frau nahm ihr den Beutel nicht ab. Katharina legte ihn vor sich in den Schnee. Plötzlich stand der Junge mit den nackten Beinen vor ihr. Sein Gesicht war treuherzig, solche Kinder musste man einfach streicheln. Aber der Wachhund passte auf. Katharina wich zurück. Zu zittern begann sie erst, als sie fast das Schloss erreicht hatte.

19

Bis zum Abend war die Kutsche noch nicht zurückgekehrt. Tagsüber hatte Augustine gefrotzelt: «Habt ihr auch das Gefühl, dass man bei uns seit Neuestem freier atmen kann?»

«Sie sind immer sehr besorgt, dass es allen gut geht», entgegnete Cecilia. «Was ist daran schlecht?»

«Schlecht ist daran, dass sie sich benehmen, als wären wir sieben oder acht Jahre alt.»

«Das kommt dir nur so vor, weil du so empfindlich bist, Augustine.»

«Du fühlst dich natürlich nicht unterdrückt.»

«Da hast du recht.»

Augustine war enttäuscht. Sie wollte keinen Aufstand anzetteln. Nur ein bisschen lästern – darauf hatte sie Lust.

Nachmittags ging Cecilia in den Wald, um die Fallen zu überprüfen. Ursula begleitete sie. Sie war überrascht, mit welcher Zielstrebigkeit sich die Freundin in den Verwehungen bewegte. Für Ursula sah ein Schneehaufen aus wie der andere. Wege gab es nicht, nur Tierspuren im Schnee.

«Hast du keine Angst, dich zu verlaufen?», fragte Ursula zaghaft.

«Ach was. Das hat man im Gefühl.»

«Ich nicht.»

«Du kannst ja Markierungen anbringen. Büsche abknicken, Rinde vom Baum brechen.»

Die Verwehungen waren zu ungeheurer Höhe emporgewachsen. Die Mädchen standen zwischen bizarren Gebilden in einer funkelnden, gefrorenen Welt.

«Wunderschön», sagte Cecilia bewundernd. «Das muss ich malen.»

«Wieso denn? Das ist doch bald getaut.»

«Wenn ich es gemalt habe, bleibt es für immer.»

«Niemand interessiert sich für Schnee. Schnee gibt es jedes Jahr wieder. Außerdem behindert er uns nur.»

Aber Cecilia sah den Schnee mit anderen Augen. Hingerissen stand sie vor der zehn Fuß hohen Verwehung, während die hinter ihr stehende Ursula gegen den Impuls ankämpfte, der Freundin einen Schubs zu geben. Zart pustete Cecilia auf die Schneedecke. Die Sonne war herausgekommen, das bunt schillernde Farben- und Funkenspiel verzauberte sie. «Hoffentlich habe ich bald wieder Farben», murmelte sie.

«Wozu brauchst du Farben für Schnee? Er ist weiß.»

Sie zog Ursula zu sich heran, deutete auf eine Stelle und gab nicht eher Ruhe, bis Ursula erkannt hatte, dass der Schnee kein Klumpen langweiliges Weiß war, sondern ein Organismus unzähliger Kristalle. «Es gibt gar keinen großen Schnee», murmelte Cecilia. «Es gibt nur unzählige winzige Flocken.»

«Wenn das so ist, dann ist ja ein Fuchs größer als Schnee.»

«So ist es nicht, denn der Fuchs besteht aus Haut und Knochen und Herz und Augen, und das alles besteht aus Blut und Zellen. Das viele Kleine baut das Große.»

Vor Ursulas Nasenspitze ereigneten sich Explosionen. Sonnenstrahlen trafen auf Schnee und flogen in alle Richtungen auseinander.

«Eigentlich will ich immer das Kleine malen», murmelte Cecilia. «Aber ich kann erst das Große. Zufrieden werde ich sein, wenn ich hinter das Große schauen kann – so wie Katharina hinter die Haut schauen will, weil dort das Leben steckt.»

Ursula hauchte den Schnee an, eine phantastische Explosion traf ihre Nase. An diesem Tag erkannte sie zum ersten Mal, was Schnee war.

Plötzlich hörten sie das Geräusch. Schweigend blickten sich die Mädchen an. Cecilias Kopf wies nach links. Schnauben, Knirschen, Stille. Ursulas erster Gedanke war: Soldaten.

Die Mädchen waren von den Geräuschen durch die hohe Schneewehe getrennt. Weil sie in kniehohem Schnee standen, mussten sie bei jedem Schritt ein Bein aus dem Schnee ziehen und es behutsam in unversehrten Schnee setzen. Ursula benutzte die Löcher von Cecilia.

Sie standen dicht zusammen, einige waren damit beschäftigt, die Schneedecke aufzubrechen. Die anderen kauten friedlich. Schwere braunrote Körper, ein Dutzend Tiere, drei von ihnen trugen Geweihe. Das lahmende Tier entdeckten die Mädchen gleichzeitig. Es musste gestürzt sein oder mit knapper Not Raubtieren entkommen. Solange die Tiere sich kaum bewegten, erkannten die Mädchen nicht, wie stark der Hirsch eingeschränkt war. Die Entfernung zur Herde betrug kaum mehr als zehn Schritte. Als Cecilia gleichzeitig in die Hände klatschte und zu schreien begann, fiel Ursula vor Schreck beinahe um. Immer weiter schreiend, gellend, wie von Sinnen, rannte Cecilia auf das Rudel zu. Die Hirsche stoben auseinander, es gab keine gemeinsame Richtung, zwei stießen aneinander, das lahmende Tier brach nach zwei Schritten ein, war gleich wieder auf den Beinen, brach erneut ein, sackte kraftlos weg, geriet in tiefen Schnee, aus dem es sich nicht befreien konnte, und die schreiende Cecilia war nur noch fünf Schritte entfernt. «Komm!», rief sie. «Wir schaffen das, wir schaffen das!» Ursula stand starr. Das war ja wahnsinnig, was Cecilia vorhatte, aber der Hirsch kam einfach nicht auf die Beine, von den anderen Tieren war nichts mehr zu sehen, nur der verletzte Hirsch und Cecilia, die lautstark auf ihn zustampfte – und Ursula, die das Gefühl hatte, vor einer Bühne zu stehen, und auf der Bühne wurde ein seltsames Stück aufgeführt.

«Ich hab ihn gleich», rief Cecilia und fiel zur Seite, weil der Schnee nachgab und sie nicht wieder auf die Beine kam, aber der Hirsch schaffte es. Er lief hinkend davon, wurde kleiner, war verschwunden. Wütend hieb Cecilia in den Schnee, dass Wolken aufstiegen, und in den Kristallen brach sich das Sonnenlicht und die zornige Cecilia war eingehüllt vom schönsten Feuerwerk der Welt.

20

Bis zur Dämmerung war die Kutsche immer noch nicht zurückgekehrt. Katharina und Ursula stiegen auf den Turm.

«Es ist seltsam», sagte Katharina, «von hier kann man das Dorf sehen. Aber als wir im Dorf waren, haben wir den Turm nicht gesehen.»

«Hinter mir hätte ein Drache stehen können, den hätte ich auch nicht gesehen. Ich war viel zu aufgeregt. Die Menschen haben uns so gehasst.»

«Sie müssen sich erst an uns gewöhnen.»

«Das verstehe ich. Aber sie haben uns gehasst. Wie kann man etwas, das man nicht kennt, hassen?»

«Ich glaube, das macht es sogar leichter. Wenn du jemand nicht kennst, kennst du auch nicht seine guten Seiten. Die würden dich nur daran hindern, ihn zu verabscheuen.»

Ursula berichtete, was sie im Wald mit Cecilia erlebt hatte. Katharina lachte. Einen Hirsch angreifen! Auf den Gedanken konnte nur ein verrücktes Huhn wie Cecilia kommen!

«Sie hätte ihn beinahe erwischt», sagte Ursula beeindruckt.

«Ja und dann? Was hätte sie mit ihm gemacht? Hätte sie mit ihm gerungen und ihn erwürgt?»

Ursula dachte an die drei, die sich jetzt hoffentlich auf dem

Rückweg befanden. Katharina ahnte, was in der Freundin vorging. «Vielleicht mussten sie weiter fahren, vielleicht war der erste Ort nicht der richtige, weil dort Soldaten sind.»

«Verstehst du den Krieg?»

«Ich glaube, selbst Gott hätte Probleme, ihn zu verstehen.»

«Und wenn sie sich verlaufen?»

«Ich weiß, dass sie es schaffen werden.»

«Ich habe keine Angst», sagte Ursula energisch. «Zur Not gründen wir ein neues Kloster.»

«Das halte ich für keine gute Idee», warf Katharina vorsichtig ein.

«Es muss aber doch fromme Menschen geben, die gut zu Kindern sind.»

«Willst du zum zweiten Mal herausfinden, dass du dich irrst?»

«Aber … aber das würde ja bedeuten, dass wir selbst es sind, die Kinder prügeln.»

Katharina lachte. «Wir wissen nicht, was wir morgen essen werden, und du machst Pläne für die nächsten Jahre.»

Als Katharina wieder vom Turm hinabsteigen wollte, fragte Ursula zaghaft: «Weißt du schon, was du später tun willst?»

«Lernen.»

«Immer noch? Aber du lernst doch schon so lange. Hört das denn nie auf?»

Katharina musste über die komische Verzweiflung in Ursulas Stimme lachen. «Mit der Medizin ist das eine seltsame Sache», sagte sie. «Wenn du Goldschmied bist oder Weberin oder Dachdecker, dann weißt du genau, was du tun musst: das Gleiche, was alle Goldschmiede und Dachdecker vor fünf Jahren und vor 20 Jahren getan haben. Mit der Medizin ist das anders. Jeden Tag kommt viel Neues in die Welt. Was heute gilt, kann morgen alt und falsch sein.»

«Aber die Krankheiten sind doch immer die gleichen.»

«Wir können heute Gebrechen heilen, an denen wir vor zehn Jahren gestorben sind. Wenn du die Wahl hast, mit einer Kutsche zu fahren, die gestern gebaut wurde oder mit einer klapprigen Kutsche ohne Federn von vor 50 Jahren, in welche würdest du steigen? Manche Ärzte haben aufgehört, Neues zu lernen. Wenn du zu denen gehst, bist du zwar nicht automatisch dem Tod geweiht. Aber du verzichtest auf eine bessere Behandlung, die möglich ist. In England wissen die Ärzte mehr als bei uns. In Prag leben die Allerbesten. Dorthin muss ich unbedingt.»

«Oh.»

«Was ist?»

«Ach, nichts.»

Erst als Katharina in sie drang, stieß Ursula mit feuchten Augen hervor: «Du willst in die Welt und uns zurücklassen.»

«Aber Ursula, nein. Ich verlasse dich doch nicht. Es kann höchstens sein, dass ich auf eine Reise gehe. Um mich zu vervollkommnen. Komm doch mit.»

«Reisen ist gefährlich. Sie überfallen jede Kutsche.»

Ursula hatte sich verraten: Sie befürchtete, dass die drei Freundinnen ein Opfer von Banditen werden könnten.

Als die Mädchen den Turm verließen, war Dunkelheit über das Schloss gespannt wie ein schwarzes Tuch.

Lange nachdem die Letzte eingeschlafen war, zog es Ursula ins Freie. Sie spazierte über den Hof und schaute zu den Fenstern hinauf, die zur Bibliothek gehörten. Sie beneidete Katharina.

Alle Mädchen respektierten die künftige Heilerin. Die fromme Ursula war nur bei den Schwestern im Kloster auf Lob gestoßen. Ursula spürte, dass es nicht allein darauf ankam, Lob zu erhalten. Es war auch wichtig, von wem man es erfuhr.

Auf ihrem ruhelosen Marsch über den Hof kam sie immer wieder an der Tür vorbei. Ursula fiel auf, dass niemand sich bisher über diese Tür geäußert hatte – wohl weil es nicht der Rede wert war, was sich hinter ihr befand. Eine Abstellkammer voller Müll, von Ratten und Mäusen befallen. Die Fenster waren farbig, ungewöhnlich für einen Lagerraum. Ursula öffnete die Tür. Eine Minute später rannte sie in die Küche, besorgte Kerzen und rannte hinaus.

Der Raum der Kapelle war winzig. Mehr als 25 oder 30 Leute würden in den vier Sitzreihen keinen Platz finden. Einen Altar gab es immerhin, mit zwei Flügeln. Vielleicht wirkte er nur so groß, weil der Raum so klein war. Alles war schlicht, die Kerzenleuchter, die Bänke. Kaum Schnitzwerk, nichts Verspieltes, nur Bänke zum Sitzen. Alles war verstaubt, aber nichts zerstört. Als Ursula in der letzten Reihe saß, wurden ihre Augen feucht. Eine Kapelle! Damit hatte sie nicht gerechnet. Warum hatte ihr das niemand erzählt? Bedeutete den anderen eine Kapelle so wenig? Ursula hatte ihre Aufgabe gefunden. Wo alles neu aufgebaut werden musste, würde sie sich um die Kapelle kümmern. Ursula faltete die Hände. *Ich werde es versuchen, in aller Demut, so gut ich es kann, mit allen Fehlern, die ich begehen werde. Wenn es zu viele werden, gib mir ein Zeichen, dann höre ich damit auf. Aber ich will es versuchen.*

Sie saß in der Bank, bis ihr kalt wurde. Aber der Frost zog nur in die Knochen und Muskeln. Bis zum Herz gelangte er nicht.

21

In dieser Nacht schliefen die Mädchen schlecht – mit Ausnahme von Maria und Ursula. Einmal eingeschlafen, hätte man neben den beiden Kanonen abschießen können, sie wären nicht erwacht. Aber Kanonendonner war es nicht, der die anderen am Schlafen hinderte. Es begann mit einem Wispern, kaum hörbar, das Geräusch erreichte eher die Phantasie als die Ohren. Mäuse? Ratten? Natürlich lebten Nagetiere im Schloss, sie hatten Zeit gehabt, sich ungestört durch Mauern und Türen zu nagen. Seit gestern machten die Mädchen mit den stabilsten Magennerven Jagd auf die Plagegeister. Bei Mäusen waren kaum Erfolge zu erzielen, die Ratten jedoch legten eine unbegreifliche Furchtlosigkeit an den Tag. An Ursulas Bein war eine bis zum Oberschenkel geklettert, bevor die neben ihr stehende Augustine den Knüppel schwingen konnte. Seitdem trug Ursula einen blauen Fleck herum. Maria hatte im abgelegensten Kellerraum in fünf Minuten sechs Ratten erlegt. Den Mädchen war schleierhaft, warum die Tiere nicht flüchteten. Hildegard, die über Tiere am meisten wusste, hatte auch keine Antwort parat. «Vielleicht liegt es daran, dass sie so lange keine Menschen gesehen haben. Also haben sie auch so lange keine schlechten Erfahrungen mit Menschen gemacht.»

Das leise Rascheln stammte demnach wohl von Ratten. Alle Türen waren verschlossen, in der Küche, wo die Mädchen schliefen, hielt sich mit Sicherheit kein Tier auf. Doch dann änderte sich das Geräusch, wurde zu einem leisen Heulen, wie von ferne. Mal kam es von rechts, mal von links. Augustine schwor hundert Eide, dass es auch von unten kam. Aber unter dem Fußboden war nackter Felsen. Konnten Fledermäuse solche Geräusche erzeugen? Hielten sie keinen Winterschlaf? Was für Tiere gab es noch, die sich in Gebäude schlichen?

Die Mädchen öffneten alle Türen am Herd, um die Dunkelheit zu vertreiben. Sie legten Ohren an die Türen, öffneten die Tür, erst eine, dann alle. Das Heulen kam von oben. Die Knüppel standen noch von der Rattenjagd griffbereit. Vier Mutige fanden sich, um die Treppe hinaufzusteigen. Cecilia mit der Sichel aus dem Gerätehaus ging vorneweg, Katharina mit ihrer alten Arzttasche bildete die Nachhut.

Sie erreichten die untere Ebene des Schlosses, Kerzen wurden vorweg getragen. Aber den Mädchen gelang es einfach nicht, die Quelle des Heulens einzukreisen. Es war, als würde sich das Heulen vor ihnen zurückziehen. Aber es blieb vernehmbar.

«Was ist das?», fragte Cecilia gereizt. Die Sichel umklammernd, schritt sie energisch vorwärts, riss eine Tür nach der anderen auf.

«Komm raus!», rief sie ins Finstere, bevor eine Kerze den Raum auszuleuchten begann. Bei Dunkelheit wirkte das Schloss zehnmal so groß.

«Es sind Tiere oder Menschen», wisperte Katharina. «Wenn es Tiere sind, werden wir sie verjagen. Wenn es Menschen sind …»

«Wie kommen die dazu, uns in unserem Schloss zu ärgern?», flüsterte Cecilia empört.

«Dir ist schon klar, dass es nicht unser Schloss ist?»

Das war es. Aber Cecilia wusste auch, dass nicht die Besitzer zurückgekehrt sein konnten. Die hätten den Haupteingang benutzt.

Eine Treppe höher erreichten die vier Jägerinnen den Festsaal. Drinnen waren kleine harte Geräusche zu hören – als würde jemand mit Holzschuhen über den Parkettboden trippeln.

«Zwerge», wisperte Ursula. «Wir haben sie im Winterschlaf gestört, und jetzt sind sie wütend.»

«Ursula», sagte Katharina streng. «Zeig mir die Stelle in der Bibel, wo von Zwergen die Rede ist.»

Zwei Mädchen nahmen an der rechten Tür Aufstellung, zwei links. Sie rissen die Türen auf und stürmten mit Geschrei hinein. In allen Spiegeln wimmelte es vor Leben. Gesichter, zappelnde Arme und Beine, unheimliche Kerzen, hunderte, tausende.

«Da! Da sind sie!» – «Dämonen! Sie haben die alten Bewohner gefressen und jetzt wollen sie uns!» – «Gegen so viele Feinde können wir uns nicht wehren!» – «Gut, meine Damen, und jetzt atmen wir tief durch.»

Katharinas Stimme kam von der Tür, wo sie stehen geblieben war, während die drei anderen sich vor der Reihe von Spiegeln drängten, in denen sie immer neu vervielfältigt sich selbst gegenüberstanden.

Cecilia hob einen Arm, dann den anderen. Als ihr Spiegelbild es ihr gleichtat, fiel die Panik von ihr ab. Es gab für alles eine Erklärung ... oder?

Die Mädchen vermieden es, stillzustehen und zu schweigen. Solange sie plapperten, würden sie nichts hören. Kaum waren sie still, hörten sie es – Lachen, gehässiges Keckern, so leise wie vorhin das Heulen. Geräusche, die nicht von ihnen stammten. Auch nicht von den Freundinnen, die in der Küche zurückgeblieben waren.

«Es müssen Tiere sein», behauptete Katharina.

Aber niemand kannte Tiere, die solche Geräusche zu erzeugen vermochten.

«Gut», sagte Katharina, «dann sind es eben Tiere, die wir nicht kennen. Hat eine von euch geglaubt, alle Tiere zu kennen, die auf der Erde herumlaufen?»

Sie kannten nicht die Tiere im fernen Afrika und die im fernen Amerika noch weniger. Aber dies war ihre Heimat. War es möglich, dass sich nicht nur die Sprache der Menschen änderte, sondern auch die Tiere?

«Sie sind in der Wand», sagte Cecilia. «Ratten können das.»

Aber Ratten waren nicht in der Lage, solche Geräusche zu erzeugen.

«Sie sind hinter den Spiegeln», behauptete Ursula. Hinter den Spiegeln war nur die Wand, auf der anderen Seite der Wand befand sich der Flur. Die Geräusche waren auch im Keller zu hören gewesen, wo es keine Spiegel gab.

Ursula sagte: «Meistens laufen sie im Schloss herum, nur wenn sie sich bedroht fühlen, fliehen sie in die Spiegel.»

«Das ist unmöglich», sagte Katharina.

«Nur weil wir es nicht kennen, ist es nicht unmöglich», wandte Cecilia ein.

«So geht das nicht», sagte Katharina. «Wir sind vom Kloster weggegangen, um in eine bessere Zeit aufzubrechen. Ich habe das nicht getan, um in frühere Zeiten zurückzukehren. Früher haben die Menschen alles Mögliche geglaubt. Heute wissen wir, dass sie sich geirrt haben. Tiere in den Spiegeln! Nun hört aber auf!» Die anderen blickten sie so lange schweigend an, bis Katharina unwillig sagte: «Nein, ich weiß auch keine bessere Antwort. Aber etwas nicht zu wissen heißt nicht, dass es nicht eine bessere Antwort gibt.»

«Was sollen wir tun? Wachen aufstellen?»

«Wir müssen sie vertreiben», sagte Cecilia. «Mit einem Kraut, das sie verjagt. Oder ein Gewürz. Oder ein Geräusch!»

«Oder ein Tier!», sagte Katharina. «Jedes Tier hat ein Tier, vor dem es sich fürchtet. Sogar der Bär fürchtet den stärkeren Bären.»

«Ein Bär im Schloss?»

«Kein Bär. Vielleicht ein Hund. Katzen.»

«Es muss doch etwas geben, das jedes Lebewesen unter der Sonne fürchtet.»

«Feuer!»

«Meinst du, wir sollen Feuer im Schloss machen? Wenn das Schloss niederbrennt, haben die unheimlichen Tiere keine Heimat mehr. Aber wir leider auch nicht mehr.»

«Feuer», sagte Cecilia eifrig, «wir zünden ein Feuer auf dem Turm an. Damit die Kutsche den Weg ins Schloss findet.»

Den anderen kam die Vorstellung abwegig vor.

Katharina sagte: «Sie werden nachts nicht fahren. Das ist zu gefährlich. Und jetzt geht es doch um die Tiere.»

Doch Cecilia ließ sich nicht mehr von ihrem Gedanken abbringen. «Ein Feuer in der Nacht!», rief sie eifrig. «Damit sie wissen, dass wir an sie denken. Vielleicht werden sie in diesem Moment überfallen. Vielleicht wissen sie nicht, in welche Richtung sie fliehen müssen. Stellt euch vor, sie fahren eine Nacht lang in die falsche Richtung. Dann werden wir sie nie wiedersehen.»

Katharina spürte die Blicke der anderen Mädchen. Sie erwarteten von Katharina, Cecilia klarzumachen, dass das Feuer nicht bis zur Kutsche reichen würde.

«Wenn sie spüren, dass wir an sie denken, werden sie durchhalten», flüsterte Cecilia. «Ihr müsst auch gar nichts tun, ich werde die ganze Nacht wach bleiben. Ihr müsst mir nur helfen, Holz auf den Turm zu tragen. Ihr werdet mir doch helfen, nicht wahr? Bitte.»

Eine Stunde später leuchtete ein Feuer in der Nacht. Es sah aus, als würde der Himmel brennen.

22

Als Cecilia die Augen aufschlug, fand sie sich vor dem Herd liegend wieder. Bis zuletzt hatte sie doch auf dem Turm alle Versuche der Freundinnen abgewehrt, sie ins Warme zu locken. Selbst als sie in der beißenden Kälte Finger und Zehen nicht mehr spürte, hatte sie sich geweigert. Doch irgendwann war die Müdigkeit stärker gewesen.

Ihre ersten Worte lauteten: «Ihr habt mir etwas in mein Wasser getan. Das werde ich euch nie verzeihen.»

Alle waren froh, dass ein neuer Tag angebrochen war. Tagsüber gab es keine Geräusche, tagsüber traute man sich auf neue Erkundungsgänge durchs Schloss.

«Ich weiß, woher die Geräusche gestern Nacht gekommen sind», sagte Maria scheinheilig. «Es sind die Bücher, die wispern. Sie sind abends unterwegs, um Essen zu suchen. Wenn die Bücher weg sind, sind die Geräusche weg.»

Katharina reagierte nicht auf diese Dummheit. Maria wiederum vertrug es nicht, wenn man sie ignorierte. Um nicht wie die Verliererin dazustehen, sagte sie: «Lasst uns die Bücher ins Freie tragen und abwarten, was dann im Schloss passiert.»

Ursula drückte Maria einen Besen in die Hände. «Mach dich nützlich.»

An diesem Morgen begannen die Mädchen, die Nebengebäude vom Schmutz zu befreien. Hilde war hinkend unterwegs, um die Ochsen zu füttern. Die Kolosse gaben sich mit Baumwurzeln, Rinde und aufgetauten Blättern zufrieden. Aber sie mussten bald Getreide bekommen oder Abfälle aus der Küche.

Heinrich nieste. Sie brachten ihn zu Katharina, die legte eine Hand auf seine Stirn und blickte in seinen Mund. «Halt dich warm», empfahl sie. Aber Heinrich wollte die Nebengebäude erkunden, überhaupt war er zwischendurch immer wieder verschwunden. Bis jetzt hatte er nicht nach seinen Eltern gefragt. Seitdem Antonia aufgebrochen war, hatte er sich noch dichter an Hilde angeschlossen. Für einen flüchtigen Beobachter mochte es so aussehen, als würde sie sich kaum um ihn kümmern. Aber Hilde besaß eine resolute Art, den Kleinen zu umarmen oder ihm einen Klaps zu geben. Das reichte Heinrich, er war nicht verwöhnt. Von Maria und Augustine hielt er sich fern, auch Ursula jagte ihm Furcht ein. Als sie das erkannte, ging sie auf ihn zu, was dazu führte, dass der Junge noch mehr Abstand hielt. Konnte das nur daran liegen, dass sie ihm zugeflüstert hatte: «Wenn du nicht nett zu mir bist, musst du in der Hölle braten»?

Das Feuer auf dem Turm war erloschen. Nach dem Aufstehen hatte Hilde vor dem Tor zwei Männer entdeckt, die gleich wieder verschwunden waren. Offenbar handelte es sich um Dorfbewohner, die herausfinden wollten, ob es in der Nacht im Schloss gebrannt hatte.

Ursula führte die frisch entdeckte Kapelle vor. Alle sahen sie sich an. «Nett», sagte Cecilia.

«Nett! Ist das alles, was dir dazu einfällt?»

«Eine nette kleine verstaubte Kapelle. Was erwartest du?

Soll ich die Fassung verlieren? Zeige mir, wie uns die Kapelle hilft, und ich knie nieder. Kann die Kapelle Essen besorgen? Kann sie die Räume heizen?»

«Ich hasse dich», fauchte Ursula. «Du bist des Teufels. Aber wenn es dir schlecht geht, wirst du angekrochen kommen. Wer weiß, ob ich dann Zeit für dich habe.»

«Du hast, Schwester. Jeder Pfaffe wartet nur darauf, eine neue Seele einzukassieren.»

In der Kapelle lag nichts, womit sich werfen ließ. Aber Ursula hätte der davongehenden Cecilia jetzt gern ein Holzscheit ins Kreuz gefeuert.

23

Plötzlich stand sie auf dem Hof. Das Erste, was alle Mädchen sahen, als sie ins Freie eilten: Die linke Tür der Kutsche fehlte und niemand saß auf dem Bock. Ursula spürte einen Schmerz in der Brust, als habe sie eine Lanze ins Herz bekommen. Ihr erster Gedanke war: Sie sind alle tot. Aber sie waren lebendig, sie saßen in der Kutsche, Beatrice hatte in der windgeschützten Kabine die Zügel gehalten, denn der Bock war hoch bepackt mit Säcken und Kisten. Überhaupt diente jede freie Ecke als Stauraum, um Säcke und in Decken gewickelte Gegenstände zu bunkern. Auf dem Dach lagen Säcke, zwischen den hinteren Rädern war kein Platz mehr, um auch nur eine Bibel unterzubringen. Eine nach der anderen krabbelte ins Freie. Beatrice sah unverändert aus, die beiden anderen wirkten um Jahre gealtert. Übermüdet waren alle drei. Ein Umarmen begann, das kein Ende nehmen wollte. Weil sie schon dabei waren, umarmten sich auch die zu Hause Gebliebenen, Ursula riss Antonia gleich dreimal an sich. Hätte jemand vom Turm die Umarmungen gezählt, wäre er zu dem Ergebnis gekommen, dass Antonia dreimal so oft liebkost wurde wie Regula. Dafür war es Regula, die in der Türöffnung stand und mit großspuriger Armbewegung ausrief: «Es ist so schön, wieder zu Hause zu sein. Sicher möchtet ihr erfahren, was mir und den anderen unterwegs widerfahren ist und warum wir in dieser Minute nicht tot im Graben liegen.»

Das wollten alle erfahren, aber vorher wollten sie wissen, was die Mädchen aus der Stadt mitgebracht hatten.

Sie waren in Eisenach gewesen. Immer der Nase und den Hinweistafeln nach. In Eisenach war Markttag, aber es gab auch Händler, die sie in ihren Häusern besucht hatten.

Mit beiden Händen hielt Antonia ein Paket in die Höhe, andächtig wie eine Monstranz. Beatrice zog das Papier ab.

Der Kuchen war überzogen mit Zuckerglasur. An einer Seite war er eingedrückt, aber es war Zucker, wertvoller Zucker!

«Das esse ich nicht», verkündete Ursula feierlich. «Das werde ich nur angucken.»

Dafür blieb ihr nicht viel Zeit. Sie zerrissen den Kuchen wie Wölfe den Hasen. Für jede blieb nicht mehr als eine Handvoll, aber die genossen sie mit allen Fasern. In den folgenden Minuten konnten die drei Marketenderinnen ihre Mitbringsel präsentieren. Der größte Schatz war ein kleiner Sack mit Zucker, gewonnen aus Zuckerrohr.

«Was habt ihr dafür bezahlt?», stammelte Cecilia.

«Wir», sagte Antonia, «wir alle haben das bezahlt. Der Zucker hat uns viel Geld gekostet.» Viel mehr als das Salz, das sie auch dabeihatten.

Weniger Geld hatten die Säcke mit Haferkorn, Gerste und Hirse gekostet, Saatgut, wie es Hilde verlangt hatte, denn die Bauerntochter wusste, was der erste Schritt zum selbst gebackenen Brot war: eine Handvoll Samen. Vom Hafer würden sie Brei für alle Tage kochen.

Trockenfrüchte gab's und 20 Laibe Brot; Würste gab es, Fasanen, Schwäne und ein Schwein; ein Fass mit Bier, zwei Fass mit Wein und Branntwein, starker Schnaps, an dem nur zu riechen manchem Mädchen Tränen aus den Augen trieb; Butter war da, Käse und Schmalz; aus dem Korb, in dem es raschelte, schauten, als man ihn öffnete, die Hälse von Hühnern – fünf Hühner und ein Hahn, der sich ängstlich in die Ecke drückte. Zwei Gänse füllten den Korb, von denen eine die Fahrt mehr tot als lebendig überstanden hatte. Von Dattelkernen und Haselnüssen kamen nicht mehr als jeweils zwei Hände ans Tageslicht. «Eisenach ist frei von Dattelkernen!», rief Regula, die daran etwas spaßig fand, was sich den anderen nicht mitteilte. Wacholderbeeren, Kümmel, Fenchel, sie hatten mitgebracht, was ihnen vor die Augen gekommen war. Nicht alles war sinnvoll, manches Sinnvolle war vergessen worden.

Aber Kerzen waren sinnvoll, sie füllten jeden Winkel der Kutsche aus, in den sonst nichts gepasst hätte. Seife war sinnvoll, zwei mächtige Stücke, eckig und pfundschwer, duftend wie eine Sommerwiese. Kleider lagen in einer Kiste; zuletzt kroch Regula unter die Kutsche und kam mit rotem Kopf wieder hervor, weil es ihr nicht gelungen war, den versteckten Schatz zu entknoten. Ein Messer musste her, dann machten Schießprügel die Runde, zwei Musketen, zwei Pistolen, ein Beutel mit Kugeln und genug Schwarzpulver, um das Schloss dem Erdboden gleichzumachen.

Mitgebracht hatten sie zuletzt auch das Versprechen eines Mannes, des freundlichsten Händlers von Eisenach. Er hatte Beatrice so sehr gemocht, dass er sie am liebsten bei sich behalten hätte. Sofort hatte er ihre Sprache verstanden, hatte mit ihr gelacht und den Mädchen ein Versprechen mit auf den Rückweg gegeben. Sie sollten zu ihm kommen, wenn der Schnee geschmolzen war, er würde ihnen Rinder besorgen, Ziege und Schaf, er würde energische Männer besorgen, die die Herde lebendig ans Ziel treiben würden. Im Winter wäre das zu beschwerlich und gefährlich.

Was dafür ging in Eisenach, der Stadt mit den Fachwerkhäusern und gut riechenden Marktgassen, waren Ingwer und Safran, Baumwoll-Gewebe aus Indien, ein seidenes Tuch aus China oder Griechenland. Aus dem Erzgebirge stammten die Figuren für Heinrich: ein Bergmann, seine Frau und ein Säugling in der Wiege. Bei den Erwachsenen waren Arme und Beine zu verdrehen wie beim richtigen Menschen. Heinrich, die Figuren gegen seine Jacke drückend, starrte nur Antonia an. Als sie sich vor ihn hockte, um ihm die Figuren zu erklären, ließ er sie fallen und umschlang Antonia so stürmisch, dass die lachend auf den Hintern fiel. Beide wurden gleich wieder auseinandergerissen, denn Schwein und Schwan mussten auf den Herd, das Brot wartete darauf, gegessen zu werden, dick mit Fett bestrichen, dass es von den Fingern tropfte. Becher kamen auf den Tisch, schaumiges Bier quoll über den Rand, Becher wurden aneinandergestoßen, und neun Mädchen taten so, als wären sie erwachsen.

Die glückliche Rückkehr musste begossen werden. Beatrice, die am meisten trank, lachte und lachte. Regula berichtete über den aalglatten Kerl, gekleidet wie ein Stutzer mit Ziegenbart und öligem Benehmen, der sich den Mädchen anschließen wollte, als die ihre Schätze zur Kutsche tragen ließen. Bot sich als Beschützer an, um sich vom erstbesten Trunkenbold an die Wange hauen zu lassen, worauf er der Länge nach in den Rinnstein fiel, in dem die Jauche floss.

Quartier genommen hatten sie in einem Gasthof vor den

Toren der Stadt. Ein hoher Offizier mit Gefolge saß am Nebentisch und fragte die ältere Tochter des Gastwirts um Mitternacht, ob sie ihn heiraten wolle. Ein Priester sei schnell aufgetrieben, zwei Mal mit dem Gewehrkolben angeklopft und er schritt zur Trauung.

«Es war traumhaft», rief Regula schwärmerisch, «sie saßen direkt neben uns. Wir hätten sie anfassen können. Sie waren so stark und so schmutzig. Sie waren Männer, und wir waren viel schöner als die Töchter der Wirtin. Aber sie hatten Respekt vor uns. Wir haben sie mit unseren Augen auf Abstand gehalten. Sie haben sofort erkannt, wen sie vor sich haben.»

«Wie leicht hätte das schiefgehen können», sagte Ursula bebend und schlug ein Kreuz nach dem anderen.

Spät kam Antonia dazu, Katharina zur Seite zu nehmen. «Das ist nicht dein Ernst», sagte die Heilerin und blätterte in dem Buch.

«Er war Gast in dem Wirtshaus, wie wir. Er hat gemerkt, dass Beatrice nicht spricht, und hat sie untersucht. Ich sagte ihm, dass du das alles schon getan hast. Erst war er nicht interessiert an dem, was du tust, ich erzählte mehr, da fing er Feuer und fragte und fragte, aber ich konnte ihm nicht sagen, wo er dich sehen kann, denn wir müssen im Geheimen halten, wo wir uns aufhalten. Er hat gesagt, man sieht sich immer zweimal im Leben, bis dahin sollst du dieses Buch sorgfältig lesen. Es stammt von einem Arzt aus Flandern, er öffnet Leichen und weiß viel darüber, wie unser Blut durch den Körper kreist und warum das die Grundlage für unser Leben ist. Er hat das Buch in unsere Sprache übersetzt und drucken lassen. Jetzt besucht er seine Freunde, die alle Ärzte sind. Du bist die Zweite, die das Buch in unserer Sprache besitzt.»

Antonia redete noch weiter, Katharina hörte sie nicht mehr. Zwischen den trinkenden, essenden und lachenden Mädchen sitzend, studierte sie das Buch Seite um Seite und ging Regula, als die Bier darauf verschüttete, mit einer Wucht an die Gurgel, dass vier Mädchen nötig waren, um sie zurückzuhalten.

24

Im Hof wurden Tischplatten und Türen auf Böcke gelegt, davor standen Bänke. Branntwein brachte die Fackeln zum Leuchten und Cecilia bearbeitete hingebungsvoll die Laute aus dem Ankleidezimmer. Augustine, musikalisch und gleichermaßen phlegmatisch, gab mit der Flöte die zweite Stimme.

Hilde übergab sich als Erste. Sie blieb auf der Bank sitzen, öffnete die Beine und kotzte auf den Boden. Schloss danach die Beine, wischte sich den Mund und griff erneut zur fetten Geflügelbrust.

Die meisten Mädchen hatten so etwas noch nicht gesehen. Regula sagte angewidert: «Ich träume ja wohl.»

Hilde behauptete, so würde man es in ihrem Dorf seit Urzeiten halten und sei immer gut damit gefahren. Regula verbot ihr, sich noch einmal vor Zeugen zu erleichtern. Man lenkte sie mit einem Branntwein ab, dem ersten, der aus der Flasche kam. Regula machte mit dem Becher kurzen Prozess und behauptete: «Ich werde nie betrunken.»

Die Hälfte der Mädchen trank heute zum ersten Mal mehr als einen Becher Branntwein. Nicht allen bekam das, aber in der ersten Stunde war die Laune gut, die Stimmen wurden lauter, die Kälte drang nicht unter die Haut, die Festtagsbraten verwandelten sich in Gerippe, unglaubliche Mengen Brot wanderten in die Mägen, und es wurde Mode, sie mit reichlich Salz zu bestreuen.

«So leben die Könige!», rief Hilde, und Regula sagte: «Mir wäre lieber, du würdest nicht mehr den Mund aufmachen.»

Nun ging es den Schwestern an den Kragen. Niemand konnte Mechthild besser parodieren als Beatrice, die unterwürfige, kantenlose Art der Nonne bedurfte keiner Worte. Die Mädchen lachten Tränen – bis die Äbtissin dazwischenfuhr, schneidend scharf, keinen Widerspruch duldend, mit Bewegungen der Hände, als würde sie zuschlagen. «Regula, du musst mit ihr verwandt sein!», stieß Maria prustend hervor. Hilde, außer sich vor Bier und guter Laune, stieg auf die Tafel, ließ einen Darmwind nach dem anderen fahren und tat nach jedem Knall so peinlich berührt wie die alte Schwester Elsbeth, deren Blähungen seit Jahren kein Ende nahmen und die nie begriffen hatte, warum es kein Privileg darstellte, dass sie die größte Kammer bewohnen durfte, denn die lag weit entfernt von allen anderen.

Katharina war die Spezialistin für Schwester Guta, die Heilkundigste unter den Schwestern. Niemand konnte Gutas Übereifer lebensnäher wiederholen. Bei ihr wurde am meisten gelacht. Guta-Katharina verarztete Heinrich und machte den Jungen durch ständiges Drehen so schwindlig, dass er torkelte, worauf die Heilerin begann, das Torkeln zu behandeln.

Das Bier floss in die Becher, Ursula rief: «Sie haben euch Bier verkauft, das nicht trunken macht.»

Sie wurde immer lauter, was außer ihr allen auffiel. Plötzlich flatterten die Gänse über den Hof. Ihre Schwingen waren gestutzt, sonst wären sie über die Mauer davongegangen. Hilde gab sich als Schutzpatronin der Vögel aus, eine wilde Jagd begann, Kerzen stürzten um, plötzlich stand Beatrice in Flammen. Sie warf den Mantel ab, man trat das Feuer aus, aber der Mantel war zerstört. Die Ernüchterung dauerte nur kurz, denn da das Bierfass geleert war, griffen alle zum Branntwein und Cecilia bölkte mit rauer Stimme: «Ich bin ein Mann, ich falle nicht um.»

Alle Mädchen schwitzten, Rennen, Essen, Trinken und Erregung hatten sie erhitzt. Regula plädierte dafür, ins warme Schloss zu gehen, als Antonia wie ein Geist auf halber Höhe der Treppe erschien und die Seifen in die Höhe hielt. «Badetag! Wer will die gelbe Seife, wer die grüne?»

In der Küche war alles vorbereitet, der Tisch an die Wand geräumt, zwei Holzzuber gefüllt, die Herdplatte war mit Gefäßen bedeckt, in denen Wasser seine Kälte verlor. Decken, Mäntel und Kleider fielen zu Boden, ein Berg aus Textilien wuchs in die Höhe, quiekend, schubsend, spritzend tauchten die ersten Mädchen in die Bottiche. Kurz darauf stand das Wasser schon auf dem Steinboden, zu spät wurden die Kleider auf den Tisch umgebettet, aber zu diesem Zeitpunkt kümmerte sich keine mehr darum, ob sie nach dem Baden in trockene oder feuchte Kleider steigen musste. Der Geruch nach getragener Wäsche und verschwitzten Körpern wurde überlagert durch die Wohlgerüche der Seifen. Es duftete nach Rosen und Lavendel, Hilde beschnupperte Hände und Arme und sagte: «So gut riecht man in meinem Dorf nicht.»

Die Seifenstücke wanderten von Hand zu Hand. Maria und Ursula verrieben den Schaum zwischen den Fingern und atmeten genüsslich ein.

«Schöner als Parfum», schwärmte Maria.

«Fast so schön wie Schweinebraten», kicherte Cecilia.

«Ich gehe hier nie wieder raus», behauptete Hilde und fiel quiekend auf den Boden, als die nachfolgenden Badeanwärterinnen sie mitsamt Zuber umkippten. Pausenlos wurde der Herd mit neuem Holz befeuert, die Platte glühte. Ursula stopfte seit einer Stunde Brot in sich hinein, Cecilia suchte eine stille Ecke, aber die gab es nicht. Um Ruhe zu finden, hätte sie die Küche verlassen müssen, aber sie war nackt, der Temperaturunterschied zwischen Küche und Außenwelt betrug 30 Grad. Die Fensterscheiben waren dick beschlagen, ständig standen Mädchen davor wie vor einer Schultafel und malten Fratzen auf die Scheiben, die kurz darauf nur noch zu ahnen waren.

Plötzlich rief Regula: «Welches Schwein schmiert die Wand voll?»

Anklagend deutete sie auf das Wort «Cecilia» an der Wand.

«Eine schwere Frage», rief Antonia, «nur die klügsten Köpfe können solche schweren Fragen beantworten.»

«Das war doch ich», rief Cecilia und hielt die grüne Seife in die Höhe. «Jeder, der badet, schreibt seinen Namen an die Wand. Wenn morgen immer noch eine stinkt, müssen wir nur an die Wand gucken und wissen gleich, wer nicht gebadet hat.»

«Das ist doch ... also das ist doch», stöhnte Regula. Aber da hatte man sie schon von der Wand gedrängt, jede war scharf darauf, ihren Namen mit Seife an die Wand zu schreiben. Zum Schluss fehlte nur noch Regulas Name.

«Mach schon», forderte Antonia sie auf. «Das ist Seife. Die Wand ist danach sauberer als vorher.»

«Ich mach das nicht», stellte Regula klar. «Bin ich denn hier die Einzige, die kein Kind ist?»

Diese Bemerkung fanden alle ungeheuer spaßig. Kinder wollten sie jetzt gern sein. Ursula konnte nicht mehr laufen, Hilde bat darum, gefüttert zu werden.

«Wehe, eine pisst ins Wasser», fauchte Regula und schnappte sich die Seife. Jetzt standen neun Namen an der Wand.

Als Regula mit dem Baden drankam, gab es Verstimmung. Sie bestand darauf, in Ruhe den Zuber besteigen zu dürfen, aber Hilde und Ursula waren dermaßen aufgedreht, dass sie Regula bespritzten und ihr ankündigten, eine zweite Taufe vollziehen zu wollen.

«Wenn ihr das tut, seid ihr tot», kündigte Regula an. Sie drohte damit, dann eben nicht zu baden – kein kluger Vorschlag, denn nur sie hätte einen Nachteil gehabt. So stieg sie huldvoll in den Holzbottich und ließ die langen Beine über den Rand hängen. Das war der Punkt, an dem Hilde und Ursula angriffen. Jede schnappte sich ein Bein, Hilde zählte auf drei, sie zogen, und Regula, abgelenkt von glitschiger Seife, wurde unter Wasser gezogen. Wutentbrannt die nassen Haare bändigend, schoss sie aus dem Zuber und packte Ursula, um sie zu ertränken. Alle sahen johlend zu, erst, als Ursulas Kopf lange unter Wasser blieb und aufsteigende Blasen nichts Gutes verkündeten, drängte man Regula beiseite und zog Ursula ins Leben zurück.

Antonia stand am Herd und beobachtete die Freundinnen. Es war richtig gewesen, Vorräte heranzuschaffen. Solange niemand gezielt nach Vorfällen auf der Reise fragen würde, mussten sie auch nicht erfahren, wie dicht das Unternehmen vor dem Scheitern gestanden hatte. Eben noch war der Weg frei gewesen, im nächsten Moment hatten sie die Kutsche gestoppt. Zwei Männer, beide nicht jung, beide zerlumpt, beide mit einer

Feder im Hut und Messern, mit denen man Ochsen zerteilen konnte. Mit den Messern wurden die Mädchen aus der Kutsche herausgewinkt, zwei, drei Fragen, ob sie allein wären oder jemand folgen würde. Sie sahen, dass Beatrice nicht sprechen konnte und nahmen sie fortan nicht ernst, während sie Regula und Antonia im Auge behielten. Sie begingen nur diesen Fehler, aber es war der entscheidende. Denn als dem einen die Wade weggeschossen wurde, war es ja kein Fehler, dass sich sein Kumpan um ihn kümmerte. So sah der nicht, wie zwei Hände hinter seinem Kopf auftauchten, um ihm Pfeffer in die Augen zu reiben. Schreiend und blind wälzte er sich durch den Schnee, Regula schlug vor, ihm mit der Kutsche über die Beine zu fahren, um jede Gefahr auszuschließen. Das hatte Antonia verhindert, aber die beiden Pferde, im Wald versteckt, die hatten sie mitgenommen und später laufen lassen. Den Blinden und den Verletzten ließen sie zurück, denn die Zeiten waren hart, und Mitleid wurde einem nicht gedankt, wenn man es an den Falschen verschwendete.

Antonia wusste, dass sie richtig gehandelt hatten. Dennoch gelang es ihr nicht, die schrecklichen Minuten abzuschütteln. Antonia wusste, dass sie über den Vorfall nicht sprechen würde. Was sollte sie auch sagen? Gab es richtige und falsche Wege, sein Leben zu retten? War es nicht das Wichtigste, die Vorräte für die hungernden Freundinnen sicher ans Ziel zu bringen?

Antonia sah zu, wie Maria sich in der zweiten Wanne aalte. Sie war ein schönes Mädchen. Wenn ihr die Haare nass am Kopf klebten, traten die markanten Züge ihres Gesichts hervor. Maria war energisch und zielstrebig, sie würde sich im Leben keine Knüppel durch übermäßiges Grübeln zwischen die Füße werfen.

Ein nasses Tuch landete auf Antonias Bauch, sie schnappte sich das Tuch und nahm das Angebot zum spaßigen Kampf an, das ihr Augustine unterbreitet hatte.

25

Zum Schluss war alles schnell gegangen. Eine nach der anderen war von Trunkenheit und Müdigkeit gefällt worden. Cecilia war im Badebottich eingeschlafen und erst erwacht, als ihr kalt geworden war. Als sie einen Schlafplatz gesucht hatte, hatte sie sich gewundert, dass die Küche fast leer war. Der Fußboden stand unter Wasser, mehr als drei Mädchen hatten auf dem Tisch keinen Platz. So fand Cecilia in der ersten Vorratskammer Zuflucht, wo sie so dicht lagen wie die Heringe im Pökelfass. Cecilia schlief sofort ein und wurde nur wach, wenn sich jemand ächzend und meist sehr eilig erhob, um draußen etwas zu erledigen, wofür Bier und Branntwein verantwortlich waren. In der Vorratskammer stank es. Hilde war nur die Erste gewesen, der es den Magen umgestülpt hatte; als sie schon begann, sich zu erholen, bezahlten die Letzten die Zeche für eine rauschende Nacht.

Erst am frühen Morgen senkte sich Ruhe über die Schlafenden. Regula war um neun die Erste, die erwachte. Ihr Magen hatte nicht rebelliert, aber ihr Kopf fühlte sich an wie ein Feuerwerkskörper während der Explosion. Stöhnend wühlte sie sich zwischen zwei Schnapsleichen hervor. In der Kammer war es dunkel, aber Regula hatte trotzdem das Gefühl, als wäre

Ursulas Gesicht grünlich. Mit einem Finger pikte sie in ihre Wange, auch zweimal, dreimal und nicht zart. Grunzend drehte sich Ursula um und wachte nicht auf.

Regula riss alle Fenster auf, sie trank Wasser und musste heftig schlucken, um es bei sich zu behalten. Sie dachte: Du bist schwach und dumm, das darf dir nie wieder passieren.

Fassungslos stand Regula vor dem chaotischen Kleiderhaufen und fischte das Erstbeste heraus.

Mit einer Decke um die Schultern ging sie auf dem Hof hin und her. Bei der zweiten Runde registrierte ihr müdes Hirn, dass etwas nicht stimmte. Aber erst als sie zum vierten Mal auf das Tor zusteuerte, fiel der Groschen. Das Tor war nur angelehnt, aber Regula war dabei gewesen, als sie gestern Abend das Tor geschlossen hatten. Nach dem Erlebnis mit den rabiaten Dorfbewohnern konnte niemand auf den Gedanken gekommen sein, den Nachbarn nachts einen Besuch abzustatten. Und wenn es der Alkohol gewesen war?! Regula besaß keine Erfahrung mit verwirrten Zuständen, aber sie kannte die Geschichten von blödsinnigen Taten, die Betrunkene vollbracht hatten.

Regula eilte in die Küche. Katharina, Hilde, Maria und Augustine fehlten, die anderen schliefen noch alle. Regula begann zu schreien, damit änderte sich das Bild. Hilde tauchte aus dem Viehstall auf, wo sie Hühner und Gänse gefüttert hatte. Katharina fand man in der Bibliothek, wo sie dabei war, einen umgekippten Buchstapel aufzurichten.

«Was treibst du hier?», fragte Regula.

«Für was hältst du das denn?», murmelte Katharina.

Regula wusste, dass nur Katharina dazu imstande war, nach so einer Nacht eine Bibliothek zu sortieren.

Die Räume mit den Büchern waren nicht direkt zu beheizen.

Man musste den Kamin im Nebenraum anfeuern und Klappen im Abzug verstellen, was dazu führte, dass durch ein Loch in der Wand ein wenig warme Luft hereinstrich. Katharina war verzückt von den Bänden über Medizin, Alchimie und die modernen naturwissenschaftlichen Künste. Das jüngste Buch war elf Jahre alt – der bisher exakteste Hinweis, seit wann niemand mehr im Schloss lebte.

In der Küche fand sich eine verkaterte Gruppe zusammen. Alle waren übermüdet, einigen standen die Haare zu Berge, jemand nieste, eine rannte aus der Küche und presste beide Hände vor den Mund.

Regula fragte: «Wo sind Maria und Augustine?»

Der erste Gedanke war: auf dem Klosett. Sie suchten alles ab, schauten auch in die Räume mit den Betten. Sie durchsuchten sogar den Viehstall. Alle sahen zu, wie Regula Richtung Gerümpelkammer lief. «Was soll denn das?», fragte Antonia mit müder Stimme.

Als die anderen hinzukamen, wollte Regula gerade anfangen zu graben, Beatrice griff ihr in den Arm und nickte, nickte immer wieder. Regula verstand nicht, was sie meinte. Hilde sagte: «Sie sagt, dass einiges anders liegt als gestern. Beatrice sieht so etwas.»

Nun war kein Halten mehr. Alle trugen den Stapel ab, kamen sich ins Gehege, fluchten, beschmutzten sich, traten auf spitze Gegenstände.

Dann standen sie vor der Bescherung. Dass das Kreuz fehlte, sahen sie sofort. Die Gemälde waren vollständig vorhanden, überhaupt war alles da, was zu groß war, um es in die Tasche zu stecken. Münzen fehlten; Broschen und Spangen fehlten. Die Krone war noch da, die alten Schriften waren noch da.

Und sie fanden etwas, was vor einer Woche noch nicht Teil des Schatzes gewesen war.

«Wir mussten es tun. Wir sind arm, wir wollen nicht ein Leben lang arm sein. Wir wünschen euch alles Gute und werden keinem verraten, wo ihr seid.»

Regula ließ das Blatt sinken und blickte in fassungslose, ausgemergelte Gesichter. Seit wann hatte Antonia dunkle Augenringe? Warum sahen Cecilias Haare aus wie der Kamm eines Hahns? Warum wischte sich Hilde ständig den Mund ab?

«Da waren es nur noch sieben», sagte Antonia trocken. «Möchte jemand eine Wette abschließen, wie viele wir in einer Woche sein werden?»

«Ich habe ihnen nie getraut», behauptete Regula.

«Na klar», sagte Ursula, «hinterher bist du immer noch schlauer als vorher.»

«Pass auf, was du sagst.»

«Du hast es nicht gewusst, ich habe es nicht gewusst, keine hat es gewusst. Geht ja auch gar nicht. Wenn wir uns gegenseitig misstrauen, können wir gleich anfangen, uns zu bewaffnen.»

«Jedenfalls muss der Schatz ab sofort bewacht werden», sagte Katharina. «Er ist zu verlockend. Ich kann das nachvollziehen, dass man schwach wird.»

«Ihr habt es alle gehört», sagte Regula. «Katharina hat gerade angekündigt, sich als Nächste zu bedienen.»

Die Schiefertafel sagte: «Nicht Wut, sondern Denken.»

Antonia umarmte Beatrice. Regula sah ihnen hasserfüllt zu und dachte: Umarmen, das könnt ihr. Umarmen, trinken und euch bestehlen lassen.

Hinterher saßen alle in der Küche. Sie ignorierten den Gestank, so gut es ging. Die meisten verzichteten auf feste Nahrung, Antonia und Hilde nahmen einen dünnen Brei zu sich, nach jedem Löffel schienen sie in sich hineinzulauschen.

Hilde sagte: «Vielleicht ist es gar nicht schlecht, dass wir alle schwach sind. Dann regen wir uns nicht so auf.»

«Ich bin nicht schwach», stellte Regula klar, «ich könnte die Diebe töten. – Jedenfalls bestrafen, hart bestrafen.»

Sie stand auf und begann, die Namen der Diebinnen von der Wand zu rubbeln.

«Ausgerechnet das Kreuz», murmelte Antonia. «Warum haben sie sich nicht die Taschen mit Gold vollgestopft?»

«Weil sie nicht nur Diebe sind, sondern fromme Diebe», sagte Katharina. «Wahrscheinlich glauben sie, ihnen wird eher vergeben, wenn sie was Frommes stehlen.»

«Dafür werden sie in der Hölle landen», murmelte Ursula.

«Das Kreuz hättest du auch gern gehabt, was? Könntest deinen kleinen Dom damit schmücken.»

Ursula starrte Regula an. Warum war dieses Mädchen immer so gemein zu ihr?

Die Niedergeschlagenheit senkte sich auf den Küchentisch. Beatrice' Kopf fiel auf ihre Arme, gleich darauf schnarchte sie leise.

«Die hat es gut», sagte Regula, «die hat andere Sorgen.»

«Pass auf, was du redest», sagte Cecilia. «Sie kann nicht sprechen. Aber sie kann so gut denken wie du.»

Das bezweifelte Regula, wenn sie auch nichts darauf entgegnete. Es störte sie schon lange, wie Beatrice von allen beschützt wurde. Man musste nur behindert sein, schon war man jedermanns Liebling.

«Wir müssen alles aufschreiben», sagte Antonia. «Jedes einzelne Stück aus dem Schatz. Wir waren bisher zu vertrauensvoll.»

«Wozu soll das gut sein?», fragte Katharina. «Sie hätten alles auch dann gestohlen, wenn du es auf einem Zettel stehen hättest.»

«Wir müssen uns entscheiden», sagte Antonia. «Es muss alles Hand und Fuß haben.»

Und Hilde sagte: «Warum habt ihr auch so viel mitgebracht? Einerseits finde ich es toll. Aber ich habe langsam das Gefühl, als wenn wir ewig hierbleiben. Wollen wir das denn?»

Regula sagte: «Als wir aus dem Kloster weg sind, waren wir ein großer Haufen. Seitdem bröckelt es. Jakobus weg, Waltraut weg, Maria weg, Augustine weg. Ich setze zwei Taler darauf, dass Katharina die Nächste ist. Wer setzt dagegen?»

Katharina sagte: «Du hast so eine böse Angewohnheit, dir jemand rauszupicken und dann auf den einzuschlagen. Nett, dass ich diesmal dran bin. Sonst nimmst du ja gern die Schwächste, was noch mieser ist.»

«Ich bin nicht schwach», stellte Hilde klar. «Mir geht es auch schon wieder gut. Ich kann fast wieder normal gehen.»

Sie führte es vor, aber niemand sah ihr dabei zu, wie sie hinter dem Tisch hin- und herging.

Regula sagte: «Ich finde einfach, dass jetzt der richtige Zeitpunkt ist, um alles zusammenzupacken. Guckt mich nicht so vorwurfsvoll an. Ich sage ja nicht, dass wir zurück ins Kloster gehen. Wer nicht will, kann auch woandershin, das interessiert mich nicht.»

«Schön, dass du selbst dein Problem auf den Punkt bringst», sagte Antonia. «Meistens spürt man nur, dass du außer für dich selbst für niemand Interesse aufbringst. Jetzt hast du es wenigstens ausgesprochen. Man muss sich dann weniger vormachen, vielen Dank.»

Wer Antonia kannte, wusste, wie niedergeschlagen sie war. Maria und Augustine hatten ja nicht nur Münzen und das Kreuz mitgenommen, sie hatten vor allem einen Vertrauensbruch begangen.

«Also, wie sieht's aus?», sagte Regula. «Wir teilen den Schatz auf und beenden das Experiment. Wir schütteln uns die Hände, und das war's dann. Lasst uns eine Abstimmung machen, nur zur Probe.»

Dagegen war nichts zu sagen. Wer konnte sich vorstellen, das Schloss zu verlassen? Zwei Hände gingen in die Höhe, Cecilias und Katharinas.

«Das verstehe ich nun gar nicht», sagte Antonia zu Regula. «Warum sehe ich deine Hand nicht?»

«Ja, warum wohl nicht? Sollte es daran liegen, dass ich hierbleiben will?»

Regula wollte es bei der süffisanten Andeutung belassen, aber sie spürte, dass man sie nicht verstand. Sie hatte es gern, wenn man sie fürchtete, sie hatte kein Problem damit, nicht von allen verstanden zu werden. Aber wenn selbst helle Köpfe wie Antonia …?

Für Regulas Verhältnisse war ihre Stimme überraschend leise: «Ich denke nicht daran, was in den nächsten zwei oder vier Wochen passieren wird. Ich denke weiter. Was wird im nächsten Jahr sein? Und in zwei Jahren? Was ist alles möglich? Was können wir hier auf die Beine stellen? Überlegt doch mal. Wir sind reich, ungeheuer reich. Der Schatz gehört uns nicht, das ist mir klar. Aber wir haben ihn, und keiner weiß, wo wir sind, und wir werden immer nur so viel ausgeben, wie wir brauchen. Und wofür? Für das Schloss, um es wieder bewohnbar zu machen. Wir sind sieben Frauen. Manche von euch denkt vielleicht noch, dass sie ein Mädchen ist. Das könnt ihr vergessen, wir sind Frauen und werden es mit jedem Tag mehr. Wir können etwas tun, was in dieser Welt nur wenige tun können: ganz wenige Männer und gar keine Frauen. Wir können aus unseren Träumen unser Leben formen. Wir haben das nötige Kapital, wir haben den nötigen Wohnort, und wenn keine von uns kneift und keine klaut, sind wir sieben bärenstarke Frauen, die alles weghauen, was sich ihnen in den Weg stellt.»

Alle starrten Regula an. Sie schien sich selbst seltsam zu fühlen. War das wirklich Regula, die da redete?

«Aber Regula», sagte Ursula leise, «du hörst dich ja an, als würdest du dich darauf freuen, mit uns zusammenzuleben.»

Regulas Blick sprach Bände. Wie gern hätte sie alles zurückgenommen. Aber sie spürte so gut wie die anderen, dass dies der Moment war, in dem sich alles entscheiden musste.

«Es gibt keine Sicherheit», sagte Regula und zerkrümelte ein Stück Brot. «In dieser Zeit gibt es überhaupt keine Sicherheit. Nein, Ursula, auch deine Gebete können den Krieg nicht von der Erde bekommen. Morgen kann uns der Krieg einholen. Ich habe von einem Dorf gehört, das hat fünfmal die Besatzer gewechselt. Stellt euch das vor: fünfmal neue Herrscher, fünfmal nehmen sie Rache, um morgen selbst weggefegt zu werden. Nichts ist sicher. Vielleicht leben wir in der falschen Zeit, vielleicht werden es unsere Kinder besser haben als wir. Aber eins ist uns geblieben, das können sie uns nicht nehmen, die Soldaten und Generäle und Fürsten und Grafen, für die wir den Kopf hinhalten: Sie können uns unseren Mut nicht nehmen.

Entweder warten wir, bis sie uns zur Schlachtbank führen – und ich verspreche euch: Sie werden kommen, wir werden nicht der einzige Ort sein, den sie übersehen. Oder wir packen an, wir räumen auf, wir bauen an und ernten. Brot backen kann jeder, wir backen unser Glück. Wir sind stark, wir haben hohe Mauern. Besser werden wir es nie mehr vorfinden. Also was ist, wollt ihr auf eurem Hintern sitzen und warten, bis ein Mann kommt und euch heiratet? Oder wollt ihr die Zeit nutzen? So jung kommen wir nie wieder zusammen. Morgen sind wir sieben Tage älter, heute sind wir sieben Tage stärker. Als ich vorhin an der Wand stand und die Namen ausradiert habe, die nicht mehr zu uns gehören, habe ich mir unsere Namen angeguckt. Wenn du mit Antonia anfängst und aus den folgenden Namen immer einen Buchstaben rauspickst, kriegst du am Ende Alegria. Versteht ihr? Alegria, auf Spanisch heißt das Freude. Alegria Septem. Sieben Mädchen, die Freude haben. So könnten wir heißen. War nur so ein Gedanke, wenn der Kopf nicht ganz klar ist. Alegria Septem. Wenn ich es noch zehnmal sage, gefällt es mir. Also was ist?»

Alle starrten auf Regulas ausgestreckten Arm, auch Regula betrachtete ihre Hand, als könne sie sich keinen Reim darauf machen. «Ich dachte», sagte sie schüchtern, «wenn ihr das auch findet, könntet ihr alle einschlagen. Wir sieben, und alles, was wir machen, machen wir mit Freude und ohne Stänkerei. Schlagt ein, dann ist es besiegelt.»

Sechs Hände knallten auf Regulas Hand. Und weil es so schön war, knallten sie ein weiteres Mal. Und als Regula ihre schmerzende Hand in Sicherheit brachte, schlugen sich die Mädchen gegenseitig auf die Hände, ballten die Fäuste, lachten sich an, packten sich an den Schultern, schrien sich an, keine

Worte schrien sie, nur immer einen Ton. Sie konnten nicht damit aufhören, wurden immer lauter und wilder. Sie schrien und schlugen, bis ihnen schwindlig wurde. Dann fiel jede erschöpft auf den erstbesten Platz. Die Mittagsstunde erlebte keine von ihnen wach.

26

«Katharina, darf ich dich etwas fragen? Warum wolltest du vorhin aufgeben?»

«Ach Antonia, ich bleibe gern hier. Ich will nur nicht, dass jetzt eine Zeit beginnt, in der die eine Hü sagt und die andere Hott. Ich habe mit meinem Leben etwas vor, ich kann es mir nicht leisten, Zeit zu verschenken.»

«Hast du keine Sehnsucht nach zu Hause?»

«Doch. Meine Eltern haben mich immer unterstützt. Ihnen ist es nicht wichtig, dass ich eine gute Partie mache. Sie wollen, dass ich glücklich werde. Sie wissen, dass ich in meinem Beruf glücklich werde oder gar nicht. Wie kann man solche Eltern nicht lieben?»

«Aber du musst sie nicht sehen?»

«Sie sind hier, wo mein Herz ist. Ich bin bei ihnen, sie sind bei mir.»

«Und du, Cecilia, du willst weggehen?»

«Ich will da bleiben, wo Platz für meine Kunst ist. Wo sich Menschen streiten, brauchen sie keine Musik und Malerei. Musik braucht nur ein Mensch, der glücklich und zufrieden ist. Wenn er streitet, bin ich weg. Ich kann nicht streiten, mir fallen nie die richtigen Worte ein. Wo sie sich mit Essensresten bewerfen, treffen sie meine Bilder an der Wand.»

«Wir werden sehr hart arbeiten müssen.»

«Na und? Glaubst du, meine Finger sind zu zart für harte Arbeit? Glaubst du, die Laute zu spielen ist etwas für schwache Finger? Schwache Finger bricht die Laute entzwei. Ich kann arbeiten, und wenn ich weiß, dass ich nach der Arbeit spielen kann und ihr mir zuhört, arbeite ich noch viel lieber.»

«Du wärst nicht gegangen, nicht wahr?»

«Doch, Antonia. Ich kann auf alles verzichten, aber nicht auf das Wichtigste. Die Sonne kann nicht darauf verzichten, Wärme zu geben. Der Wind muss uns die Mütze vom Kopf blasen, sonst ist er nicht zufrieden. Und ich muss Musik machen, muss malen, musste es immer.»

«Was willst du? Warum schleichst du dich von hinten an?»

«Ich übe, Regula. Ich werde dich bald vom Turm stürzen. Ich hoffe, du fällst auf den Kopf, damit alles durcheinandergeschüttelt wird, und wenn du wieder die Augen aufschlägst, sitzen alle Teile am rechten Platz, und du bist die Regula, die wir vorhin gehört haben, die Regula, die uns ihre Hand hingehalten hat. Ich möchte endlich die Möglichkeit haben, dich zu mögen. Alle wollen das, aber du lässt uns nicht. Wir kennen zwei Regulas. Eine ist die, die verletzt, verhöhnt, auslacht. Die andere ist die, von der wir ahnten, dass es sie gibt. Vorhin haben wir sie endlich gesehen. Ich warne dich, Regula: Wir waren alle Zeuginnen, du kannst uns nicht mehr täuschen. Du kannst uns nur traurig machen. Jetzt haben wir eine Regula in unseren Herzen und werden sie nicht mehr herauslassen.»

«Ich weiß gar nicht, wovon du redest.»

«Und du, Hilde, fühlst du dich wieder gut?»

«Aber ja, mein Magen ist gesund. Ich muss auch gesund sein, die Ochsen warten auf mich, die Hühner und die Gänse. Wusstest du, dass Gänse die klügsten Vögel sind?»

«Ich denke, das sind die Raben.»

«Können Raben für uns Eier legen? Na, siehst du.»

«Auf dich kommt viel Arbeit zu, Hilde. Es wird anstrengender, als ein paar Tiere zu füttern. Wir müssen uns selbst ernähren. Wir müssen unabhängig werden – von den Leuten im Dorf und von der Verlockung, den Schatz einzusetzen. Es ist nicht unser Schatz. Wir bewahren ihn nur auf.»

«Und wir könnten nicht vielleicht noch ein wenig …? Ich meine, wo wir doch gerade einiges ausgegeben haben.»

«Das war, damit wir überleben, Hilde. Wir dürfen uns nicht daran gewöhnen, nur zuzugreifen und auszugeben. Wenn wir anfangen, den Schatz als unser Eigentum zu betrachten, sind wir Diebinnen.»

«Ich habe nie Geld besessen. Ich muss nur so weiterleben wie bisher – nur dass mich niemand mehr schlägt.»

«Schwester Agneta wird dir nie wieder etwas tun.»

«Das ist gut. Aber es war nicht nur die Schwester.»

«Wer denn noch? Dein Vater?»

«Er hat mich nicht oft gehauen und er schlug nicht fest zu. Wenn ich eine schlimme Strafe verdient hatte, rief er meine Mutter. Ihr machte es nichts aus, den Gürtel zu nehmen. Zum Schluss weinte mein Vater immer mit mir zusammen und die Mutter sagte: Ihr seid beide Memmen.»

«Du siehst müde aus, Beatrice. Was in den letzten Tagen passiert ist, war zu viel für dich.»

«Neu. Nicht viel.»

«Das stimmt. Ich habe in einer Woche so viel Neues erlebt wie noch nie. Den anderen geht es genauso. Das ist nicht schlimm, man muss nur wissen, wofür man es tut.»

«Für uns. Deshalb richtig.»

«Aber es geht erst richtig los. Wir werden von morgens bis abends arbeiten. Glaubst du, du schaffst das?»

«Bin stark. Mache alles. Was keiner will, mache ich.»

«Du bist die Einzige, die alles kann und sich vor nichts drückt. Zuerst habe ich das komisch gefunden, zum Schluss habe ich dich dafür bewundert. Cecilia lebt in ihrer Kunst. Aber nimm ihr die Instrumente weg und die Pinsel, dann wird sie unglücklich sein, denn sie hat nichts, was sie an die Stelle der Musik und der Malerei setzen kann. Versteh mich nicht falsch, sie spielt wunderschön und ich sehe ihre Bilder gern an. Aber es ist nicht ein Teil von ihr, es ist alles. Manchmal denke ich, wir werden hier draußen anderes benötigen – in der ersten Zeit mit Sicherheit. Cecilia wird es schwer haben. Du nicht.»

«Wir sind sieben, wir sind eins.»

«Ich wollte dich nicht stören, Ursula.»

«Ich habe gebetet, in den letzten Tagen bin ich zu wenig dazu gekommen. Der Herr hat sich schon beschwert.»

«Der ... was?»

«Der Herr, da oben, du weißt schon. Es ist ja nicht so, dass er alles von allein weiß. Man muss schon daran denken, ihm zu erzählen, was passiert ist. Nur das Wichtige natürlich, damit er nicht den Überblick verliert.»

«Aber Gott ... er hat alles gemacht. Weiß er dann nicht alles ... automatisch?»

«Er hat das Brett erschaffen und die Figuren. Dann hat er die Figuren auf das Brett gesetzt, und nun müssen sie sich bewegen.»

«Und was erzählst du ihm so?»

«Dass er sich keine Sorgen machen muss. Dass wir an ihn denken, morgens und abends und den ganzen Tag. Auch wenn wir arbeiten. Gerade wenn wir arbeiten. Nichts wäre da, wenn er nicht da wäre, und er wird da sein, wenn wir längst nicht mehr sind, so wie er da war, als es uns noch nicht gab.»

«Soll ich dir etwas gestehen? Ich bete nicht. Nicht mehr, meine ich. Ich bin mit den Gedanken dauernd woanders. Ich denke nur noch daran, was ich als Nächstes tun muss und was wir essen und ob genug Kerzen da sind und ob jemand Holz holen muss und ob wir Glück mit den Fallen haben. Der Alltag eben.»

«Das macht nichts, der Herr versteht das. Glaubst du, er will nur Menschen, die ihn von morgens bis abends loben und preisen? Wenn wir die Zimmer aufräumen und den Keller von den Ratten freikämpfen und unsere Tiere füttern, dann wenden wir an, was er in uns hineingegeben hat, und er freut sich, wenn er sieht, dass wir mit seinen Gaben umgehen können und nicht nur auf den Knien liegen. Wie kann man fleißig sein, wenn man auf den Knien liegt? Sein Blick ruht auf uns mit Wohlgefallen und vielleicht lächelt er sogar. Du weißt bestimmt nicht, dass der Herr fast nie lächelt. Aber ich habe gesehen, dass ihm gefällt, was wir tun.»

«Gefällt ihm auch, dass wir Mädchen sind?»

«Darüber hat er sich gewundert. Obwohl er nie schläft, braucht er manchmal eine Nacht, bevor er am nächsten Tag weiß, dass wir etwas Besonderes tun und dass wir es reinen

Herzens tun und dass es deshalb seinen Segen hat, was wir tun. Jetzt muss ich los, denn das Klosett ist wieder verstopft und alle drücken sich und warten, bis sich eine erbarmt.»

27

«Geliebter und verehrter Herr Vater, ich schreibe diesen Brief, obwohl wir beide wissen, wie gering die Wahrscheinlichkeit ist, dass er Sie in diesen Zeiten erreichen wird. Aber Sie haben gesagt, dass Sie es spüren, wenn ich einen Brief schreibe, und dass es schön ist, wenn Sie ihn lesen, aber es ist auch schön, wenn der Brief in die Welt kommt. So will ich es halten.

Die Schmerzen haben nachgelassen, wenngleich sie nicht verschwunden sind. Seit zwei Wochen ist kein Tag gewesen, an dem es mich nicht gezwackt hat: in den Oberschenkeln und im Rücken, aber auch die Gelenke in den Händen melden sich. Kann ein Finger wehtun und sein Nachbar nicht? Ich genieße die Schmerzen, ich lebe gern mit ihnen. Katharina, unser Medicus, sagt, wir sollen uns nicht aufführen, als würden wir gegen den Schmutz und den Schnee kämpfen wie gegen einen Feind, der uns ans Leben will.

Vater, Ihr wisst, ich habe immer gern angepackt, schon als ich klein war. Ich habe auch sauber gemacht, die Mutter hat sich sehr gewundert, sie hat gesagt: Wo soll das hinführen, wenn das Kind größer ist?

Wir packen alle an, von morgens bis abends, und mehr als einmal habe ich vergessen zu essen, denn es war nicht möglich, die Arbeit im Stich zu lassen. Keine von uns ist faul, keine ist schwach. Manche können schwerer tragen als andere, dafür nehmen die dann zwei zusätzliche Wege auf sich.

Was der Grund ist, fragt Ihr Euch. Es gibt nur einen, er ist so einfach. Im Kloster haben wir von morgens bis abends geschuftet, keine von uns war zufrieden, denn die Schwestern behaupteten, wir würden es für uns tun. Aber wir taten es für sie und für das, was sie Disziplin nennen, diesen Wert an sich, der nicht danach fragt, ob in der Arbeit ein Sinn steckt. Wenn du einen Monat so arbeitest, wirst du unwirsch und nach einem Jahr bist du bitter wie ein Bauer, der sich für den Fürsten krummlegt. Denn von der Arbeit, die er vom Sonnenaufgang bis zum Abend schafft, bleibt ihm am Ende gerade so viel, um nicht zu hungern.

Vater, wir arbeiten von morgens bis abends, aber wir tun es für uns. Wir haben uns ein Ziel gesetzt, jede brennt für dieses Ziel. Noch stehen wir ganz am Anfang, und jeden Tag weint eine von uns, weil ihr etwas missglückt.

Auch im Kloster haben wir geschuftet, das war vergeudete Zeit, und oft haben wir uns in den Schlaf geweint. Hier haben wir sogar einen Namen, Alegria Septem nennen wir uns. Am Anfang war das eine Schnapsidee. Über die Einzelheiten kann ich Euch unmöglich berichten, das müsst Ihr verstehen. Es wäre so peinlich.

Lieber Vater, auch heute finde ich nicht die Kraft, Euch zu sagen, wo es hingehen soll mit uns. Ich will ehrlich sein und gestehen, dass ein Auge schon geschlossen ist, weil Eure halbe Tochter schläft. Ich weiß bestimmt und sicher, dass Ihr gutheißt, was wir tun. Denn wir betrügen nicht, wir lügen nicht und stehlen nicht, und wenn außer Ursula auch niemand mehr kniet, um zu beten, so wissen wir doch, dass wir gute Christen sind.

Morgen gehen wir aufs Dach, denn Hilde, die schon oben war, hat 34 Löcher gezählt, und wenn das Dach erst schimmelt, kann darunter nichts gedeihen. Ich habe etwas Besorgnis vor der Höhe, denn unser Schloss gehört nicht zu den kleinen. Steil ist es und immer noch glatt, Schnee und Eis wollen nicht weichen, obwohl die Tage länger werden und die Kraft der Sonne unsere Haut färbt. Wir sehen alle aus wie Landfrauen, denn obgleich wir wissen, dass blasse Haut die herrschende Mode ist, genießen wir es, auf der Bank zu sitzen und uns mit der Sonne zu unterhalten.

Vater, werdet Ihr mich auch noch lieben, wenn eines Tages eine Frau vor Eurer Tür steht, und sie sieht aus wie eine Bäuerin?

Das wünscht sich von Herzen Eure Euch liebende und sehr erschöpfte gehorsame Tochter, die sich darauf freut, jetzt zu schlafen, und sich darauf freut, morgen früh aufzustehen (nicht so früh wie im Kloster) und arbeiten zu dürfen und es zu wollen.»

28

«Was stehst du da in der Tür? Komm doch herein.»

«Och nein, nein, nein, ich fühle mich ganz wohl hier.»

Katharina ging vom Pult zu Hilde und zog sie in die Bibliothek. Hilde ließ sich ziehen.

«Sieh dir das an», forderte Katharina sie auf, als Hilde mit langem Hals auf die Abbildungen linste. Hilde trat ans Pult mit dem aufgeschlagenen Buch.

«Oh mein Gott», rief sie und schlug eine Hand vor den Mund. «Das darf nicht sein, das darf man nicht ansehen.»

Sie zog sich bis zur Wand zurück. Katharina schlug das Buch zu und sagte: «Wer Menschen helfen will, muss wissen, wie der Mensch ist, auch wie er inwendig ist.»

«Aber die Menschen da ... sie haben keine Haut. Wer hat ihnen die Haut abgezogen wie einem Tier?»

«Niemand hat ihnen Schmerzen zugefügt. Es ist nur für den klaren Blick geschehen. Wenn du krank bist im Bauch und in der Brust, müssen wir wissen, woran es fehlt. Und bevor ich weiß, was falsch ist in deinem Körper, muss ich wissen, wie es ist, wenn alles in der Ordnung ist.»

«Deine Salben und die Kräuter, reichen die denn nicht? Und ein Gebet von Ursula?»

«Oft reicht das. Wenn es ernst ist, reicht es nicht.»

«Aber wie willst du in den Leib gelangen, wenn nicht mit dem Schwert?»

«Nun, so große Instrumente sind nicht nötig.»

«Ein kleines Schwert?»

«Ein Messer, klein, scharf und eine ruhige Hand.»

«Das kannst du?!», rief Hilde ungläubig. «Du kannst Bäuche aufschneiden? Aus denen es blutet? Alles wird herausfallen, wie bei dem Hasen gestern.»

«Ich sehe mich vor.»

Das wollte Hilde nicht hören, sie wollte hören, dass Katharina so etwas noch nie getan hatte und nie tun würde. Katharina dagegen warb in ihrer still-zielstrebigen Art um Verständnis für ihren Beruf. Hilde vertraute der älteren Freundin, an ihrer Belesenheit gab es keinen Zweifel. Alle Mädchen spürten, dass Katharina nicht so war wie sie.

Freiwillig hatte sie im Alter von acht begonnen, sich für den menschlichen Körper zu interessieren. Da es für ein Kind nicht leicht ist, Zugang zu menschlichen Körpern zu bekommen, hatte sie jüngere Kinder überredet, sich auszuziehen und untersuchen zu lassen. Es war zu Zerwürfnissen mit den Eltern dieser Kinder gekommen, die Katharina alles Mögliche vorwarfen, was Katharina gar nicht verstand. Wie sollte man erfahren, wie das Kniegelenk und der Ellenbogen funktionieren, wenn man nicht Kniegelenk und Ellenbogen zur Verfügung hatte?

Danach hatte sich Katharina der Tierwelt zugewandt. Im Elternhaus lebten Katzen, die eigneten sich gut, denn ihr Skelett war dehnbar. Katharinas Lieblingskatze hatte die Ehre, den Oberschenkelknochen aus der Gelenkpfanne gedreht zu kriegen, um ihn danach mit einem Ruck zurück an den angestammten Ort befördert zu bekommen. Am Ende jeder Anatomiestunde warf Katharina die Katze aus einem Fenster des zweiten Stocks. Der Nachbarjunge passte auf, wie sie unten ankam, und rief Katharina seine Beobachtungen zu.

Katharinas Eltern trösteten sich damit, dass ihr Kind nur eine Phase in seiner Entwicklung durchmachen würde. Doch die Phase wollte nicht enden, Katharinas Interesse an Körpern weitete sich von Katzen zu Hunden. Die Hühner des Hauses blieben eine Episode, weil sie flatterten und von einem Kind kaum zu bändigen waren. Als Katharina im Alter von elf ihr Elternhaus verließ, um in einer Mädchenschule zu leben, vermisste sie ihre Eltern. Aber die Tiere vermisste sie mehr.

«Du darfst dich nicht ängstigen», sagte Katharina. «Es gibt Bücher, die dir bestimmt gefallen werden.» Katharina arbeitete an der Instandsetzung des Schlosses mit, sie war aufs Dach gestiegen, was Ursula auch nach zehn Gebeten nicht getan hatte. Aber wenn sie sich am Nachmittag in die Bibliothek verzog, war das für alle in Ordnung. Katharina hatte den Büchern ein System verpasst, sie hatte es den Mädchen erklärt, aber Hilde hatte es gleich vergessen. Die Bibliothek umfasste 4.235 Bände, im Kloster waren es weniger gewesen.

«Wer hier gelebt hat, war ein moderner Mensch», sagte Katharina. «Ich würde ihn gern kennen lernen. Der Fürst kann es nicht allein gewesen sein, er muss Berater gehabt haben, vielleicht einen Leibarzt.»

«Für mich ist das nichts», sagte Hilde schaudernd.

Katharina führte Hilde zu den Schränken mit den Romanen. «Für den Anfang bedienst du dich hier. Du findest es doch schön, wenn die Prinzessin den Mann ihrer Träume findet, oder?»

Oh ja, das fand Hilde toll, aber sie wollte darüber nichts lesen. Sie wollte am liebsten gar nicht lesen. Man hatte es ihr in der Schule beigebracht, erst ohne Prügel, danach mit Prügeln. Bis heute konnte Hilde nicht fließend lesen. Es ging quälend langsam voran, und meistens schien dann die Sonne und lockte sie ins Freie. Hilde glaubte, nichts von dem zu können, was den Freundinnen so leichtfiel. Sie wunderte sich, warum die klugen Mädchen sich mit ihr abgaben, und begriff nicht, wie beliebt sie war, denn an Hilde mochte jede etwas. An erster Stelle war das ihre Ehrlichkeit. Unfähig zur Intrige, sagte Hilde, was sie dachte; und da sie den Menschen nur Gutes unterstellte, fühlte sich niemand von ihr bedroht. Sie nahm die Dinge leicht, und wenn ihr etwas nicht in den Kopf wollte, besaß sie eine charmante Art, die Hilfsbereitschaft leicht machte, denn dankbar war Hilde auch. Nur Bücher, die mochte sie einfach nicht.

Auf dem Weg in die Küche warf sie einen Blick auf den kleinen Band, den Katharina ihr mitgegeben hatte. Sie öffnete das Buch. Zu kleine Buchstaben, zu viele Wörter, zu viele Aufgaben, die im Schloss warteten. Hilde dachte: Wenn es ein Buch gäbe, in dem wir vorkommen, alle sieben, und auch das Schloss, wie wir arbeiten und alles immer schöner wird, das würde ich gerne lesen. Das Buch blieb auf dem Tisch liegen, später lag es beim Fenster, und eines Morgens hatte die erste Spinne des neuen Jahres ihr Netz um das Buch herum gebaut.

29

Eines Abends gab es wieder einen Grund zum Feiern. Das Dach war dicht. Sie hatten alle Löcher mit den Schieferziegeln verschlossen, die sich gefunden hatten. Im Hof waren in den letzten Wochen mehrere Haufen zu imposanter Höhe emporgewachsen: Holz, Stein, Werkzeug.

Alle Räume im Schloss waren geöffnet und erkundet worden, alle waren ausgefegt und geputzt. Als Schatzgrube hatte sich der Dachboden erwiesen. Seitdem gab es Matratzen für alle Betten und Bezüge für Decken und Kissen. Gefüllt mit Gänsefedern, ließen sich die Betten zu wolkiger Fülle aufschütteln. Regula hatte sich bereit erklärt, eine Nacht zur Probe unter dem Federbett zu schlafen. «Ich möchte nicht, dass eine von euch im Schlaf erstickt», hatte sie gönnerhaft gesagt. Am nächsten Morgen war Regulas Lächeln verschwunden und zeigte sich mehrere Tage nicht mehr. Dafür gab es auf Gesicht, Hals und Armen Dutzende von Stichen zu betrachten, die, obwohl Katharina lindernde Salben verrieb, von Regula blutig gekratzt wurden. Jeden Floh, den sie erwischte, zerdrückte sie grimmig zwischen Daumen und Zeigefinger. Die Federbetten wurden auf den Dachboden zurückgetragen und gingen am Ende in einem Freudenfeuer auf.

Die Küche strahlte vor Sauberkeit und war fast komplett ausgestattet. Die Namen der Mädchen, die sie am Badetag mit der Seife an die Wand geschrieben hatten, waren noch gut zu erkennen. Niemand brachte es über sich, sie abzuwaschen. Sieben Buchstaben waren unterstrichen.

Auf den Vorratsregalen war noch viel Platz. Antonia sagte: «Stellt euch vor, es wäre voll. Eines Tages wird es voll sein.»

Im Festsaal glänzten die Spiegel, glänzten die Leuchter, glänzten die Kerzenhalter. Der Fußboden war spiegelglatt, Antonia und Beatrice schwebten zu Cecilias Lautenspiel übers Parkett, während Regula erst den Thron und danach den Damenthron ausprobierte, um schließlich auf den großen Thron zurückzukehren. «Er passt einfach besser zu mir, das findet ihr bestimmt auch.»

Katharina rief die Freundinnen zusammen, um zu berichten, was die gründliche Suche in der Bibliothek ergeben hatte.

«Wir wissen, dass hier ein Hofstaat von mehreren Dutzend Personen gelebt haben muss. Um dieses Unternehmen zu führen, muss eingekauft werden, muss verkauft werden. Es wird Leibeigene gegeben haben, die Getreide liefern, worauf der Fürst einen Anspruch hat. Man sollte erwarten, dass sich darüber Aufzeichnungen finden. Und der Fürst war ja nicht der erste, er hatte Vorgänger, seinen Vater und Großvater, das kann bis ins Jahr 1500 oder 1400 zurückreichen.»

«Komm zum Thema, Frau Lehrerin!», rief Regula.

«Es gibt keine Unterlagen. Keine Skizzen, nichts. Es gibt keine Chronik, es gibt keine Bücher über andere Adelshäuser, in denen dieses Schloss auch nur in einem Nebensatz vorkommt. Es ist, als wäre es nicht von dieser Welt.»

«Du hast nicht genau nachgesehen», sagte Ursula und bereute ihre Bemerkung sofort.

«Ich war ja selbst verdutzt und wollte es nicht glauben. Es gibt dafür auch nur eine Erklärung: Jemand hat mit Absicht alle Spuren verwischt. Warum bloß?»

Die Mädchen wussten nicht, was sie davon halten sollten. So reizvoll sie Geheimnisse fanden, wenn sie im Gewand von Märchen daherkamen, so unwohl war ihnen, dass sie seit Wochen in einem Geheimnis wohnten. Bis heute hatten sich keine Lebenszeichen der früheren Bewohner gefunden. Nur hier und da ein Kamm, eine Spange, gekreuzte Säbel an der Wand. Das lieferte alles keine Hinweise.

«Doch», sagte Antonia, «eins kann man daraus erkennen: Es war keine Flucht. Hier hat kein Überfall stattgefunden. Die Bewohner haben ihren Aufbruch von langer Hand vorbereitet. Das ist vor etwa zehn Jahren geschehen.»

Was konnten sie tun? Ein neuer Anlauf im Dorf, zu dessen Bewohnern es seit Wochen keinen Kontakt gab? Eine Fahrt in die Nachbarschaft, um in jedem Haus zu fragen? Antonia ärgerte sich, die Reise nach Eisenach nicht besser genutzt zu haben. Aber damals wollten sie das Schloss nicht erwähnen, um niemand auf Ideen zu bringen. Aus den Erzählungen von Eltern, Verwandten und Nonnen wussten sie, dass in den Kriegsjahren zahlreiche Häuser leer standen, weil ihre Bewohner geflohen oder gestorben waren. Aber dies war ein Schloss, so etwas stand nicht an jeder Ecke. Die Bewohner mussten Spuren hinterlassen haben – oder Gerüchte.

«Denkt nach», sagte Antonia, «wer weiß am besten Bescheid? Wer ist das ideale Klatschweib?»

«Meine Großmutter», meinte Regula trocken. Aber die lebte

fünf Tagesreisen entfernt. Gastwirte erfuhren einiges, wenn ihr Hof an einer Poststraße lag oder an einem Handelsweg. Hexen wussten viel, aber Hexen wurden verfolgt. Ein Pastor! Pastoren waren große Klatschmäuler. Aber kein Mädchen zog es zu Geistlichen oder in die Nähe eines Klosters.

«Uns bleibt keine andere Möglichkeit», sagte Regula. «Wenn wir etwas wissen wollen, müssen wir im Dorf fragen.»

«Wir bieten ihnen Geld an», schlug Hilde vor.

Zu sechst fielen sie über Hilde her und verboten ihr, daran auch nur zu denken. Beátrice' Tafel redete pausenlos.

Regula sagte: «Kein Wort, wenn du nicht willst, dass sie uns mit Messern angreifen. Ein Schatz – was meinst du wohl, wie solche Leute auf dieses Wort reagieren? Wie ein Ertrinkender auf Luft.»

Hilde versprach, den Mund zu halten und setzte schüchtern hinzu: «Was können wir ihnen denn sonst anbieten?»

«Junge Frauen zum Heiraten.»

Alle starrten Regula an. «Was ist», sagte sie patzig, «ist doch wahr. Damit hätten wir Erfolg.»

«Ihr denkt falsch», sagte Antonia, «wir dürfen nicht zu ihnen gehen, das ärgert sie. Wir müssen sie zu uns holen.»

«Ach ja? Wie denn? Sollen wir einen Ochsen schlachten, damit sie sich satt essen können?»

Alle starrten sich an, bis Hilde grimmig sagte: «Natürlich schlachten wir keinen unserer lieben Ochsen.»

Bis Mitternacht redeten sie sich die Köpfe heiß. Dann nahm Hilde unter Tränen Abschied von ihrem Ochsen. Sie durfte entscheiden, welchen von beiden das traurige Los treffen würde.

Ursula und Antonia überbrachten am nächsten Tag die Einladung.

30

Eine Stunde nach Sonnenuntergang hatte der Ochse seine fünf Stunden am Spieß hinter sich. Hilde war morgens verschwunden und seitdem nicht wieder aufgetaucht. Das Schlachten hatten Katharina und Antonia übernommen. Katharina hatte keine Miene verzogen, Antonia, die sich nur gemeldet hatte, um Ursula zu schonen, wusste, dass sie kein Fleisch essen würde.

Lange hatten sie gestritten, ob der Festsaal der angemessene Rahmen sein würde. Ein Essen im Freien auf dem Hof verbot sich, weil es als Beleidigung aufgefasst werden könnte. «Als würden wir ihnen nicht zutrauen, sich anständig zu benehmen», sagte Antonia.

Regulas Gesicht ließ keinen Zweifel an ihrer Meinung: Ja, die Dörfler würden sich schlecht benehmen, sie würden mit Händen und Füßen essen, sich sinnlos betrinken und unanständige Lieder singen.

Eineinhalb Stunden nach Sonnenuntergang saßen fünf Mädchen im Festsaal, Katharina wartete am Tor, um die Gäste zu begrüßen. Sie hatten gebadet und sich neue Frisuren gemacht.

Ursula sagte mit übertrieben munterer Stimme: «Sie werden kommen.»

«Vielleicht zeigen sie den gedungenen Mördern gerade den Weg ins Schloss», knurrte Regula.

«Gebt ihnen Zeit», sagte Antonia. «Sie müssen zu spät kommen, das ist ihre Art, die Würde zu wahren.»

«Für mich ist das Unhöflichkeit», sagte Cecilia.

«Jemand wird erscheinen. Und wenn es ein Einziger ist. Dann müssen wir uns nur noch gut benehmen, und unser Gast wird weitererzählen, dass wir nicht beißen und kein Blut saugen. Die Menschen auf dem Land brauchen Zeit.»

Alle Mädchen kannten Geschichten über die Landbewohner. Wie unkultiviert sie waren; dass sie nicht lesen und schreiben konnten; dass sie oft betrunken waren und sich dann die Nasen blutig schlugen; dass die Männer ihre Frauen rüde behandelten und die Frauen dann kreischend lachten; dass die Kinder von morgens bis abends auf dem Feld arbeiten mussten und nicht zur Schule geschickt wurden, was dazu führte, dass sie auch nicht lesen und nicht schreiben konnten.

«Hoffentlich reden sie deutlich», sagte Cecilia.

Hilde drückte sich in den Saal und nahm Platz. Die Mädchen kamen sich nutzlos vor, wie sie da wartend an der Tafel saßen, neben die ein zweiter Tisch gestellt worden war.

«Und wenn sie uns fragen, wie wir auf das Schloss gekommen sind?»

«Das werden sie nicht tun, denn sie wissen, dass wir von besserem Stand sind als sie.»

«Und wenn ihnen das gleichgültig ist? Warum sollte es ihnen wichtig sein?»

«Weil sie neben dem Fürsten und der Hofgesellschaft gelebt haben. Sie sind es gewohnt, untertänig zu sein. Sie wissen, was ihnen droht, wenn sie frech werden.»

«Was denn?»

«Harte Strafen.»

«Welche denn? Es müssen Strafen sein, die wir selbst anwenden können. Wenn sie sehen, dass wir übertreiben, werden sie über uns lachen.»

«Wir könnten sie schlagen, zehn Schläge auf den Rücken.»

«Womit?»

«Was wir zur Hand haben. Eine Holzlatte, ein Stock, ein Säbel, natürlich die flache Seite. Oder auf die Hände, wie im Kloster.»

Im Kloster hatten alle erfahren, auf wie viele verschiedene Arten man Menschen schlagen kann. Man konnte sie auch in Verliese sperren. Man konnte sie drei Tage hungern lassen oder sie zwingen, wach zu bleiben, und sie immer dann, wenn der Kopf heruntersank, wecken. Man konnte ihnen mit dem Teufel drohen oder damit, dass sie das Kloster zu verlassen hatten und sehen sollten, wo sie bleiben würden.

Es war Antonia, die es genauer wissen wollte: «Bestrafen wir auch die Frauen?»

«Wenn sie es verdient haben.»

«Woher werden wir wissen, ob sie es verdient haben? Wird vorher eine Gerichtsverhandlung stattfinden?»

«Was ist das denn?», fragte Hilde erstaunt.

In ihrer Welt gab es keine Richter, die beide Seiten zu Wort kommen ließen. Es gab nur den Grundherrn, dessen Wort war Gesetz, und wenn er es gesprochen hatte, stand das Urteil fest. Das war eine Sache von Minuten. Einmal hatte ein wütender Bauer seine Hand gegen einen Abgesandten des Grundherrn erhoben. Es war nicht viel passiert, ein wenig Blut war geflossen, mehr nicht. Dafür war der Bauer später auf dem Marktplatz halb totgeschlagen worden. Man hatte seine Hütte niedergebrannt, und seine Familie, Frau und sechs Kinder, war gezwungen worden, die Gegend zu verlassen. Zu Fuß, mit nicht mehr, als sie tragen konnten. Der Bauer war später an den entzündeten Wunden gestorben.

31

Bevor sie zur Tür blickten, wussten sie, dass sie nicht mehr allein waren. Neben Katharina standen zwei Männer. Beide waren jung, kaum zehn Jahre älter als die Mädchen. Ihre Jacken und Hosen waren abgewetzt, aber sauber. Hinter ihnen standen zwei Frauen. Sie trugen Röcke nach der Mode der Zeit, darüber kurze Jacken, die gerade die Nieren bedeckten. Um Hals und Brust lagen Tücher aus Spitze. Die Gastgeberinnen erhoben sich und schafften es kaum, den Blick von der herrlichen Spitze abzuwenden. Aber zuerst mussten die Männer begrüßt werden. Einer trug ein Brett, das mit einem Tuch bedeckt war. Er überreichte das Brett und sagte etwas in seiner Sprache. Es war schlimmer, als die Mädchen befürchtet hatten.

Antonia nahm das Brett entgegen. «Zeig schon, zeig schon», sagte die neben ihr stehende Ursula, die ihre Neugier kaum zügeln konnte.

Es handelte sich um einen Käse, mehr weiß als gelb. Käse von der Ziege, wie der Mann unaufgefordert mitteilte. Je länger sie ihm zuhörten, um so mehr verstanden sie. Antonia entspannte sich.

Offenbar waren nur die vier gekommen. Man bot den Gästen Plätze an der Tafel an. Sie saßen auf gepolsterten Stühlen mit hohen Lehnen. Vor ihnen standen Trinkgefäße aus böhmischem Glas mit Weinranken. Die vier setzten sich vorsichtig, als wären sie darauf gefasst, im nächsten Moment mit dem Stuhl zusammenzubrechen. Ihre Befangenheit war mit Händen zu greifen. Eine der Frauen wollte wohl mit dem Finger über die Ranke ihres Glases fahren und stieß es prompt um. Das Glas brach am hohen Stiel ab, die Frau sprang auf, Tränen schossen ihr in die Augen, ein Mann wollte sie trösten. So standen sie unglücklich da, als wären sie von Feinden umgeben, dabei war noch kaum ein Wort gesagt worden.

Spontan sagte Antonia: «Vielleicht möchtet Ihr Euch die Küche ansehen. Dort steht der schönste Tisch.»

Keine fünf Minuten später saßen alle um den Küchentisch, die Frauen aus dem Dorf hatten ihre Teller mitgenommen. Regula beugte sich zu Antonia und flüsterte: «Bevor sie gehen, zähle ich die Teller durch.»

Woran immer es den Menschen auf dem Lande fehlen mochte, an Appetitlosigkeit litten sie nicht. In erstaunlicher Weise schlugen sie sich die Wänste voll. Die Klöße aus der Gerste, das Ochsenfleisch und die fette Soße schaufelten sie in sich hinein, als blieben ihnen nur wenige Minuten, bevor eine lange Phase des Fastens beginnen würde.

Die Mädchen aßen ebenfalls mit gutem Hunger, auch wenn Hilde und Antonia das Fleisch verschmähten. Solange die Gäste aßen, war an Reden nicht zu denken. So redeten die Mädchen miteinander über Aufgaben im Haushalt.

Bis der Mann sagte: «Kein Bier? Kein Branntwein?»

Die Mädchen verstanden jedes Wort, die Gäste verstanden das Kopfschütteln.

Der hübschere Mann, Karl war sein Name, sagte: «Alle sagen: Sie trinken von morgens bis abends. Ich sage: Sind zu jung, trinken Milch.»

Er griff unter seine Jacke und stellte die Flasche auf den Tisch.

«Branntwein aus Kräutern», sagte Karl. «Was auf der Wiese wächst. Gesund wie Medizin.»

Die Mädchen schnüffelten noch an ihren Gläsern, da waren die der Gäste schon leer. Hilde leckte sich schmatzend die Lippen: «Man müsste sehen, wie der zweite Schluck schmeckt.»

Der hübsche Karl sagte: «Ihr seid richtig», und schenkte nach.

Hilde trank das zweite Glas und war betrunken. Die Freundinnen hielten Maß.

«Putzt den Körper von innen», behauptete der Hübsche, der als Einziger redete.

Der zweite Mann, Karl hatte ihn als Wotan vorgestellt, musste einst mit einem Schwert Bekanntschaft gemacht haben. Nase und Wangen sahen aus, als seien sie zerschnitten gewesen und nicht richtig in die alte Form zurückgewachsen. So wirkte er, als würde ihm etwas wehtun. Der Magen konnte es nicht sein, denn er aß für drei. Anita, die Jüngere, war mollig und wirkte gemütlich, wenngleich auf der Stirn tiefe Falten standen. Judita war älter und viel hübscher. Aber sie war blass, während die anderen vom Wetter gezeichnete Haut besaßen. Judita war die Einzige, die nicht nur Augen für Essen und Trinken hatte. Ständig blickte sie sich in der Küche um. Einige Mädchen dachten: Sie beneidet uns. Andere Mädchen dachten: Sie kundschaftet aus, was nicht niet- und nagelfest ist.

Der Käse stand auf dem Tisch, die Gäste schnitten große

Stücke ab, in null Komma nichts lagen nur noch Krümel auf dem Brett. Danach blickten sich die vier suchend um, Karl sagte: «Ist hier vor Kurzem gebacken worden? Köstliches Brot vielleicht? Womöglich ein Kuchen zur Feier des Tages?»

Schweren Herzens holte Cecilia den Kuchen, sie hatte nicht geglaubt, dass es ihr so viel Mühe bereiten könnte, gastfreundlich zu sein. Nur ein kümmerlicher Kanten blieb zurück, den alle anstarrten, als würde im nächsten Moment aus ihm ein neuer Kuchen wachsen.

Karl lehnte sich zurück, wischte Schweiß vom Gesicht und Essensreste vom Mund. Ein Finger machte sich zwischen den Zähnen zu schaffen.

«Kochen könnt Ihr, das muss man Euch lassen», sagte er gönnerhaft. «Aber wer Fleisch hat, kann auch einen Braten machen.»

Erneut füllte er die Gläser. «Wir beziehen den Branntwein aus Böhmen. Die Kräuter wachsen gar nicht bei uns.»

Dankbar griffen die Mädchen das Stichwort auf. Was man denn in dieser Gegend anbaue? Wie viel Vieh man halte? Wie das Wetter sei, milde oder herb? Anita taute auf und fragte viermal, ob es keinen Mann auf dem Schloss gäbe, einen Jüngling vielleicht? Nein, es gab nur den kleinen Heinrich. Aber ein Kind war nicht das, woran Anita dachte. Woran genau sie dachte, sagte Wotan ihr auf den Kopf zu. Hatte zwei Stunden den Mund gehalten, und als er ihn öffnete, geschah es nur, um sich mit unanständigen Worten über Anita und ihre Lust auf Mannsbilder auszulassen.

Über ihre Lebensbedingungen äußerten sich die Gäste wenig. Nur am Rand wurde deutlich, wie armselig es im Dorf zuging. Im Zentrum ihres Interesses standen die neuen Bewohner des Schlosses. Die einen wollten die anderen ausfragen und sahen sich unversehens selbst ausgefragt. Am Tisch begann gegenseitiges Belauern. Schließlich kam man auf die früheren Bewohner des Schlosses zu sprechen.

Karl sagte: «Es wundert mich, dass ihr nichts über den Fürsten zu wissen scheint.»

«Das scheint nur so», sagte Regula eifrig. «Aber die Erinnerung ist nicht mehr frisch. Wir waren noch so jung damals ...»

Und so erfuhren die Mädchen zum ersten Mal etwas über die Geschichte ihres Schlosses.

32

In den Adern von Fürst Nikolaus von Pomporazzi floss italienisches Blut, seine Sippe war vor über 150 Jahren von der südlichen Seite der Alpen zugewandert. Nikolaus hatte sich in eine hiesige Prinzessin verliebt und war mit ihr auch dann noch auf der Burg Haymlich geblieben, als in der Nähe deutsche und schwedische Truppen im Krieg aufeinander einschlugen.

«Da sind die Ersten weggezogen», sagte Karl und betrachtete mit Interesse, was er zwischen den Zähnen gefunden hatte. «Das ist immer so im Krieg. Erst kämpfen sie gegeneinander, danach ziehen sie plündernd umher, besonders die, die die Schlacht verloren haben. Wenn es ihnen gelingt, ein Bauernhaus niederzubrennen, fühlen sie sich besser. Sie haben dann das Gefühl, doch noch gewinnen zu können.»

«Aber Euch hat es nicht getroffen.»

«Wir haben uns geduckt, wie es der Hase tut, um nicht entdeckt zu werden. Wir hatten Glück. Ich denke, wir waren zu arm. Unsere Häuser sehen aus, als seien sie schon niedergebrannt worden.»

Seit dem verliebten Fürsten vor 150 Jahren hatte jeder neue Herrscher seine Frau in der Region gefunden. Bernadette hieß die letzte, entstammte einfachem Landadel und entflammte das

Herz des amtierenden Fürsten, als er seinen 50. Geburtstag schon hinter sich hatte.

«Die Frauen in unserer Gegend sind schön, müsst Ihr wissen. Manche sind wie Anita, manche wie Judita, für jeden Geschmack ist eine dabei.»

Der letzte Herrscher – auch er hieß Nikolaus – regierte ein kleines Reich, denn das Land um die Burg Haymlich war das kleinste Fürstentum innerhalb von zehn Tagesreisen in jede Himmelsrichtung. Wer hier lebte, dem ging es gut. Er litt keinen Hunger und musste sich nicht gegen gemeine Höflinge wappnen, denn der Fürst duldete es nicht, dass sich verkommene Zeitgenossen in seine Hofgesellschaft einschlichen, die ihr Vergnügen darin fanden, Untertanen zu drangsalieren.

Sogar ein Arzt stand den Untertanen zur Verfügung, kein hergelaufener Quacksalber, der mit derselben Zange, mit der er als Schuster Nägel aus den Sohlen zog, verfaulte Zähne aus den Kiefern riss. Fürst Nikolaus legte Wert darauf, dass derselbe Medicus, der ihm zur Verfügung stand, sich auch um die Gesundheit seiner Untertanen kümmerte.

«Er hat mein Gesicht gerettet», sagte Wotan. «Als die Luchsmutter im Wald auf mich losgegangen war, sah ich nicht so gut aus wie heute.»

Einmal pro Woche fand auf dem Platz vor dem Schloss ein Markt statt, eine größere Ortschaft existierte im Fürstentum nicht. Zahlreiche Händler kamen, um ihre Waren anzubieten, denn die Untertanen zahlten pünktlich, weil auch der Fürst sie pünktlich für ihre Waren entlohnte.

«Es ging uns gut», sagte Karl. «Ich war noch jung damals und habe nicht alles verstanden. Unsere Eltern haben immer gut über den Fürsten gesprochen. Schade, dass er dann anfing, die Maschinen zu bauen. Danach war nicht mehr so viel Geld im Umlauf.»

«Das lag nur an der Frau», sagte Anita verächtlich. «Sie hat ihm den Kopf verdreht.»

«Das gefällt dir doch», sagte Karl. «Das tust du selbst gern.»

«Aber ich habe kein Geld», sagte Anita. «Wenn ich einem Mann den Kopf verdrehe, muss ich nehmen, was mir der Herr geschenkt hat.»

Sie packte ihre Brüste und hielt sie den Mädchen entgegen.

Karl lachte nicht so schlimm wie Wotan, der sich zu Anita hinüberlehnte, um sie kräftig auf den Mund zu küssen.

Anita wehrte sich und spuckte aus. «Dich will ich nicht», sagte sie. «Du riechst nicht gut.»

«Reißt euch zusammen», sagte Karl grinsend, «was sollen die Schwestern von euch denken?»

Zum ersten Mal erhielten die Mädchen einen Hinweis darauf, für was sie im Dorf gehalten wurden. Das kam so unerwartet, dass niemand auf die Schnelle nachhakte. Es war auch zu riskant, denn Antonia erkannte sofort, dass ihnen dieses Missverständnis noch von Vorteil sein könnte. Sie erkundigte sich lieber nach den Maschinen, von denen Karl geredet hatte.

«Sie haben damit gespielt», erzählte Karl. «Die Fürstin mochte den Krieg nicht und hatte Angst, dass die Schweden ihr das Dach über dem Kopf anstecken.»

«Was haben die Maschinen denn getan?», fragte Cecilia.

«Gedreht haben sie sich», sagte Karl. «Ich habe nur davon gehört.»

«Ich habe es gesehen», behauptete Judita. «Ich war noch ein Kind, manchmal wagten wir uns an das Schloss heran. Alles war so hoch und fremd. Dennoch haben wir versucht, ob man hineingelangen kann, ohne das Tor zu benutzen. Es gab Gerüchte …»

Davon hatten die Mädchen schon gehört, denn auch in ihrem Kloster gab es angeblich einen geheimen Gang, durch den man fliehen konnte, wenn von vorn der Feind angriff. Angeblich verfügten jedes Kloster und die meisten Schlösser über so einen Gang.

Judita wollte eine Maschine gesehen haben, Pferde aus Holz, auf ein Brett genagelt, das sich im Kreis drehte, wenn ein Ochse begann, ein Seil zu ziehen. Die Fürstin habe auf einem Pferd gesessen, mehr als sieben Pferde hätten nicht auf das Brett gepasst. Erst als sie zum zweiten Mal schwanger war, sei sie nicht mehr jeden Tag auf den Holzpferden geritten.

«Den Vogel habe ich nie gesehen», fuhr Judita fort, «aber es soll einen gegeben haben, künstlich wie die Pferde, aber federleicht, denn der Vogel sollte sich in die Luft erheben.»

«Wozu das denn?», fragte Hilde verdutzt.

«Die Fürstin wollte vor dem Krieg davonfliegen», sagte Judita. «Sie wollte hoch oben sein und der Krieg tief unter ihr.»

Den Mädchen war klar, dass man nicht mit einer Maschine durch die Luft fliegen konnte. Fliegen war für Vögel da, der Mensch blieb auf der Erde; wenn er in die Höhe sprang, war er schnell wieder unten.

Karl sagte: «Was immer das für Maschinen waren, sie haben viel Geld verschlungen. Einmal bekamen meine Eltern das Geld für ihr Korn später. So etwas war vorher nie vorgekommen. Die Fürstin war besessen von ihren Maschinen, sie hat sogar einen neuen Namen gefunden.»

«Namen? Wofür?»

«Für das Schloss. Oder die Burg, wie meine Großeltern noch

sagen. Es hieß Haymlich, so war es immer gewesen. Aber auf einmal sprachen sie von Morgana, Mater Morgana. So nannte die Hofgesellschaft in ihren letzten Jahren das Schloss, aber nur, wenn sie untereinander waren. Uns hat nie einer den neuen Namen genannt.»

«Ich hätte ihn auch nicht ausgesprochen», sagte Anita und schlug mit der Faust auf den Tisch. «Ich könnte mir den Namen gar nicht merken.»

Plötzlich knallte es! Die Mädchen erschraken. Jemand versuchte, ein Fenster einzuschlagen. Regula sprang auf, riss ein anderes Fenster auf, obwohl das gefährlich war, denn man wusste nicht, was von draußen hereinspringen würde.

«Habt Ihr keine Hunde?», fragte Wotan. Es sollte beiläufig klingen. Aber als er hörte, dass es keine Hunde gab, wirkte er erleichtert.

Kurz darauf betrat sie durch die Tür die Küche: eine alte Frau, ganz in Schwarz, auch das Kopftuch war schwarz. Sie war klein und recht füllig, ihr Alter konnte man schlecht schätzen, aber dass die Männer vor ihr Respekt hatten, war nicht zu übersehen. Sie fuhr auf die Männer los, die sich auf ihren Stühlen duckten. Die Frau schlug nicht, aber in ihrer Sprache, von der die Mädchen kein Wort verstanden, schimpfte sie aus Leibeskräften. Den Mädchen blieb nichts übrig, als abzuwarten, bis der Wörterstrom versiegen würde. Schließlich drehte sich die Frau um und verschwand durch die Tür. Die Männer setzten sich wieder aufrecht hin, Wotan atmete hörbar auf.

«Meine Großmutter», sagte Karl. «Sie hat das Gefühl, wir hätten sie absichtlich nicht mitgenommen. Dann kann sie grantig werden.»

«Sie war auch eingeladen», stellte Regula klar.

Antonia verkniff sich ein Lächeln. Sie fand es beruhigend, dass es jemand gab, vor dem Karl den Kopf einzog.

Der berichtete inzwischen weiter über den Fürsten. Auf dem Schloss lebte das Herrscherpaar mit einer kleinen Tochter und einem Hofstaat von über 40 Personen. Die Prinzessin Rosa war dem Fürstenpaar erst im dritten Jahr ihrer Ehe geboren worden. Um sie nicht in einer Gesellschaft von Erwachsenen aufwachsen zu lassen, wurden regelmäßig Kinder aus dem Dorf aufs Schloss eingeladen. Dann ging es über Tische und Bänke, es war vorgekommen, dass die kleine Bande Sitzungen des Fürsten mit seinen engsten Mitarbeitern gesprengt hatte.

«Vielleicht waren die Maschinen für die Kinder», sagte Hilde.

«Für die Kinder waren das Schloss und die Küche und die Tiere. Die Maschinen waren für die Fürstin.»

33

Der 28. September 1625 war ein Markttag. Die Händler hatten ihre Stände aufgeschlagen, seit dem frühen Morgen strömten die Kunden herbei. Als nach einer Stunde das Schlosstor noch nicht geöffnet war, machten auf dem Markt Scherze die Runde. In der Nacht war es wohl hoch hergegangen bei den feinen Herrschaften! Der Fürst verstand zu feiern, dann floss der Wein und spät am Abend zischten Raketen in den Himmel. Aber am nächsten Tag waren alle wieder auf den Beinen, abgesehen von einer Handvoll Höflinge, die länger brauchten, um wieder verwendungsfähig zu werden.

Mittags war das Tor immer noch geschlossen. Eine Krankheit?! Soldaten, die ein Blutbad angerichtet hatten?! Den einfachen Leuten war klar, dass sie in Teufels Küche kommen würden, wenn sie über die Mauer kletterten. So musste der Narr dran glauben: Igor, der als kleiner Junge hohes Fieber gehabt hatte und als 17-Jähriger so viel konnte wie ein Fünfjähriger. Die Männer bauten eine Pyramide, Igor kletterte daran empor, überwand die Mauer, und das Warten begann. Nach einigen Minuten begann Igor drinnen zu rufen und am Tor zu rütteln. Da wurde allen bewusst, dass der freundliche Trottel nicht in der Lage sein würde, das Tor zu öffnen. Neue Pyramide, ein pfiffiger Junge als Eichhörnchen, und das Tor war offen. Zögernd strömten die Menschen auf den Schlosshof. Niemand zeigte sich, nur eine Handvoll Tiere, kaum Werkzeuge und Wagen. Als die Einheimischen ihre Scheu abgelegt hatten, durchsuchten sie das Schloss von unten bis oben.

«Wir konnten es nicht glauben», sagte Karl. «Das gibt es doch nicht, dass so viele Menschen über Nacht verschwinden, ohne eine Spur zu hinterlassen. Und was sie alles mitgenommen hatten! Unmengen! Welchen Weg waren sie gegangen? Sie mussten durch das Tor gekommen sein, aber dann hätten wir im Dorf etwas gehört oder gesehen.»

«Und wenn sie doch angegriffen worden sind?», fragte Antonia beklommen.

«Dann hätten Flinten geknallt und Menschen geschrien. Du kannst nicht 50 Menschen mit Messern und Säbeln angreifen. Stellt euch das Blut vor. Ein See voller Blut. Aber wir haben kein Blut gesehen, nirgends, wir haben danach gesucht, überall. An den folgenden Tagen waren immer wieder Leute von uns drin und haben alles umgedreht. Wir sind vielleicht nicht gut im Bücherlesen, aber wir sind gut im Spurenlesen. Nein, nein, was da passiert ist, ist das größte Rätsel, von dem ich jemals gehört habe. Sie hätten acht Kutschen allein für die Menschen gebraucht. Und zehn Wagen für alles andere.»

«Natürlich habt Ihr ... ja, wen habt Ihr alarmiert?»

«Wir haben die Ritter gefragt, die wussten von nichts.»

Nun erfuhren die Mädchen, dass es in einer Entfernung von zwei Fußstunden eine Burg gab, knapp außerhalb der Grenze des Fürstentums, eine alte Burg, wegen ihrer herabstürzenden Steine mehr eine Gefahr für die Bewohner als Schutz vor Feinden. Eine Bande wilder Kerle hauste dort, Raubritter, Maulhelden, langhaariger als der Langhaarigste im Dorf, ungewaschen, nie nüchtern, aber friedlich.

Die Raubritter wussten nichts. Und sie waren nicht klug genug, 50 Menschen verschwinden zu lassen.

«Wenn du einem von ihnen in den Wäldern begegnest, hörst du ihn schon von Weitem. Entweder singt er ein unanständiges Lied oder er ist vom Pferd gefallen und nun sucht er es und flucht dabei.»

«Wem habt Ihr sonst Bescheid gesagt?»

Sie waren in der Nachbarschaft gewesen, sie hatten mit allen gesprochen, die ihnen begegneten. Sie waren auch in Eisenach gewesen, wo man neugierig war, aber nicht zuständig.

«Es war Krieg, und der Krieg war dicht bei uns. Kurz vorher hatte es hier eine Schlacht gegeben, wenn der Wind günstig stand, hat man die Kanonen gehört. Keine der großen Schlachten, aber seit dem Tag wussten wir, dass es jederzeit wieder losgehen kann.»

«Also kann es sein, dass diese Schlacht der Grund war, warum alle verschwunden sind.»

«Ausgeschlossen ist es nicht. Aber du kannst nicht jeden Furz mit dem Krieg in Verbindung bringen. So zartbesaitet sind wir nicht.»

«Ihr nicht, aber vielleicht die Fürsten.»

«Den Eindruck hatte ich nicht von ihm. Ein Jahr vorher hat er eine Räuberbande erlegt, der Fürst und eine Handvoll seiner Männer. Von der Zahl her waren sie den Räubern klar unterlegen, aber sie haben kurzen Prozess mit ihnen gemacht.»

«Was haben die Räuber denn getan?»

«Sie waren bei uns im Dorf, haben unsere Frauen belästigt und die Kinder geängstigt.»

«Und daraufhin ist der Fürst losgezogen?»

«Da wundert Ihr Euch, was? Ja, so war er. Er hatte ein Auge für jeden in der Nachbarschaft.»

«Wie war sein Verhältnis zu den Raubrittern?»

«Es gab kein Verhältnis. Beide Seiten haben so getan, als würde es die anderen nicht geben.»

«Wovon leben diese Ritter eigentlich?»

«Sie jagen in den Wäldern und manchmal werfen sie einen Blick in die Taschen von Reisenden, und hinterher sind die Taschen leerer als vorher. Aber im Grunde verhalten sie sich ruhig.»

«Hat jemand aus Eurem Dorf auf dem Schloss gearbeitet?»

Karl, der die letzten Minuten entspannt und satt auf seinem Platz verbracht hatte, warf Antonia einen misstrauischen Blick zu.

«Was wollt Ihr damit sagen?», blaffte er. «Glaubt Ihr, wir haben sie getötet?»

«Ich wollte nur wissen, ob Ihr Verwandte oder Nachbarn vermisst.»

Karl beruhigte sich nur schwer. So redete Judita: «Ich habe ihre Wäsche gemacht. Und die Dächsin war da.»

Es stellte sich heraus, dass damit Karls rabiate Großmutter gemeint war. Sie hatte gekocht und gebacken, offenbar waren ihre Kuchen von höchster Qualität. Weder Judita noch die Großmutter hatten in den Tagen vor dem 28. September Veränderungen bemerkt. Kein Streit, keine Krankheiten, keine Besuche von Fremden, keine Offiziere.

Judita war zwei Tage vor dem rätselhaften 28. September erkrankt und nicht zur Arbeit aufs Schloss gegangen.

Antonia goss Branntwein nach, Karl wurde wieder gesprächig. Weil die Gelegenheit günstig war, fragten die Mädchen, wovon die Dorfbewohner lebten.

«Was denkt Ihr wohl?», antwortete Karl mürrisch. «Seitdem sie verschwunden sind, ist nichts mehr, wie es war. Alle hatten ihr Auskommen, keiner ist reich geworden, aber keiner hat gehungert.»

«Wir hatten ja sogar eine Schule», sagte Anita.

Davon war noch nicht die Rede gewesen. Ein junger Edelmann hatte sich um die Kinder gekümmert. Er war ins Dorf gekommen, um den Kleinen den Weg ins Schloss zu ersparen. In der Hütte neben dem Elternhaus von Anita hatte er den Nachwuchs um sich versammelt. 14 Kinder, die jüngsten fünf, die ältesten neun, waren von ihm in Lesen, Schreiben und Rechnen unterrichtet worden.

«Lesen, Schreiben, Rechnen», wiederholte Anita. Erst als sie es zum zweiten Mal aussprach, hakte Antonia nach: «Und sonst?»

«Was meint Ihr?»

«Was hat er noch unterrichtet? Zeichnen vielleicht? Ein Handwerk, Hausarbeiten für die Mädchen.»

«Religion natürlich», sagte Ursula. «Das gehört dazu, ohne Religion ist es keine rechte Schule.»

Anita blickte zu Karl hinüber, es sah aus, als würde sie von ihm Hilfe erwarten. Karl reckte sich und sagte: «Wenn es am schönsten ist, soll man aufhören.»

Das kam unerwartet, auch sah sein Gähnen nicht echt aus. Antonia fuhr schnell den Rest des eigenen Branntweins auf.

«Nicht übel», sagte Karl. Es sollte abgewogen klingen, aber die Gier war nicht zu überhören.

Als er wieder saß, sprachen sie ihn auf seine Arbeit an. Der

Winter sei lang, der Schnee hoch, auf den Feldern gäbe es nichts zu tun. Wo denn sonst?

«Nirgendwo», sagte Karl. «Man wartet, dass es Frühling wird. Hier kommt er spät, nicht vor dem April.»

«Eure Hände sehen nach Arbeit aus.»

«So?» Er hielt die Pranken in die Höhe. «So sehen die Hände eines Bauern aus. Das kennt Ihr nicht. Wer Tag und Nacht ein Gebetbuch hält, bleibt sauber.»

Hildes Hände verschwanden unter dem Tisch.

Antonia versuchte es so herum und andersherum. Es war nichts zu machen: Karl bestand darauf, dass er auf den Frühling warten und bis dahin das Leben eines Faulpelzes führen würde.

Dann sagte Wotan: «Im Berg wurden die Hände auch schmutzig, aber das war ein anderer Schmutz.»

Erst versuchte er die neugierigen Blicke der Mädchen zu ignorieren. Aber es ist nicht leicht, sich dumm zu stellen, wenn dich sieben Gesichter anguckten.

«Der Berg», sagte Wotan unwillig, «einige haben ihr Geld im Berg verdient. Ist lange her, ich erinnere mich kaum noch daran. Mein Vater war im Berg und dessen Vater … die Zeiten ändern sich. Der verdammte Krieg.»

«Moment, Moment», unterbrach ihn Regula, «was hat der Krieg mit dem Berg zu tun? Gibt es hier ein Bergwerk? Oder habt Ihr früher woanders gelebt?»

«Wir haben immer hier gelebt», sagte Wotan mit Nachdruck. «Wir sind keine Herumtreiber, wir wissen, wo unser Platz ist.»

«Was habt Ihr gewonnen?», fragte Regula aufgeregt. «Erz? Silber? Kupfer?»

«Erinnere mich kaum noch», antwortete Wotan. Wäre er so ein schlechter Esser gewesen, wie er ein schlechter Lügner war, hätte auf dem Brett mehr Fleisch gelegen. «Was war es gleich noch mal, Karl?»

«Was immer es war, es ist Vergangenheit», sagte Karl und trank. «Geglitzert hat es eben», fügte er hinzu.

«Edelsteine», sagte Regula mit glänzenden Augen.

«Ab und zu mag ein Edelstein darunter gewesen sein», sagte Karl missmutig. «Einer im Monat, er war so klein wie der Nagel eures kleinsten Fingers.»

«Sie haben Erz geschürft», sagte Anita. «Das ist alles vorbei. Es ist viel zu Ende gegangen, seitdem der Fürst nicht mehr bei uns ist.»

Karl verschränkte die Arme vor der Brust. «Der Berg ist müde geworden. Er gibt nichts mehr her.»

Antonia verstand Regulas Aufregung nicht. Natürlich war das Vorkommen erschöpft. Glaubte Regula denn, die Menschen aus dem Dorf würden in solch schäbigen Verhältnissen vegetieren, wenn neben ihnen funkelnde Edelsteine aus dem Boden wachsen würden?

Zum Abschied begleiteten die Mädchen ihre Gäste ans Schlosstor.

«Es war ein schöner Abend», sagte Judita. Wenn es darum ging, Freundlichkeiten auszusprechen, war sie an der Reihe. Judita war auch die einzige, die jedem Mädchen die Hand gab. Antonias Hand hielt sie ein wenig länger als die anderen. Antonia mochte diese Frau. Sie passte nichts ins Dorf, sie passte nicht zu den sieben Mädchen. Judita stand dazwischen, das erhöhte ihren Reiz.

Regula sagte: «Vielleicht sehen wir uns bald wieder.»

«Eher nicht», sagte Karl, «Ihr führt Euer Leben, wir führen unser Leben.»

«Ist das der Grund, warum Ihr nicht auf das Schloss gezogen seid?»

Einen Moment zögerte er, bevor er nickte: «Wir sind Bauern, wir wissen, wo unser Platz ist.»

34

Bis spät in die Nacht hatten sie geredet, beim Frühstück setzten sie das Gespräch fort.

«Ich dachte, ich falle vom Stuhl, als sie uns plötzlich für Nonnen hielten. Wir flüchten aus einem Kloster und gelangen auf kürzestem Weg in ein neues.» Regula schüttelte sich bei der Vorstellung.

«Darüber müssen wir reden», sagte Ursula. Sie bemühte sich, ihre Stimme beiläufig klingen zu lassen. Aber Regula kannte ihre Freundin: «Schlag dir das aus dem Kopf. Hier wird nicht gefrömmelt, hier wird gelebt!»

«Ich habe noch gar nichts gesagt», wandte Ursula ein, um dann zuzugeben: «Wir schlagen nicht, wir quälen nicht. Wir sind gerecht zu jedermann. Was ist daran falsch?»

«Kloster ist Kloster», sagte Regula. «Wir haben das lang und breit besprochen. Ich lasse mir nicht von einem stinkenden Bauern vorschreiben, wie ich zu leben habe.»

«Gestunken hat er nicht», stellte Hilde richtig. «Seine Hände waren nicht so sauber wie deine. Aber gestunken hat er nicht.»

«Bäuerin liebt Bauer», stichelte Cecilia gutmütig.

Hilde wollte auch das richtigstellen und verhaspelte sich.

Lachend drückte Cecilia sie an sich. «Wir nehmen dich doch nur auf den Arm.»

«Sie möchte gerne, dass das der Bauer tut», behauptete Regula. «So habe ich mir das vorgestellt. Der erste Mann, der uns über den Weg läuft, macht unsere Hilde rossig. Morgen wird ein Medicus vor der Tür stehen, dann bekommt Katharina weiche Knie.»

«Genau», sagte Katharina seelenruhig, «und übermorgen steht der Fürst vor der Tür und Regula wird seine Fürstin werden. Den Thron hast du ja schon ausprobiert.»

Das Geheimnis um die verschwundene Hofgesellschaft beschäftigte alle Mädchen.

«Mater Morgana», sagte Cecilia versonnen. «Das gefällt mir. Besser als Haymlich.»

«Mater Morgana klingt für mich nach Märchen», sagte Regula. «Aber das hier ist echt, es hat dicke Wände und muss geheizt werden.»

«Wenn man Blut gefunden hätte», überlegte Cecilia. «Einen kleinen Fleck nur, dann könnte man sich etwas vorstellen. Was mich erschreckt, ist, dass die vielen Menschen einfach unsichtbar geworden sein sollen. Erschreckt ist das falsche Wort. Ich bin fassungslos, ich begreife es einfach nicht.»

«Wenn die Fürstin Angst hatte …»

«Dann zieht man in ein anderes Schloss. Warum muss man das Hals über Kopf in der Nacht machen? Das ist am gefährlichsten.»

Sie redeten über Karl und die drei anderen. Vor Wotan fürchteten sie sich, für schlau hielt ihn keine.

Katharina sagte: «Es ist gut, dass Frauen dabei waren. Sonst hätten sich die Männer schlechter benommen.»

«Wir haben Musketen!», rief Ursula – um dann zuzugeben, dass sie noch nie einen Schuss abgefeuert hatte.

«Wir könnten ihnen Arbeit anbieten», sagte Hilde. «Wir bezahlen sie, dann geht es ihnen besser, auch den Kindern. Das wollt ihr doch. Ich denke dabei auch überhaupt nicht an Karl.»

Ihre roten Wangen und der rot angelaufene Hals bewiesen, dass sie schwindelte.

«Sie halten uns für Nonnen», sagte Antonia. «Wir können das richtigstellen oder sie in dem Glauben lassen.»

Katharina nickte. «Ich weiß, was du meinst. Vor Nonnen haben sie Respekt.»

«Ich habe nichts gegen Karl», stellte Antonia klar. «Aber wenn ich in seiner Lage wäre, würde es mich interessieren, wenn in meiner Nähe Geld auftaucht. Das ist normal.»

«Es ist normal, dass sie uns bestehlen wollen», behauptete Regula. «So wie es normal ist, dass wir klüger sind als sie.»

«Du denkst schon wieder schwarz und weiß», sagte Antonia. «Was ist mit den Frauen, mit Anita und Judita? Sind sie schwarz oder weiß?»

«Schwarz, ohne Zweifel. Sonst wären sie längst schreiend weggelaufen.»

«Vielleicht sind sie zu schwach oder zu arm.»

«Oder zu verliebt.»

Alle starrten Hilde an. «Sag mal, wird das noch schlimmer?», knurrte Regula. «Aus dem Tor raus, links runter, dann rechts und an der Hütte klopfen, die am schäbigsten aussieht. Schon bist du bei deinem Karl. Geh hin und gründe eine Familie.»

Eingeschnappt verließ Hilde die Küche.

Später am Tag erhielt Katharina in der Bibliothek Besuch von Antonia.

Die kam sofort zur Sache: «Was war das gestern eigentlich? Haben wir unsere Gäste ausgehorcht oder sie uns?»

Katharina lächelte. «Was sie über den Fürsten erzählt haben, kam mir glaubwürdig vor. Sie wundern sich ja bis heute, und Karl ist nicht der Typ Mann, der sich dumm stellt, wenn er auch damit angeben könnte, wie schlau er ist.»

«Wie hat er dir gefallen? Als Mann, meine ich. Ich weiß, dass du nie im Leben daran denken würdest …»

«Ach Antonia, woher weißt du, woran ich heimlich denke.»

Antonia glaubte, sie hätte sich verhört.

Dann sagte Katharina: «Sie haben sich aufmerksam bei uns umgesehen. Das letzte Wort ist noch nicht gesprochen. Und wenn du wissen willst, welchen Mann ich gerne kennen lernen würde: Den Fürsten möchte ich treffen, dann würde ich ihn fragen, warum er seinen Medicus zu den Armen schickt. Und danach würde ich ihn fragen, warum er Lehrer zu den Bauern schickt. Und warum die Bauern uns partout nicht erzählen wollen, welche Fächer diese Lehrer unterrichtet haben, auch wenn es zehn Jahre her ist. Zuletzt würde ich ihn fragen, warum er mit seinen Leuten verschwindet, wenn seine Frau, die er doch so liebt, gerade schwanger ist.»

35

In der Nacht hatte es geschneit. Am Vormittag kam die Sonne heraus. Die Mädchen standen auf dem Hof und sahen zu, wie sie die weiße Pracht wegschmolz.

«Die Sonne kriegt von Tag zu Tag mehr Kraft!», rief Hilde. «Es dauert nicht mehr lange, dann können wir die Felder bestellen. Wenn wir nicht die Hälfte unserer Ochsen geschlachtet hätten, könnten wir doppelt so schnell pflügen.»

Regula sagte: «Weißt du, Hilde, wenn wir alle denken würden wie Bauern, dann wären wir auch so dumm wie Bauern. Dann würden wir uns von Karl und seinen Leuten nicht unterscheiden, und dafür bin ich nicht auf der Welt.»

Hilde freute sich auf das Frühjahr. Sie freute sich auf den Geruch der Erde, sie wollte Samen in die Erde legen und Pflanzen wachsen sehen. Sie wollte ernten und das Getreide zur Mühle bringen, denn bis dahin würden sie eine Mühle gefunden haben. Sie würden Brot backen und von dem Brot kräftig genug werden, um den Boden zu pflügen, weil er sie ernähren würde, denn niemand konnte ohne die Früchte des Bodens leben, auch eine Regula nicht, mochte sie sich noch so verächtlich über Bauern äußern. Dem Magen war es einerlei, ob er im Bauch eines Fürsten, einer Regula oder eines Bettlers baumelte. Er wollte Nahrung haben, ohne Nahrung würde Regulas kluger Kopf dumm und ihre scharfe Zunge stumpf werden. Die Bauern ernährten alle Menschen und die Tiere dazu.

Karl war ein Bauer, Karl hielt Menschen am Leben. Das war mehr, als Regula tat. Vielleicht würde sie es später tun. Bis heute war Regula nicht so wertvoll wie Karl. Hilde wusste, dass sie diese Meinung für sich behalten musste, weil Regula ihr sonst an die Kehle gegangen wäre. Noch nie hatte sich Hilde im Kreis der Freundinnen so allein gefühlt. Es war ihr gutes Recht, an Karl zu denken.

Von einem Tag auf den anderen wurde es warm. Plötzlich schmeckte die Luft weich, die Mäntel waren zu warm. Regula sagte verwundert: «Ich schwitze. Dabei habe ich noch nie geschwitzt.»

Ursula, im Viehstall arbeitend, wurde von einem Schwindel befallen, der sie taumeln ließ. Sie packte die überraschte Béatrice und riss sie mit sich zu Boden. Katharina kam und sagte: «Das ist der Kreislauf in dir. Du musst dich langsam an die Wärme gewöhnen.»

Zwei Tage durfte Ursula keine schweren Arbeiten erledigen. Antonia sagte: «Wir sind richtige Frauen geworden. Als wir jünger waren, hat uns das nichts ausgemacht.»

«Schlau von ihr», sagte Regula. «Wenn es warm wird, kann sie nicht arbeiten. Und wenn es im Herbst kälter wird, kann sie wieder nicht arbeiten. Hoffentlich wird der Sommer nicht zu heiß, dann kann sie gar nicht mehr arbeiten.» Und mit lauterer Stimme, damit Ursula ihre Worte nicht verborgen blieben: «Wäre sie ein Pferd, würden wir ihr den Gnadenstoß geben, weil sie zu nichts nütze ist.»

«Im Gegensatz zu dir», sagte Katharina. «Du schwitzt wenigstens.»

Regula funkelte die Rivalin an. Antonia lachte. «Eines Tages wird dir eine passende Antwort einfallen, Regula.»

«Eines Tages wird uns unsere Heilerin verlassen», entgegnete Regula, «das hat sie ja oft genug angekündigt.»

«Wir lassen sie aber nicht gehen», sagte Ursula. «Was sollen wir ohne sie machen?»

«Nicht krank werden», sagte Regula. «Geh in deine Kapelle und bete für Gesundheit. Zünde eine Kerze für mich an.»

«Wer hat schon wieder die Stalltür offen gelassen?»

Zornbebend stand Ursula in der geöffneten Kapellentür, eine Hand um den Hals eines Huhns gelegt.

«Ich habe euch etwas gefragt!», rief sie. «Das ist jetzt das dritte Mal, dass die Hühner frei herumlaufen, jedes Mal gehen sie in die Kapelle und scheißen alles voll.»

«Reg dich nicht auf», kam Regulas Stimme vom Hof, wo sie die gewaschenen Vorhänge über die Treppenbrüstung zum Trocknen hängte. «Das Huhn ist Gottes Geschöpf so gut wie du. Oder hast du je eine Kapelle gesehen, an der steht: Zutritt für Tiere verboten?»

Später lag Ursula auf einer Sitzbank in der Kapelle, in Schlaf versunken. So fand Antonia die Freundin vor. Als sie sich leise hinausstehlen wollte, wurde Ursula wach. Sie schämte sich und schob ihre Müdigkeit auf das Wetter. Antonia hielt Ursula für überarbeitet.

«Du willst bestimmt beten», sagte Ursula hoffnungsvoll.

«Eigentlich nicht, nein, ich wollte nur sehen, ob noch genug Kerzen da sind.»

«Aber dafür bin doch ich zuständig. Darauf achte doch ich. Das ist die Kapelle. Du brauchst mich nicht unterstützen. Ich schaffe das schon. Falls ihr denkt, Ursula muss man helfen, dann irrt ihr euch.»

«Aber das denken wir doch nicht.»

«Regula denkt es.»

«Ja, Regula.»

«Sie denkt immer das Hässlichste von einem.»

«Nicht immer.»

«Dich kümmert das nicht. Du hast ja nichts zu erleiden.»

«Du doch auch nicht. Oder …? Verletzt es dich so sehr, wie Regula über dich redet?»

Erst leugnete Ursula. Dann überlegte sie, ob sie Antonia vertrauen könnte. Aber sie hatte gar keine Wahl, in ihr war so viel aufgestaut, dass es herausmusste.

«Es geht nicht so weiter», klagte sie. Erschreckt sprach sie leiser. «Regula ist einfach zu gemein. Immer kriege ich alles ab.»

«Sie behandelt uns alle recht … hart.»

«Sie verachtet mich, weil ich an Gott und die Schöpfung glaube. Und Cecilia hasst sie, weil die besser musizieren und malen kann. Katharina mag sie nicht, weil die sich von ihr nichts sagen lässt. Bei dir ist sie ganz aufmerksam, wenn du etwas sagst.»

«Ist das so?»

«Du müsstest ihr Gesicht sehen. Sie sucht nach Fehlern. Sie sucht etwas, wo sie ihre Zähne hineinschlagen kann.»

«Es gibt solche Leute. Du kennst sie doch.»

«Aber so schlimm war es noch nie. Im Kloster gab es die Schwestern, vor denen hatte sie genauso viel Angst wie ich.

Aber hier glaubt sie, keine ist mehr über ihr. Was meinst du denn, warum sie ständig auf dem Thron sitzt?»

«Das ist nur ein Spaß. Jede von uns hat das doch schon …»

«Ich nicht! Ich habe noch nie auf dem Thron gesessen.»

«Nicht? Na gut, du nicht. Aber ich würde das nicht so ernst nehmen.»

«Ihr findet immer Entschuldigungen für Regula. Sie findet nie Entschuldigungen für uns.»

Wenn Ursula darunter litt, wie sich Regula benahm, musste man darüber reden. Aber Ursula wollte sich nicht öffentlich beschweren. So versprach Antonia, ihr nicht in die Kapelle hineinzureden. Danach wollte sie gehen und hörte kaum noch Ursulas letzte Worte: «Wenn am Sonntag ein Gottesdienst stattfindet, werden doch alle da sein?»

36

Zwei Tage später war das Land um das Schloss eine einzige Schlammwüste. An den schattigen Stellen hielt sich der Schnee noch, an den Übergängen schmolz er dahin, wo die Sonne ungehindert schien, wurde alles braunschwarz und weich. Staunend stand Heinrich davor, Antonia, die das Unheil kommen sah, sagte noch: «Nein, Heinrich, das tust du nicht.»

Aber der kleine Fuß musste in den Matsch, er musste überprüfen, wie hart alles noch war und wie tief man einsank. Kurz darauf jammerte Heinrich. Der Schuh war verschwunden, wie vom Erdboden verschluckt, so eifrig sie auch danach suchten. Antonia war erst verdutzt, dann erbost. Ein Schuh konnte sich nicht in Luft auflösen. Sie stocherte im Schlamm, verlor beinahe selbst einen Schuh. Als Heinrich der Länge nach mit dem Gesicht im Matsch landete, war die Suche vorüber.

Zwischen den Bäumen lag der Schnee am längsten. Hilde kniete auf dem Boden, ohne Rücksicht auf nasse Knie, und befestigte mit geschickten Fingern den Köder in der Falle. Von jedem Beutetier diente der Kopf als Lockmittel für das nächste Beutetier. Füchse hatten sie nicht mehr gefangen, dafür Marder und regelmäßig Hasen.

«Geschickte kleine Finger, so was sieht man gerne.»

Hildes Herz machte einen Sprung wie der Hase auf der Flucht. Im Mundwinkel steckte ein Zweig, auf dem er grinsend kaute. Er war unrasiert, sein Haar zu einem Zopf gebunden. Einen Hut trug er nicht, von beiden Ohren hing Schmuck: bunte Steine, Federn, geflochtenes Leder. Die Jacke war aus Wildschweinhaut, um den Hals baumelte eine Kette aus Raubtierzähnen. Mit eigenen Zähnen grinste er Hilde an. Ihr Herz raste. Katharina hatte ihr verraten, wie es ein Mädchen anstellt, beim Anblick eines schönen Mannes ruhig zu bleiben. «Stell dir vor, er hat keine Haut mehr, jemand hat sie ihm abgezogen. Nun sieht er aus wie ein Hase, bevor du ihn in den Topf steckst.»

Sie versuchte, alles so zu machen, wie Katharina gesagt hatte. Aber dieser Hase besaß keine langen Ohren und wunderschöne Zähne, von denen er beim Lächeln fast alle zeigte.

Damit er gleich merkte, dass sie kein kleines Mädchen war, sagte sie streng: «Ich hoffe, Ihr habt uns keine Tiere aus der Falle gestohlen.»

«Das würde ich doch nie tun», sagte er und legte eine Hand aufs Herz. So sahen also Männer aus, die Gott nur zu dem Zweck geschaffen hatte, die Herzen von Mädchen zu brechen. Sie musste ihn unbedingt dazu bringen, mit diesem Lächeln aufzuhören.

«Ihr seid klug», sagte er. «Ihr beherrscht den Umgang mit Fallen. Ich kenne einen Mann, der hat sich dabei drei Finger abgeschlagen.»

Er streckte die Finger einer Hand aus, fuhr mit der anderen Hand wie mit einer Sense darüber hinweg – und hatte nur noch zwei Finger. Ein Taschenspielertrick – bestimmt betrog er auch beim Kartenspiel und Würfeln. Vor allem aber hatte er schöne Hände. Was mochte noch alles schön an ihm sein?

«Ihr seid tüchtig», sagte er anerkennend. Langsam wünschte sich Hilde eine Bemerkung über ihr Aussehen. Zwar war sie klein. Aber sie war gesund und stark, ihre Haut war rein, und sie kannte die Namen aller Bäume, zwischen denen sie gerade standen. Fieberhaft suchte sie nach einem Weg, um in seiner Achtung zu steigen.

So sagte sie: «Bald bestellen wir das Land.»

«Ja potzblitz, das könnt Ihr auch?»

«Wir können pflügen und eggen, säen und Unkraut jäten, harken und anhäufeln und ernten natürlich.»

«Man fragt sich, woher habt Ihr einen Pflug und woher wohl Saatgut? Sollten die guten Beziehungen zum Himmel Euch geholfen haben?»

Zu diesem Zeitpunkt war Hilde schon in ihn verliebt und wäre zu jeder Eselei fähig gewesen. Dennoch krallte sich ein Rest Verstand fest und rief: Pass auf! Verrate euch nicht!

Karl beobachtete sie aufmerksam. «Ich frage mich auch, auf welchem Land Ihr Eure Kunst zeigen wollt.»

«Na, hier», sagte Hilde verdutzt. «Neben Euren Häusern.»

«Auf unserem Land? Wann haben wir Euch das denn geschenkt? Davon weiß ich ja gar nichts. Sollte ich da geschlafen haben?»

«Das ist unser Land», sagte Hilde.

«Das Land gehört dem Fürsten.»

«Sagte ich das nicht gerade?»

«Streng genommen nicht. Ihr meint wohl, wenn Ihr Euch schon in einem Schloss einnistet, das Euch nicht gehört, könnt Ihr auch gleich das Land rauben, das Euch nicht gehört.»

«Aber Ihr sät nicht, Ihr erntet nicht. Ihr lebt nur so dahin.»

«Wer faul ist, soll nichts besitzen. Ist das die Moral Eures Glaubens?»

Hilde dachte: Er spielt mit dir. Sie sagte: «Ihr werdet nicht mehr hungern müssen, freut Euch das nicht?»

«Oh doch, jeder Bauer tanzt vor Freude auf dem Tisch, wenn halbwüchsige Weiber kommen und ihm zeigen wollen, wie er das, was er seit Jahrhunderten macht, besser machen kann. Was haben wir nur getan, als Ihr noch nicht hier wart?»

«Euch gehört das Land nicht, auf dem Ihr ackert. Der Fürst hat es Euch nur erlaubt. Wir sind jung, wir haben Kraft. Lasst uns zusammen arbeiten.»

Er lächelte schon längst nicht mehr.

«Nicht wahr», sagte Hilde eifrig, «wir werden einen Weg finden, der alle zufrieden stellt.»

«Ich wüsste einen Weg, der mich zufrieden stellt.»

Erneut hüpfte Hildes Herz.

«Keine Angst», sagte Karl, «wer wird eine fromme Frau anfassen. Er wäre des Teufels.»

«Und er wäre ohne Augenlicht, weil ich es ihm zerkratzt hätte.»

«Du gefällst mir, denn du bist widerborstig.»

«Du gefällst mir auch, denn du bist ein Bauer. Ich bin eine Bäuerin.»

Er schien zu begreifen. Was er noch nicht wusste, erfuhr er von ihr. Vor allem erfuhr er von Hildes Sehnsucht nach dem Feld und den Tieren. Sie wollte keine Bücher lesen und weben und gezierte Konversation betreiben. Sie hatte keine Angst vor Schmutz. Schweiß roch für sie nicht ekelhaft, und Erschöpfung nach zehn Stunden Arbeit flößte ihr keinen Widerwillen ein.

Sie sagte: «Ich bin die, die bei uns für den Ackerbau zuständig ist. Wegen dieser Fragen müsst Ihr Euch nicht an die anderen wenden, sie würden Euch nur an mich verweisen.»

Erst jetzt dachte sie an Anita, die dralle, gesunde Anita.

Hilde sagte: «Habt Ihr eine Frau?»

Er schien überrascht: «Man kennt sich und mag sich. Man hat nicht den Segen der Kirche.»

«Wenn wir uns wieder treffen, reden wir über das Feld», sagte Hilde. «Wie groß ist es?»

Es war gigantisch: eine Fläche, auf der zwei Dörfer Platz fanden.

«Davon werden alle satt», sagte sie schwärmerisch.

«Ihr besitzt Saatgut, um ein Feld fruchtbar zu machen?», fragte Karl beiläufig.

«Was ist daran so erstaunlich?»

«Ihr habt recht, daran ist nichts erstaunlich. Wir wissen ja, bei wem das Geld hängen bleibt, auch in Kriegszeiten. Ihr gehört zu den Protestanten? Die sind bei uns weiter verbreitet als die Römischen. In meiner bescheidenen Hütte steht immer eine Flasche für Euch bereit. Falls Euch Eure Wege in meine Nähe führen – und falls Anita dann zufällig nicht zu Hause sein sollte, sonntags, montags und dienstags ist sie es nie –, dann sollten wir den begonnenen Kontakt vertiefen.»

Er wandte sich ab, bückte sich. Als er sich wieder umdrehte, hielt er zwei Hasen und zwei Krähen in der Hand, die Hasen an den Ohren, die Vögel an den Füßen.

Er deutete Hildes Blick und sagte treuherzig: «Selbst gefangen. Alles andere verbietet mir mein Christenherz verbieten.»

Erneut lag seine Hand auf dem Herzen. Hilde wünschte sich, die Hand würde auf ihrem Herzen liegen.

37

Am Abend war das Wispern wieder da. Beatrice hörte es als Erste, als sie im Vorratsraum berechnete, wie lange das Räucherfleisch reichen würde. Sie schloss die Tür, nun war es finster, das brauchte sie, um sich zu konzentrieren. Nacheinander trat sie vor alle Wände. Das Wispern und Knistern wie von tausend scharfen Rattenzähnen war überall. Unmöglich, einer Richtung einen größeren Anteil zuzuordnen. Beatrice stellte sich in die Mitte des Raums, die Beine gespreizt, die Arme hingen ruhig. Der Körper vibrierte. Woher immer das Wispern stammen mochte, aus dem Boden kam es auch.

Zehn Minuten später waren alle alarmiert.

«Mich regt das auf», fauchte Regula. «Ich weiß gern, was gespielt wird.»

Antonia war sauer, weil sie Karl und seine Leute nicht nach seltenen Tieren ausgefragt hatten. Die Liste mit den Monstern hakten sie ab. Wenn sich in den letzten Jahren im Schloss Dämonen eingenistet hatten, würde es ihr Interesse sein, die neuen Bewohner zu verjagen. Was blieb?

«Es ist das Schloss», behauptete Cecilia. «Wir müssen uns das Schloss als Lebewesen vorstellen. Ein Gespenst mit Namen Schloss.»

Ursula zuckte mit den Achseln. «Wenn das Schloss lebt, ist es von Gott. Wenn es von Gott ist, ist es gut oder böse. Wenn es böse ist, ist das Wispern nur der Anfang.»

Antonia sagte: «Wir könnten damit leben.»

Regula schüttelte den Kopf. «Wir könnten auch ins Wasser springen und versuchen, dort zu atmen. Wir müssen nach Übereinstimmungen suchen. Was war an dem Tag, als es zum ersten Mal wisperte? Was ist heute? Wie voll war der Mond? Wie kalt war es? Welche Räume hatten wir damals schon betreten und welche sind hinzugekommen?»

Die Uhrzeit, zu der das Wispern begann, war an beiden Tagen ähnlich. Sonst gab es keine Parallelen.

«Und wenn es doch Soldaten sind?», gab Hilde zu bedenken. «Wenn der Feind weiter vorgedrungen ist, als wir wissen? Wenn er hier überwintert, bis er losschlägt?»

«Ich traue mich ja kaum, es auszusprechen», meinte Antonia vorsichtig. «Aber die Einzigen, die einen Vorteil davon hätten, wenn wir nicht mehr da sind, sind die Leute im Dorf. Sie mögen uns nicht. Andererseits glauben sie, dass wir fromme Fräuleins sind. Man sollte annehmen, dass sie davor Respekt haben.»

Plötzlich stand Heinrich im Raum. Er schlief im ersten Stock und pendelte zwischen Antonias und Hildes Bett hin und her. Ursula hatte er auch ausprobiert, doch sie wollte ihn zwingen, ein Gebet auswendig zu lernen.

«Was ist das für ein Geräusch?», wollte Heinrich wissen. Sie erzählten ihm, das sei der Wind. Das leuchtete dem Jungen ein, er kuschelte sich auf Antonias Schoß, vertilgte ein Zuckerbrot und schlief wieder ein.

«Keller. Unten gucken.»

Die Mädchen starrten auf die Tafel. Was meinte Beatrice? Tiefer hinab als in die Küche und die nebenan liegenden Vorratsräume ging es nicht. Der Ersten fiel die Holztür im Fußboden ein. Die Tür ließ sich nicht öffnen.

Einige Minuten später lagen Werkzeuge bereit. Forke und Eisenstange wurden in den Türspalt gedrückt, die dicken Eisenstäbe hielten einiges aus. Als drei Mädchen zugleich den Hebel niederdrückten, brach etwas in der Tür, und sie ließ sich hochklappen. Im Licht der Kerzen blickten die Mädchen auf nackten Stein.

«Das Schloss steht auf dem Felsen», sagte Antonia.

«Gut, dass wir das wissen», sagte Regula. «Jetzt kann ich endlich wieder ruhig schlafen.»

38

«Öffnet das Tor! Wenn mich jemand hört, öffnet das Tor!»

Außer Hilde und Ursula war noch niemand wach. Hilde versorgte die Tiere, während Ursula in der Kapelle darauf wartete, dass ihr jemand bei der Morgenmesse Gesellschaft leisten würde. Vor zwei Wochen hatte sie die Freundinnen darüber informiert, dass für die geistlichen Bedürfnisse ab sofort ein Angebot zur Verfügung stünde. So voll wie am ersten Tag war die Kapelle nie mehr gewesen. Am ersten Tag hatten alle Mädchen an der Andacht teilgenommen, am zweiten Tag noch drei, seitdem war Ursula allein.

Während Hilde einen Knüppel besorgte und Ursula zurief, sie solle warten, war die schon auf dem Weg zum Tor. Mit der Zuversicht der guten Christin schob sie den Riegel zurück. Der Mann war jung und sehr müde. Neben ihm standen zwei Gepäckstücke, ein drittes trug er im Arm, es war mit einem Tuch verdeckt.

Er klang freundlich, als er sich erkundigte, ob er richtig bei den starken Frauen sei. So nannte er sie: «Die starken Frauen.»

«Wer fragt?», antwortete Ursula.

Jan Baptist Puschmann, Tischler und Künstler in Holz. Ob er wohl mit der Obersten der Damen sprechen könne, es sei wichtig und würde keinen Aufschub dulden, höchstens eine kleine Mahlzeit würde er akzeptieren, denn er sei aus dem Badischen angereist und habe den Weg meistens zu Fuß zurückgelegt.

Als die Mädchen aus den Betten stürmten, fanden sie den Besucher auf der Treppe sitzend, wo er in der ersten Sonne kurzen Prozess mit Wurst und Fleisch machte und dazu heißen Zichorienkaffee trank.

Er stand auf und sagte zu Katharina: «Spreche ich mit der Höchsten der Damen?»

«Mit der längsten», antwortete Katharina, «aber nicht mit der höchsten.»

Baptist verstand nicht gleich, Hilde wies auf Antonia und sagte: «Nehmt einfach die.»

«Moment, Moment», fuhr Regula dazwischen, «so haben wir nicht gewettet.»

Vor den Augen des verdutzten Besuchers entbrannte ein Streit um die Frage, wer von den Mädchen das Recht habe, als «Oberste» angesprochen zu werden. Eine Tafel wurde Baptist hingehalten. «Einfach reden, wenn Ziegen zicken.»

Vorher aber aß er, der Mann war völlig ausgehungert.

Mit Essen hatte es auch vor zehn Tagen begonnen: ein fettes Frühstück zum Start in den Tag, Fische aus dem Salzfass. Danach brach die Kutsche von der Poststation auf, wer in ihr Platz nahm, war durch gute Kleidung als kapitalkräftig ausgezeichnet. Baptist ging zu Fuß, zur Verteidigung hatte er nichts dabei als zwei schnelle Beine und für den Notfall einen Satz Schnitzmesser.

Eine Stunde nach dem Aufbruch lag vor ihm ein Koffer auf

dem Weg. Den hatte er morgens gesehen, als er auf der Kutsche festgebunden worden war. Zwei Männer hatten schwer an ihm getragen, jetzt war der Koffer leer. Baptist sortierte seine Schnitzmesser. Der Weg war kurvig, freie Sicht nur für wenige Schritte. «Das Komische war: Ich wusste, was ich gleich zu sehen kriegen würde, und als ich es dann sah, war ich nicht mehr überrascht, obwohl es schrecklich war.»

Die Kutsche lag auf der Seite, ein Pferd war verschwunden, das andere lag auf dem Weg und rührte sich nicht. Still war's, als würden die Tiere des Waldes trauern. Eine Spur führte nach rechts in den Wald, eine nach links. Die nach links war breit, hier war mehr als einer gelaufen. Vielleicht waren auch schwere Gegenstände geschleppt worden. Rechts war die Spur schmal, wie bei einem Reh. Pfeilgerade ging es in den Wald hinein, dann wurde die Spur rot und immer roter.

Als er sie fand, war kaum noch Leben in ihr. Am Vorabend hatte sie ihm in der Gaststube schöne Augen gemacht, wo sie dem Mann im Pelzmantel zugehört hatte, der das große Wort führte. Den Mann sah Baptist nicht, nur das Mädchen. In der Gaststube hatte ein Pelz um ihren Hals gelegen, der war nicht mehr da, genau wie das Leben, von dem auch nichts mehr da war. Die Wunde saß im Bauch.

Baptist musste sich hinunterbeugen, um sie zu verstehen. Sie habe einen Fehler gemacht, sie habe es gewusst, vom ersten Tag an, an dem sie nicht mehr mit den Freundinnen zusammen war. Von einer schlechten Gesellschaft sei sie seitdem in die nächste geraten. Ihr Verehrer habe versprochen, sie zu beschützen. Aber er konnte sie nicht gegen vier Flinten verteidigen. Wäre sie gleich geflüchtet, wäre sie davongekommen. Aber sie musste ihm ja helfen. Ausgeholt hatte sie mit dem Kreuz und zugeschlagen, einen hatte sie erlegt, dann der Schuss, am komischsten sei gewesen, dass sie keinen Schmerz verspürte. Er müsse das Kreuz zu den Freundinnen bringen, ihnen würde es gehören. Alles andere habe sie sich abluchsen lassen. Das täte ihr leid, aber das Kreuz … das Kreuz …

Baptist zog das Tuch fort und hielt den Mädchen das Kreuz entgegen.

«Das Blut habe ich drangelassen, ich dachte mir, vielleicht bedeutet es Euch etwas. Kann es sein, dass sie Maria hieß? Ihre Stimme war so schwach. Zum Schluss bewegten sich ihre Lippen noch, aber es kam kein Wort mehr heraus.»

Niemand nahm ihm das Kreuz ab, alle starrten die Flecke an.

«Das habe ich geträumt», sagte Antonia leise. «Ich habe geträumt, sie wird überfallen und wehrt sich, aber es ist umsonst.»

Tränen stiegen in ihre Augen. Tränen stiegen in viele Augen. Nur Katharina sagte: «Wie groß, sagtet Ihr, war die Wunde?» Alle starrten sie an. «Und sie hat gesagt, dass sie keinen Schmerz spürt?» Sie wandte sich den entsetzten Gesichtern zu: «Sie hat sich nicht gequält. Tröstet euch das nicht ein wenig?»

Hilde weinte in Katharinas Armen und Regula murmelte: «Ich verstehe nicht, warum sie sich so ungeschickt angestellt hat. Wie kann man mit so einem Schatz durch die Gegend fahren?»

«Also stimmt es?», fragte Baptist. «Das Kreuz gehört Euch?»

Jemand musste ihm endlich das Kreuz abnehmen, Regula tat es.

«Es kommt in die Kapelle», schlug Ursula vor.

«Ich rate davon ab», sagte Baptist. «Ich bin herumgekommen und habe erlebt, wie es in vielen Kirchen aussieht. Wo einst schöne Altäre standen, sind jetzt Löcher. Der Krieg ist Gift für die Kirchen und die Kunst.»

«Es handelt sich um die Schlosskapelle. Hier hat nicht jedermann Zutritt.»

«Das möchte ich sehen», sagte Baptist. «Natürlich nur, wenn Ihr gestattet.»

Katharina blickte ihn nachdenklich an. «Warum habt Ihr uns das Kreuz gebracht?»

«Warum? Es gehört Euch doch.»

«Warum habt Ihr das Kreuz nicht genommen und seid über alle Berge? Niemand hätte bezweifeln können, dass Ihr der Besitzer seid. Wer das Kreuz hat, ist ein reicher Mensch.»

«Das weiß ich», sagte Baptist unwillig. «Ich kenne mich mit diesen Dingen aus.»

«Ach ja? Sagtet Ihr nicht, Ihr seid ein Tischler?»

«Tagsüber. Nach Feierabend übe ich mich mit dem Messer am Holz. Ich habe einiges gelesen und bin zu Meistern in die Lehre gegangen.»

Nun erzählte er, wie er sich seit sechs Jahren durch den Süden und Südwesten geschlagen habe, um berühmte Kunstschätze anzusehen und Kontakt zu Meistern aufzunehmen, Malern, Bildhauern, vor allem Holzschnitzern. Je länger er davon berichtete, umso mehr Feuer fing er – und umso mehr Feuer fingen die Mädchen.

«Ihr habt keine Familie?»

Baptist lachte. «Mich will keine haben, ich bin doch ständig unterwegs. Drei oder vier Monate bei einem Ort, dann ziehe ich weiter. Manchmal denke ich: Bleib einfach, hier ist es schön. Manchmal gab es auch eine Tochter im Haus, die mir gefallen hat. Aber meine Kunst bedeutet mir mehr. Später kann ich immer noch sesshaft werden.»

Er folgte Ursula in die Kapelle, die anderen Mädchen dachten an Maria und ihr jämmerliches Ende.

«Sie hat es so gewollt», murmelte Hilde.

«Unsinn», sagte Regula streng, «wer will mit 15 sterben?»

«Sie hat ein Kreuz gestohlen. Wie konnte sie glauben, dass sie dafür nicht bestraft wird?»

Antonia ging in die Kapelle. Dort umkreiste Baptist den Altar wie ein Raubtier die Beute.

Antonia setzte sich neben Ursula auf die Bank.

«Was für ein schöner Mann», sagte Ursula leise. Und dann energisch: «Hol ihn dir, bevor es eine andere tut.»

«Wie redest du denn? Und dann noch in der Kirche.»

«Ja, was glaubst du denn, woher die schönen Männer kommen? Glaubst du, die hat der Teufel gemacht?»

«Es soll Männer geben, bei denen man durchaus auf diesen Gedanken kommen kann.»

Baptist rannte hinaus.

«Das war aber ein kurzes Vergnügen.» Ursula blickte ihm verdutzt hinterher.

«Er hat etwas für Kirchen übrig.», sagte Antonia. «Wer weiß, vielleicht heiratet ihr in diesem Raum.»

«Ich bin zu jung», sagte Ursula ernst. «Mich nimmt kein Mann für voll.»

«Es gibt auch eine Zeit vor dem Heiraten. Nach allem, was man hört, soll diese Zeit nicht die schrecklichste sein.»

Der Schnitzer kehrte zurück, er hatte einen Hocker bei sich, den er neben den Altar stellte. Er stieg hinauf und begann, den linken Flügel zu bewegen.

«Er ist ein Verrückter», flüsterte Ursula. «So sind alle Künstler. Leider behandeln sie ihre Frauen schlecht.»

«Was macht der Mann da bloß? Baut er deinen Altar ab?»

«Das ist nicht mein Altar. Das ist unsere Kapelle.»

«In die ich bestimmt wieder kommen werde, wenn die Arbeit weniger geworden ist.»

«Hast du schon darüber nachgedacht, dass dir die Arbeit leichter fallen könnte, wenn du häufiger in diesen Raum kommst?»

39

«Das glaube ich nicht!», rief Baptist begeistert und fassungslos.

«Was hat er denn?», fragte Ursula besorgt. «Hoffentlich hat er nicht das zweite Gesicht oder Schaum vor dem Mund. Dann wird Katharina ihn behandeln und er kommt nicht mehr von ihr los.»

Antonia lächelte. «Wenn eine von uns gute Voraussetzungen mitbringt, sich von Männern nicht den Kopf verdrehen zu lassen, ist es ja wohl Katharina.»

«Das müsst Ihr sehen!», rief Baptist.

Vom linken Flügel hatte er die hintere Wand abgebaut. Ursula wollte ihn dafür tadeln, aber Baptist überrollte sie mit seiner Begeisterung.

«Seht Ihr die Signatur? Das verschlungene G und die kleinen Buchstaben. G, a, s, s, e, r. Emanuele Gasser. Er hat seine Werke nie auf der Schauseite signiert, weil er nicht wollte, dass sich die Eitelkeit des Künstlers in das Werk drängt.»

Hingerissen hingen die Mädchen an seinem Gesicht. So sah ein Mann aus, der geküsst werden musste. Und gestreichelt. Geliebt eben, mit allem, was dazugehörte.

Baptist sang derweil das Hohe Lied des Emanuele Gasser,

des Mannes, der in der zweiten Hälfte des letzten Jahrhunderts auf beiden Seiten des Rheins kleine Kirchen mit seinen Altären geschmückt hatte. Der an einem bösen Fieber erkrankte, von dem er zwar genas, aber eine innere Stimme befahl ihm von nun an, der verdorbenen Welt seine Kunst zu entziehen. So war er durch die Kirchen gezogen und hatte ihre Innenräume angezündet, exakt in der Reihenfolge, in der er seine Altäre geschnitzt hatte. Bevor ein findiger Kopf das Muster herausfand, das der Vernichtungsaktion zugrunde lag, hatte Gasser bis auf zwei Kirchen alles in Asche verwandelt, was seinem Genie entsprungen war. Alles Schnitzwerk in den letzten Kirchenräumen wurde in Sicherheit gebracht, worauf sich Gasser, endgültig von Sinnen, selbst in Brand setzte und einen grässlichen Tod fand.

«Die letzten beiden Altäre sind verschollen», berichtete Baptist bebend. «Es hat nichts Vollendeteres in den letzten 200 Jahren gegeben. Die Jüngeren haben es nie gesehen. Natürlich existieren Zeichnungen, aber was ist das schon. Und jetzt finde ich einen Altar in dieser … dieser … Kaschemme. Holz und Farben haben gelitten. Aber das ist nichts, was man nicht reparieren könnte. Das will ich tun, Ihr müsst es mir erlauben. Lasst mich gleich beginnen. Ich werde einen Gasser retten. Ich bin außer mir. Wenn ich aufgeregt bin, muss ich mich kratzen, das hat nichts zu bedeuten. Hier habt Ihr meine Hand. Schlagt ein, schlagt ein.»

In seiner Freude riss Puschmann sie an sich und drückte mit großer Wucht. Dann stürmte er ins Freie.

«Oha», sagte Ursula verschämt, «so geht das also.»

40

Als Ursula zum vierten Mal ansetzte, wollte Antonia sie nicht länger ignorieren.

«Was hast du auf dem Herzen?», fragte sie.

«Ach nichts, es ist gar nichts.»

«Dann ist es ja gut.»

Antonia plagte sich weiter mit den langen Ranken am Schlosstor ab. Zögernd begann Ursula: «Ich habe nur noch einmal darüber nachgedacht ...»

«Ah ja.»

«Nachgedacht. Über den Schnitzer.»

«Wollen wir ihn nicht Künstler nennen? Oder Baptist? Schnitzer erinnert mich jedes Mal an ...»

«Aber er ist doch kein Teufel», sagte Ursula verträumt. «Er ist das Gegenteil davon.»

«Was ist denn das Gegenteil von Teufel?», fragte Regula, die sich neben ihnen verbissen mit dem Buschwerk abmühte. Seitdem die Schneewehen vor dem Schlosstor nicht mehr alles zudeckten, waren Büsche zum Vorschein gekommen. Sie engten den Eingang ins Schloss auf die Hälfte seiner ursprünglichen Breite ein. Nass und schwer lag das verfilzte Rankenwerk auf dem Boden. Unter den Mädchen hatte es Streit gegeben, ob sie die schmutzig-grün-braune Masse zurückschneiden sollten. Wollten sie den Eindruck aufrechterhalten, das Schloss sei unbewohnt? Oder wollten sie signalisieren, dass hier wieder Leben herrschte?

Vier Stimmen für das Abschneiden, drei Stimmen dagegen. Antonia und Regula waren über ihre Niederlage so wütend gewesen, dass sie sofort mit der Arbeit begonnen hatten. Ursula war ihnen keine große Hilfe. Sie stand nur untätig da und sagte unsicher: «Er muss doch irgendwo wohnen. Und wenn er schon bei uns arbeitet ... er würde den Weg sparen. Und den Heimweg. Jeden Tag. Bestimmt arbeitet er wie wild und macht nie Pause. Wenn er bei uns wohnen würde, würde er viel Zeit gewinnen.»

«Auf dem Schloss wohnt kein Mann», entgegnete Regula. «Schon gar nicht wohnt hier ein Mann, den du anschmachtest.»

«Er könnte im Stall wohnen», schlug Ursula vor. «Das macht ihm nichts aus. Er ist es sogar gewohnt, unter freiem Himmel zu schlafen.»

«Gut, er wird diese Beschäftigung nämlich wieder aufnehmen.»

«Aber er will keinen Lohn. Wir sparen viel Geld. Da wäre es Christenpflicht ...»

«Ursula, du bist verliebt.»

«Das ist nicht wahr», protestierte Ursula. Und leiser: «Höchstens ein wenig. Ein ganz klein wenig. Daran ist nichts Falsches.»

Antonia kam nicht umhin, Regula insgeheim recht zu geben. Ein Mann im Schloss würde alles komplizierter machen – erst recht ein junger und gut aussehender. Antonia hoffte, dass ihre Stimme sich nicht verändern würde, wenn sie von Baptist sprach. Sie mochte ihn auch, seine Hände, seine Begeisterungsfähigkeit.

Das wertvolle Kreuz aus Gold und Edelsteinen hatte einen Platz in der Kapelle gefunden. Weil es zurzeit nicht auf dem Altar stehen konnte, hatte Ursula es an die Wand gelehnt. «Es ist etwas Heiliges», sagte sie ergriffen. «Es hat Leben gerettet. Das Blut zeugt davon.»

«Streng genommen hat es Leben beendet», wandte Antonia ein.

«Ja, aber Maria hat nur zugeschlagen, weil sie ein Leben retten wollte. Sie ist eine Märtyrerin und wird immer bei uns sein.»

Baptist wollte den Altar zerlegen. Für die Dauer der Arbeiten wäre eine Nutzung der Kapelle nicht möglich. Ursula begann also, für die Einrichtung einer Werkstatt im Hof zu werben. Dagegen war wenig einzuwenden. Einiges an Werkzeug war ja vorhanden.

Antonia sagte: «Mir gefällt die Vorstellung, dass im Schloss wieder gearbeitet wird. Aus der Geschicklichkeit seiner Hände entsteht etwas Neues. Wir sind auch dabei, etwas aufzubauen.»

«Der Altar ist der Mittelpunkt von allem», sagte Ursula verträumt. «Was sollten wir tun ohne Altar?»

«Das werde ich dir sagen», murmelte Regula. «Wir stellen einen Holzklotz auf den Hof und erklären den zum Mittelpunkt.»

Antonia wusste nicht, was sie von Regula halten sollte. Redete sie nur so, um Ursula zu quälen? Oder musste sie so reden, um ihren Hass auf das Kloster zu überwinden?

Insgeheim dachte Antonia, dass Regula eine außergewöhnliche Frau war. Regula brauchte keine Kirche, keinen Gott, keinen Glauben; Männer brauchte sie nicht, von ihren Eltern sprach sie nie. Im Alltag stellte sie keine Ansprüche für sich. Sie aß, was alle aßen, fror, wenn alle froren. Und trotzdem war sie nicht so wie alle anderen. Katharina war auch nicht so, aber bei ihr sprang sofort ins Auge, woran das lag. Regula besaß keine Leidenschaft, so wie Katharina die Medizin hatte.

«Ist was?», fragte Regula, die Antonias Blick spürte.

«Manchmal fasse ich es noch nicht», sagte Antonia, «vor einigen Wochen haben wir uns im Kloster geduckt, wenn die Schläge kamen. Jetzt stehen wir in einem Schloss und beraten, ob wir Werkstätten einrichten. Nichts ist mehr, wie es war. Was ist mit uns? Sind wir die Alten geblieben? Oder haben wir uns mit allem verändert?»

Regula zuckte mit den Achseln. Dann boxte sie Ursula gegen das Schlüsselbein und sagte mit weicher Stimme: «Wenn du nur nicht so schrecklich fromm wärst.»

Baptist brauchte einen Vormittag, um sich einzurichten. Genauso lange hatte er angeblich gebraucht, um den Dorfbewohnern die windschiefste Hütte als Schlafquartier abzuschwatzen. Er hatte sie gegen die Zusage erhalten, in vier Monaten wieder verschwunden zu sein.

Geschäftig eilte er auf dem Hof hin und her. Wenn er sich darüber wunderte, dass die Zahl seiner Zuschauerinnen von anfangs einer auf fünf angewachsen war, wusste er das für sich zu behalten.

«Eure Älteste», sagte er betont beiläufig, «ist doch hoffentlich bei guter Gesundheit?»

«Katharina ist immer gesund», bestätigte Antonia.

«Nein, Katharina war nicht der Name.»

«Ihr habt Interesse an Regula?»

So offen hatte Antonia nicht sprechen wollen. Peinlich berührt brach sie ab und sah, wie Baptist sich verstellte, als er sagte: «Regula hieß sie wohl.» Es sollte nebensächlich klingen, aber er konnte sie nicht täuschen.

Später, als einige Mädchen unter sich waren, sagte Antonia: «Ich glaube es nicht. Regula! Warum liebt er nicht gleich den Ochsen? Es wäre nicht unvernünftiger.»

«Die Wege des Herrn sind unergründlich», sagte Ursula.

«Noch ist nichts entschieden», sagte Cecilia lachend. «Am Ende werde ich ihn kriegen, weil ich die Künstlerin bin.»

Cecilia war nicht interessiert, nicht an dem Mann Baptist. Seiner Arbeit sah sie gern zu, mit großer Zurückhaltung, weil sie aus Erfahrung wusste, wie es ist, wenn einem einer zu dicht auf die Pelle rückte. Sie gewöhnte sich an, auf ihren Wegen in Baptists Werkstatt vorbeizuschauen. Tagelang traf sie dort jedes Mal eine Freundin an – nicht selten mehrere. Eine hasste die andere dafür, dass man sie nicht mit Baptist allein gelassen hatte. Giftige Blicke wurden getauscht, Schultern schnippisch hochgezogen. Wenn doch Worte fielen, war es eine Bemerkung der Art «Hattest du nicht etwas Dringendes in der Küche zu erledigen, Ursula?».

41

Der Einzige, den alles kaltließ, was um ihn herum passierte, war Jan Baptist Puschmann. Auf der Werkbank lag der Flügel des Gasser-Altars. Elf Heiligen-Figuren fehlten. Die Mischung aus dreidimensionalem Schnitzwerk und Malerei war eine Spezialität von Gasser gewesen. Zehn Figuren lagen auf dem zweiten Tisch, eine hielt Baptist auf dem Schoß. Das wurmstichigste Hockerchen hatte er sich als Lieblingsplatz gewählt. Da saß er nun, Schürze vor dem Bauch, eine Hand fixierte den Legionär, die andere führte das Messer. Mit einer Zärtlichkeit, die Antonia ans Herz griff, raspelte er die Farbschichten ab. Nicht alle Figuren waren koloriert, einige durften ihren Holzton behalten. Christus war der blasseste von allen.

Zum Sprechen kam man nicht. In der Werkstatt durfte man sich aufhalten, Stimmen waren dem Künstler zuwider. Die Mädchen lockten Regula unter einem fadenscheinigen Vorwand aus dem Schloss.

«Was soll ich da? Das kümmert mich nicht», sagte sie, um doch zu erscheinen. Dem arbeitenden Baptist sah sie kurz auf die Finger und wandte sich wieder zum Gehen.

«Bleib eine Minute, Regula», sagte Ursula mit lauter Stimme.

Die Klinge rutschte vom Holz in den Finger. Das Blut ableckend, stand Baptist vor seinem Hocker und begrüßte Regula. Baptist mochte Regula und suchte nach einem Vorwand, um sie zum Bleiben zu bewegen. So bot er an, ihr seine Werkzeuge zu zeigen. Antonia hungerte danach, seine Aufmerksamkeit zu erregen. Ursula wollte nicht länger unsichtbar sein. Beatrice wollte ihm ein Bild malen und es heimlich in der Werkstatt aufhängen, um hinterher zu bestreiten, dass sie es gemalt hatte. Aber Baptist wollte alles für Regula tun, und Regula war nicht interessiert. Zwar nickte sie und rang sich eine Frage ab, aber sie war für Regulas Verhältnisse oberflächlich. Antonia dachte: Merkst du dummer Mann denn nicht, dass sie sich mit dir langweilt?

Baptist sagte zu Regula: «Wie gerne würde ich Euch einladen. Im Dorf hat man mir erzählt, dass es früher ein Gasthaus gab, keine halbe Stunde entfernt, an der Grenze zum benachbarten Fürstentum. Man konnte dort essen und trinken, schlafen und die Pferde wechseln. Das Haus musste schließen, denn niemand traute sich mehr über diesen alten Handelsweg.»

Regula wunderte sich: «Das hat man Euch alles erzählt? Warum wissen wir das nicht, obwohl wir schon länger hier sind?»

«Vielleicht habt Ihr nicht gefragt», entgegnete Baptist lächelnd.

42

Dann kam die Nacht, die alles veränderte. Erst waren es Schläge gegen das Tor nach Einbruch der Dunkelheit. Das Tor war verschlossen und uneinnehmbar, es gab nichts zu befürchten. Die Mädchen hatten damit gerechnet, dass eines Tages jemand vorbeikommen würde. So zeigten sie sich nicht beunruhigt, als das Schlagen nicht aufhören wollte.

«Sie werden die Lust verlieren», sagte Katharina und ging in die Bibliothek hinauf.

Ursula blickte ihr hinterher. «Sie wird erst weinen, wenn ein Buch vom Regal fällt und sich wehtut.»

Antonia, die mit Heinrich durch das Treppenhaus kariolte, erfuhr spät von den Vorfällen am Tor und war sofort dafür, auf die Mauer zu steigen, um die Störer zur Ordnung zu rufen.

«So nicht», stellte Regula klar. «Erst stimmen wir ab, dann handeln wir.»

Zwei Minuten später stiegen beide auf die Mauer. Weil es dunkel war, erkannten sie vor dem Tor nur Schemen. Unten hatte man sie nicht bemerkt.

«Sie öffnen nicht», sagte eine Stimme, die man in dieser Gegend noch nicht gehört hatte. «Sie haben Angst vor dem schwarzen Mann.»

«Fromme Fräuleins haben weniger Angst, als ihr denkt.»

Diese Stimme hatten die Mädchen schon gehört. Sie sahen Wotans Gesicht vor sich, die Narben, die eng zusammen stehenden Augen, das Lauernde und Unaufrichtige. Betrunken war er, seine Stimme schwankte.

«Öffnen! Öffnen!», rief eine dritte Stimme. «Wir brauchen Hilfe! Ihr müsst uns helfen, fromme Frauen!»

Albern kicherten die Männer. Sie mussten früh am Tag mit dem Trinken begonnen haben. Manchmal fiel einer hin und rappelte sich wieder auf.

«Helft uns doch!», rief jetzt Wotan. «Unsere Beschwerden können am besten von einer Frau gelindert werden.»

Lachend fielen sie sich in die Arme. Antonia wollte Regula noch festhalten, aber die beugte sich über die Mauerbrüstung und brüllte: «Verschwindet, Ihr Trunkenbolde! Wir wollen schlafen!»

«Oh, das wollen wir auch gerne», kam es aus der Dunkelheit zurück. «Wie wär's, wenn wir uns zusammentun?»

«Ich habe Euch erkannt!», rief Regula. «Ich werde das nicht vergessen. Ich weiß nicht, wie Eure Frau es finden wird, dass ihr Mann mitten in der Nacht ein Haus der Kirche belästigt.»

«Die ist froh, wenn sie Ruhe hat», konterte Wotan und konnte vor Lachen nicht weiterreden.

«Hör auf», flüsterte Antonia. «Du kannst nicht mit Betrunkenen reden.»

Aber Regula verbiss sich in einen Streit mit der Horde vor dem Tor.

«Den Schweinen zeige ich's», knurrte sie und rief: «Wir werden Euch an höherer Stelle anzeigen!»

«Oh ja, tut das!», rief Wotan. «Und danach verratet Ihr uns, wo sie denn ist, diese höhere Stelle. Seit einigen Jahren haben wir nichts von ihr gehört.»

Antonia zählte acht Personen, jedenfalls war sie zu Beginn auf diese Zahl gekommen. Jetzt waren es sechs. Hatte sie sich um zwei verzählt? Wo konnten die Übrigen geblieben sein? Waren sie ins Dorf zurückgekehrt? Antonia durchzuckte ein Schreck. Baptist! Wenn sie vor seiner Tür das gleiche Theater veranstalten würden? Oder hatten sie das schon getan? Er war fremd und hatte niemand, der ihm beistehen würde. Vor allem hatte er kein Schloss und keine dicken Mauern.

«Wir gehen! Grüßt Gott, wenn Ihr ihn seht! Man sieht sich immer zweimal im Leben!»

Bestens gelaunt zogen sie in die Nacht ab.

«Na bitte.» Regula war zufrieden. «Man muss nur hart bleiben.»

«Da kommt noch was», sagte Antonia.

«Glaubst du, sie kehren zurück und singen Lieder?! Komm, lass uns schlafen gehen.»

«Warum halten ihre Frauen sie nicht davon ab?»

«Weil sie genauso sind.»

«Woher kriegen sie Branntwein? Der kostet doch Geld.»

«Gestohlen, betrogen, gelogen, was sie eben können.»

Sie konnten noch mehr: Mitten in der Nacht standen sie auf dem Schlosshof, mit brennenden Fackeln in den Händen und dem Ruf: «Her mit den Nonnen! Wollen sehen, ob sie richtige Engel sind!»

Von einer Sekunde zur anderen herrschte in den Schlafräumen Panik. Einige wollten sich verschanzen, Hilde wollte sofort in den Hof. «Sie zünden die Ställe an!»

Katharina steckte etwas in ihre Tasche, ließ sie zuschnappen und sagte: «Ich bin bereit.»

Antonia bekam Gänsehaut.

Beatrice musste zurückbleiben, damit Heinrich nicht allein war.

Sie waren zu fünft und machten Lärm für zwanzig. Fackeln wurden in die Luft gestoßen, als die Mädchen auf der Treppe erschienen, johlten sie. Konnten sie inzwischen noch betrunkener geworden sein?

Antonia erkannte es als Erste: «Sie sind nicht durchs Tor gekommen».

«Eine Leiter», sagte Hilde.

«Und wenn nicht?»

«Wie sollen sie sonst reingekommen sein?»

«Wie seid Ihr reingekommen?», rief Antonia.

«Wir sind nicht so dumm, wie Ihr glaubt», grölte eine Männerstimme.

Hilde dachte: Gott sei Dank, Karl, du bist nicht dabei.

Regula rief: «Wir haben um Hilfe gerufen. Sie ist auf dem Weg! Nutzt Eure letzte Gelegenheit und geht!»

«Dann sollten wir uns beeilen», rief ein Eindringling. «Los Freunde, sucht euch eine aus.»

Die Trunkenbolde strömten zur Treppe. Als die vorderen stoppten, rannten die anderen in ihre Rücken. Einer fiel hin, damit hatten sie ja Übung.

«Oh nein», stöhnte einer. Wotan.

«Oh ja», sagte Regula. «Wir wollen Euch von nichts abhalten, auf das Ihr Euch ja offenbar sehr freut. Aber ich sehe voraus, dass auch wir dann das tun, worauf wir uns sehr freuen.»

Die Fackeln der Männer reichten bis zu den Musketen und

Pistolen, die drei Mädchen auf die Eindringlinge gerichtet hielten.

«Das werdet Ihr nicht tun», rief ein Mann.

«Kommt hoch, und Ihr werdet die Antwort zwischen Euren Rippen spüren!», rief Regula.

Sie stand in der Mitte zwischen Antonia und Cecilia. Dass die Mädchen in der zweiten Reihe mit Schwertern bewaffnet waren, war von unten nicht zu erkennen.

«Wenn Ihr Gewalt anwendet, können wir das auch», rief ein Mann.

«Wunderbar», sagte Katharina. «Dann wärt Ihr seit vielen hundert Jahren der erste Tote, der aufersteht.»

«Du gehst vor», sagte Wotan im Kommandoton. Ein Mann wurde nach vorn gestoßen und fand sich zu seiner Überraschung auf der untersten Stufe stehend.

«Das machen die nicht», sagte er mit unsicherer Stimme zu seinen Freunden.

«Natürlich nicht», sagte Wotan. «Und jetzt geh hoch und nimm ihnen die Musketen weg.»

«Kein Wort», flüsterte Antonia. «Lasst sie im Ungewissen. Das wird sie mürbemachen.»

Unten wurde verhandelt.

«Wir stecken alle Werkstätten in Brand», kündigte einer an.

Hilde zuckte, eine Hand legte sich beruhigend um ihren Hals.

«Seht Ihr, einer von uns geht zu dem Haus und wird es anstecken.»

«Den nehme ich», sagte Antonia und legte an.

Der am Haus sah, wie die Muskete gehoben wurde, und hatte es plötzlich nicht mehr eilig, sein Ziel zu erreichen. Mit zierlichen Schritten ging er wie ein Balletttänzer weiter und stieß mit der Fackel an das Haus.

«Mach die Tür auf!», rief Wotan ihm zu.

«Die Tür ist verschlossen», sagte der Mann.

«Die Tür ist offen!», rief Antonia. «Er lügt Euch an. Ihr habt saubere Freunde.»

Zaghaft wurde die Tür geöffnet.

«Gut gemacht», sagte Wotan, «und jetzt zünde alles an, was du drinnen findest.»

Der Mann mit der Fackel trat durch die Tür. Drinnen raschelte es. Er dachte: Hühner. Um besser zu sehen, hielt er die Fackel nach vorn. So ein Huhn hatte er noch nie gesehen. Es hatte große Augen, es hatte einen zornigen Blick, es hatte vier Beine und wog viele Zentner.

Leise sagte der Mann: «Still, ganz still. Ich will dir gar nichts tun.»

Doch das seltsame Huhn versengte sich ein Ohr am Feuer und griff an. Die Bohlen, die seinen Verschlag sicherten, waren stabil. Aber nicht stabil genug, um einen rasenden Ochsen aufzuhalten. Der Betrunkene wollte fliehen, rannte gegen die Tür, stieß sie zu, anstatt ins Freie zu gelangen, die Fackel fiel zu Boden, mehrere Zentner Ochsenkörper prallten auf einen Zentner Männerkörper. Es gab ein hässliches Geräusch.

Vor dem Stall waren alle erstarrt. Die Trunkenbolde glotzten auf die Tür, hinter der sich das Schicksal ihres Kumpanen erfüllte.

«Gutes Tier», flüsterte Hilde. «Wie ein Wachhund.»

Katharina sagte leise: «Wer von euch einen schwachen Magen hat, bleibt draußen.»

«Aber du gehst natürlich rein», sagte Regula.

Wie üblich erhielt sie auf Fragen, deren Antwort nicht strittig war, keine Antwort.

Die Männer setzten sich in Bewegung.

«Nicht bewegen», flüsterte Antonia, «jetzt können wir sehen, wie sie reingekommen sind.»

Aber sie sahen nur, wie die Männer zum Haupteingang gingen, den Riegel zurückschoben und durch das Tor verschwanden.

43

Am nächsten Morgen begannen die Bauarbeiten. Es war Zufall gewesen, dass Cecilia vor einigen Tagen in die Bibliothek gekommen war, als Katharina gerade neu aufgestöberte Folianten durchsah. Beide hatten mit viel Freude das Buch mit den chinesischen Feuerwerken und Drachen studiert, die Zeichnungen waren fein und kunstvoll von Hand koloriert, mit Gold und Rot und Blau.

An Baumaterial herrschte kein Mangel, erst recht nicht, seitdem Hilde und Cecilia eine der beiden verrotteten Katen in der hintersten Ecke des Hofs geöffnet hatten. Sie fanden zugeschnittene Hölzer, niemand wusste, wofür sie gut sein sollten.

Wie waren die Trunkenbolde in den Hof gelangt? Über Leitern? Gab es eine versteckte Tür in der Mauer, eine kleine, durch die man kriechen musste? Sorgfältig untersuchten sie die Mauer und fanden keine Spur.

Katharina ging als erste in den Viehstall. Es war schlimmer, als sie sich vorgestellt hatte. Bevor sie daran denken konnte, den toten Mann zu entfernen, musste erst der Ochse in den Hof gelassen werden.

Als Regula zehn Minuten später vor ihr stand, sagte Katharina: «Es ist alles vorbei. Ich habe ihn vor dem Tor aufgebahrt. Sie werden ihn holen kommen.»

Regula hatte einen Wassereimer dabei. «Ich wasche das Blut weg. Ich drücke mich nicht.»

«Du musst das nicht tun. Keiner erwartet das von dir. Setz dich nicht unter Druck.»

Aber es war nichts zu machen. Was Regula sich vorgenommen hatte, führte sie aus. Viermal musste sie neues Wasser holen, bevor der Boden manierlich aussah. Plötzlich stand jemand neben ihr. «Ich habe gehört, was vorgefallen ist», sagte Baptist. «Im Dorf sind alle verwirrt. Ich bin gleich gekommen. Wo kann ich helfen?»

«Geh», sagte Regula, «ich habe alles im Griff.»

Er wollte nicht hören, packte den Eimer und wollte wischen. Er gab erst Ruhe, als sie ihn unmissverständlich aufforderte, endlich zu verschwinden.

«Ihr seid noch schöner, wenn Ihr wütend werdet», sagte Baptist hingerissen. Der Kerl regte sie auf. Mit seinen verträumten Augen sah er aus, als könne er nicht bis drei zählen.

«Macht einfach Eure Arbeit», knurrte Regula, «ich mache meine.»

Es dauerte einige Minuten, bevor sie ihn loswurde. Es dauerte einige Stunden, bevor er aus ihrem Kopf verschwand.

Um den Verschlag für den Ochsen zu erneuern, brauchten sie einen Tag. Die Balken fanden sich auf dem Gelände, sie zu transportieren, war eine schweißtreibende Angelegenheit. Mehrmals mussten sie auf dem Weg vom Fundort zum Stall absetzen.

«Wir sind zu schwach», stöhnte Cecilia, «das ist nicht gut.»

«Mädchen sind eben nicht stärker», sagte Regula.

«Es ist die Frage, ob das so bleiben muss.»

Regula giftete Katharina an: «Glaubst du, wir werden künftig mit drei Armen geboren?»

«Etwas mit der Kraft der eigenen Muskeln schleppen zu wollen, ist der erste Impuls des Menschen. Wir sollten weiter denken.»

«Einen für uns tragen lassen», sagte Antonia lachend.

«Den Ochsen», stimmte Katharina zu. «Oder eine Maschine, die alles für uns erledigt.»

«Maschinen sind für den Krieg», sagte Regula angewidert.

«Ein Pflug ist eine Maschine», sagte Katharina. «Jeder Hebel ist eine Maschine. Ich sehe in der Bibliothek nach, ob ich eine Lösung für unser Problem finde.»

«Eine Lösung für unser Problem», äffte Regula die Davongehende nach. «Sie redet doch nur so viel von ihren Büchern, damit sie einen Grund hat, sich vor der Arbeit zu drücken.»

Aber Regula wusste so gut wie alle anderen, dass die Arbeit am Schloss und im Hof zu anstrengend war. Ständig gab es etwas zu schleppen, loszureißen, hochzuheben. Regula beugte Oberkörper und Kopf nach rechts. Da war er wieder, der Schmerz. Seit einer Woche trug sie ihn schon mit sich herum. Nur weil ein Eimer mit Wasser so schwer gewesen war. Regula war stark, außer ihr hatten im Kloster nur zwei Mädchen die Holzbank anheben können, an der sie ihre Kräfte gemessen hatten. Vielleicht lag es nicht am Eimer, dass ihr der Schmerz durch den Rücken geschossen war. Vielleicht lag es daran, dass es der 15. Eimer gewesen war, den sie an dem Tag tragen wollte. Cecilia und Ursula waren schon am vierten gescheitert.

Vielleicht tat allen der Rücken weh, und sie gaben es nur nicht zu. Vielleicht hatten sie sich längst an Katharina gewandt. Die Heilerin war am besten über alles informiert, was im

Schloss passierte. Sie besaß so eine Art, pausenlos zur Stelle zu sein – mochte sie sich zwischendurch auch hinter ihren Büchern verschanzen. Regula war es nicht recht, dass eine von ihnen so viel Wissen ansammelte. Wissen war Macht, es bedurfte nur eines geeigneten Anlasses, um das Wissen als Waffe einzusetzen. Niemand wusste das besser als Regula.

44

Regula war die Lust vergangen, in die Bibliothek emporzusteigen. Stattdessen wandte sie sich der Küche zu. In den letzten Wochen hatte sich Regula zur Brotbäckerin entwickelt. Auf vielen Feldern hatten sich im Lauf der Zeit Talente durchgesetzt. Ursula kümmerte sich um die Kapelle und das Leben nach dem Tod; Cecilia behielt Gemälde und Wandteppiche im Auge und malte, wenn man sie nicht ablenkte, ständig neue; Beatrice war für die Vorratshaltung zuständig; Antonia entwickelte einen Sinn für das große Ganze: für Wichtigkeit und Reihenfolge der Arbeiten. Von ihr stammten die Ansagen, die jedem Mädchen morgens klarmachten, dass auch dieser Tag kein Sonntag werden würde; Hilde machte sich gern die Hände schmutzig, sie versorgte die Tiere und leerte die Klosetts.

Regula hatte nicht aufgepasst, als es darum gegangen war, die wesentlichen Aufgaben an sich zu reißen. Jedes Mal hatte sie geschwiegen, weil sie hoffte, es würden noch attraktivere Gelegenheiten kommen. Zuletzt hatte sie hektisch zugeschlagen. So war Regula zur Bäckerin geworden. Jeden Donnerstag verwendete sie drei Stunden konzentrierter Hingabe an die Zusammenstellung der Zutaten und das Walken des Teigs.

Als sie die Küche betrat, stand am Tisch eine Frau, die sich über den Teig beugte, um ihn mit der Kraft des Oberkörpers zu formen.

Staunend blieb Regula an der Tür stehen. Sie war so überrascht, dass sie dumm fragte: «Wer seid Ihr? Was tut Ihr da?»

Die Frau reagierte nicht und knetete weiter den Teig. Regula eilte zum Tisch und drängte die Frau ab. «Das ist meine Aufgabe», knurrte sie. «Ihr habt hier nichts zu suchen.»

Die Frau wollte nicht weichen, und Regula gelang es nicht, sie aus der Küche zu entfernen. Sie schaffte es nicht einmal, den Eindringling vom Tisch zu verdrängen. Ein verbissenes Schieben begann, das erst endete, als Ursula dazukam und rief: «Aber Regula, warum schlägst du denn die arme Frau!?»

«Sie ist nicht …», stammelte Regula.

«Was ist sie nicht? Ist sie keine Frau? Das ist doch die Großmutter aus dem Dorf.»

Ursula hatte fürsorglich einen Arm um die Schultern des Eindringlings gelegt, obwohl Regula in diesem Moment der Demütigung genauso Zuspruch nötig gehabt hätte.

«Was wollt Ihr hier?», fragte Ursula die Besucherin.

Die Alte starrte sie an. In ihren Augen war keine Unfreundlichkeit. Sie sah so aus, als sei sie gestört worden, und setzte die unterbrochene Arbeit fort.

«Sie fängt schon wieder an», rief Regula verzweifelt.

Als die meisten Mädchen in der Küche standen, begannen die Fragen von Neuem. Am Schweigen änderte sich nichts. Dickfellig streifte die Alte Teigreste auf den Tisch und trat an den Herd. Dann hob sie, ohne sich umzudrehen, einen Arm, die Hand zeigte drei Finger.

Katharina übersetzte: «Sie sagt, der Teig soll drei Stunden gehen. Dann wird das Brot lockerer und duftiger.»

«Du bist nicht Mutter Allwissend», fauchte Regula Katharina an. «Jetzt verstehst du schon Menschen, die nichts sagen.»

Dann sprach die Alte. Es hörte sich genauso an wie die ersten Sätze von Anita und Karl – nur dass sich ihre Sprache nach dem zwanzigsten Satz für die meisten Mädchen noch genauso unverständlich anhörte.

Diesmal übersetzte Hilde: «Sie sagt, sie hilft uns, weil wir es sonst nicht schaffen.»

«Jedenfalls muss sie weg. Helft mir», sagte Regula und fasste die Frau am Arm. Im nächsten Moment wich sie zurück. Alle starrten auf den Eisenhaken in der Hand der Alten, den sie gegen Regula richtete.

Regula keuchte, die Alte drehte sich zum Herd, fischte mit Hilfe des Hakens zwei Ringe aus der Herdplatte, so dass das Feuer aus der runden Öffnung schlug, auf die ein Wassertopf gesetzt wurde.

Mit Betonung jeder einzelnen Silbe sagte Regula: «Ihr habt hier nichts zu su-chen. Ich ba-cke das Brot sel-ber.»

«Ach, Brot ist das?», kicherte Cecilia albern.

«Ich hasse dich», knurrte Regula. «Wenn dir mein Brot nicht schmeckt, kannst du es mir ins Gesicht sagen.»

«So ist es nicht. Dein Brot ist in Ordnung. Ich meine nur … wenn sie wirklich Brot backt, sollten wir sie vielleicht lassen und das Brot probieren. Wir wissen doch, wie erstklassig alte Frauen backen. Sie haben lange Erfahrung, wir haben kurze.»

«Und du hast gleich keinen Kopf mehr auf dem Hals», fauchte Regula in Richtung Cecilia.

«Lasst uns das draußen bereden», schlug Antonia vor.

Als man im Treppenhaus stand, ging es wüst durcheinander. Sieben Mädchen, sieben Meinungen. Sollte man die Alte hinauswerfen? Sollte man ihr anbieten, künftig jeden Donnerstag zu backen? Sollte man sie als Köchin anstellen?

«Warum bieten wir ihr nicht gleich die Königskrone an?», fragte Regula pampig. «Vielleicht braucht sie sieben Zofen, dann müssen wir nicht im Wald schlafen.»

«Übertreib nicht immer», sagte Antonia, «nur weil sie in deinen Bereich eingedrungen ist ...»

«Ich wäre genauso dagegen, dass sie die Tiere versorgt oder uns behandelt, wenn wir krank sind.»

«Unterschätz solche Frauen nicht», sagte Katharina, «sie verfügen über das Wissen von vielen Generationen.»

«Willst du damit sagen, du könntest von so einer ... einer ... Wilden noch etwas lernen?»

«Warum denn nicht?» Katharinas Tonfall klang vollkommen aufrichtig. «Das Wissen dieser Frauen ist eine Grundlage der medizinischen Kunst.»

«Wir müssen für Regula eben etwas anderes finden», sagte Hilde treuherzig. «Was würdest du denn gerne machen, Regula?»

«Jetzt gerade würde ich dich am liebsten auf dem Feld eingraben.»

«Hoffentlich mit den Füßen zuerst», entgegnete Hilde. Sie lächelte, aber es sah angestrengt aus.

Sie einigten sich auf den Vorschlag von Ursula. Die Frau, deren Namen niemand kannte, sollte heute nicht aus der Küche vertrieben werden. Man ging davon aus, dass sie abends in ihr Dorf zurückkehren würde. Morgen würde man weitersehen.

45

Am folgenden Morgen war die Alte wieder da. Als Ursula die Küche betrat, roch es nach Zichorienkaffee. Auf einem Brett stand ein Kuchen, fertig aufgeschnitten. Das erste Stück fehlte, so dass Ursula einen Blick auf den quittengelben Teig werfen konnte. In ihrem Mund sammelte sich Speichel. Sie fand sich schon am Tisch sitzend, als ihr siedend heiß einfiel, dass sie sich auf keinen Fall hinsetzen durfte. Sie durfte auch nicht das Stück Brot essen, das ihr ein langer Arm vor die Nase stellte.

«Ich warte», sagte Ursula und war unsicher, ob sie nicht aus Versehen «ich hungere» gesagt hatte.

Eine nach der anderen landete am Tisch, wurde von der Küchentür in einer fließenden Bewegung auf ihren Platz gezogen. Regula war die Vorletzte, nach ihr kam nur noch Katharina.

Regula wusste, wann Gegenwehr sinnlos war. Noch nie hatte sie vor so vielen Zeuginnen in ein Stück Kuchen gebissen. Sie dachte: Bloß nicht verschlucken. Kauend neigte sie den Kopf hin und her, schluckte und sagte: «Ich habe schon schlechteren gegessen.»

Verdutzt blickte sie in sechs lachende Gesichter. «Ich habe sie nicht gelobt», rief sie gegen das Gegacker an, aber es war zu spät. Regulas Linien waren überrannt worden: von Verfressenheit und der Sehnsucht, auch morgen wieder so einen Frühstückstisch vorzufinden.

«Das hat etwas von Familie.» Ursula war hingerissen.

«Es liegt an ihr», sagte Regula und wies zu der alten Frau, die am Herd stand und beschäftigt tat oder war. «Es liegt daran, dass eine so alt ist wie unsere Eltern oder Großeltern; na gut, und dass sie backen kann; und dass sie als Erste aufsteht; und dass alles, was sie tut, Hand und Fuß hat.»

Regula fiel es nicht leicht, die vier Schritte bis zu der Frau zurückzulegen. Als sie hinter ihr stand, musste sie die sture Person noch dazu bewegen, sich umzudrehen, was höchst widerwillig geschah. Zwei mürrische Gesichter blickten sich an. Regula dachte: Wenn ich sie in die Arme nehme, schlägt sie mich. Dann drückte sie die alte Frau an sich, sehr schnell, sehr kurz und trat sofort einen Schritt nach hinten.

«Jetzt sind sie ein Paar», sagte Hilde schwärmerisch.

Antonia übernahm es zu sagen, was gesagt werden musste: «Wir schätzen Euer Brot und den Kuchen. Aber wir müssen wissen, was Ihr Euch vorstellt. Wie oft wollt Ihr zu uns kommen? Was verlangt Ihr an Lohn?»

«Frag sie, ob sie bei uns wohnen will», flüsterte Ursula.

Antonia überhörte das.

«Ach ja, und Ihr müsst uns sagen, wie Ihr heißt», fuhr Antonia fort.

Die Frau sagte etwas. Alle blickten Hilde an. Die zuckte die Schulter: «Wie sie gesagt hat. Dachs.»

«Ihr heißt Dachs?»

Hätte sie wenigstens gelächelt, ein einziges Mal. Aber die Miene der Frau blieb unbewegt.

Hilde sagte: «Ihr seid Karls Großmutter, nicht wahr?»

Nun kamen die Worte. Als ob man einen Eimer Wasser in einem Schwung ausgoss, so sprudelten die Worte aus dem Mund der Frau.

Hilde übersetzte: «Sie sagt, er ist ein fauler Hund, liegt zu lange im Bett, trinkt zu viel Branntwein, redet viel und arbeitet wenig. Sie sagt, sie langweilt sich im Dorf. Sie sagt, sie kommt sechsmal die Woche und kocht für uns. Wir sollen sie aber nicht ansprechen, sie redet nicht gern.»

«Frag sie, ob sie uns versteht.»

«Das meiste versteht sie. Der Rest interessiert sie nicht.»

«Und der Lohn?»

«Wir sollen ihr geben, was wir wollen, aber nicht weniger. Und natürlich wohnt sie im Dorf. Sie sagt, wenn sie nicht mehr da ist, bricht dort alles zusammen.»

Dass die Dächsin auch gesagt hatte, Karl habe es zur gleichen Zeit mit vielen Frauen auf einmal, übersetzte Hilde nicht. Die Freundinnen mussten nicht alles wissen.

Beatrice hielt ihre Tafel vor sich.

«Ich Kochmädchen. Will lernen.»

Die Worte versetzten Regula einen Stich. Doch war sie einsichtig genug, um zu wissen, dass sie Beatrice nichts beizubringen gehabt hätte.

Beim Abendessen sprach sie über den nächtlichen Streit mit den Trunkenbolden. «Wisst ihr noch, dass wir zuerst nicht mehr wussten, wo die Musketen eigentlich liegen? Das darf nicht wieder vorkommen.»

Niemand sprang darauf an, deshalb legte Regula Kohlen nach: «In jedem Schloss gibt es eine Waffenkammer. Das hat gute Gründe. Vielleicht sollte sich jemand um die Waffen kümmern ...»

Alle nannten sie «die Dächsin». Ihren Vornamen verriet sie nicht. Genauso verhielt es sich mit ihrem Alter. Jeden Morgen bis auf Sonntag stand sie um halb sieben vor dem Tor und wartete geduldig, dass man öffnete. Ursula übernahm diese Aufgabe. Am ersten Tag lockte sie die Dächsin in die Kapelle. Doch eine Kapelle, in der der Altar fehlte, war für die alte Frau unvollständiger als eine Küche ohne Herd.

Eine Minute nachdem sie die Küche betreten hatte, begann sie zu arbeiten. Wenn der Tisch für das Abendessen gedeckt war, war ihr Arbeitstag beendet – aber erst, nachdem die Mädchen sie mit sanfter Gewalt aus der Küche geschoben hatten. Sonst hätte die Dächsin das Ende des Essens abgewartet, um danach die Küche in Ordnung zu bringen. Doch wollten die Mädchen nicht von ihrer Gewohnheit lassen, noch am Tisch zusammenzusitzen. In der ersten Zeit hatte Regula Versuche unternommen, die Zeit des Beisammenseins in den Festsaal zu verlegen. Drei Tage versuchten alle, sich dort wohlzufühlen. Dann bröckelte der Zuspruch ab. Die Küche war einfach gemütlicher.

Lehrling Beatrice hielt sich oft in der Küche auf. So hatte man die Dächsin unter Kontrolle. Mochte sie eine redliche Seele sein, sie blieb doch eine aus dem Dorf und Karls Großmutter obendrein. Wie viel würde sie ihren Leuten von den Geschehnissen im Schloss erzählen? Hatte sie sich nur auf Karls Geheiß Richtung Schloss bewegt? Die Mädchen glaubten das nicht. Die Frau war zu stur, um sich als Spionin missbrauchen zu lassen.

Blieb der Irrtum mit dem Frauenkonvent. Obwohl die Dächsin keinen Satz in dieser Richtung hören ließ, war es doch offensichtlich, dass sie die Mädchen für die Vorhut eines Frauenklosters hielt. Wahrscheinlich war sie deshalb hier: um ihre Aussicht auf ein Leben nach dem Tod zu verbessern. Einen Abend hingen die Mädchen dem Gedanken nach, wie es praktisch aussehen könnte, der Dächsin die Vorstellung eines im Aufbau befindlichen Klosters vorzuspielen. Doch Ursula sah am Ende ein, dass die Freundinnen die Vorstellung nicht durchhalten würden.

Antonia fasste zusammen: «Wir geben uns, wie wir sind: sieben Frauen, die versuchen, sich eine Existenz aufzubauen. Wenn sie die Frau ist, für die ich sie halte, wird das ihren Respekt finden. Ich habe den Verdacht, sie hat die Nase voll von den Männern im Dorf.»

Dass die Köchin nie vom Schatz erfahren würde, war für alle so selbstverständlich, dass dies nicht eigens erwähnt werden musste.

Auch Baptist wusste nichts vom Schatz. Er hatte das Kreuz zurückgebracht, ohne ein einziges Mal zu fragen, wie die Mädchen in den Besitz der Kostbarkeit gekommen waren. In Begleitung Antonias hatte er einen Rundgang durchs Schloss gemacht, bei dem er sein Desinteresse kaum verbergen konnte. «Ich gönne den hohen Herrschaften jeden einzelnen ihrer hundert Räume, ihrer Baldachine und Teppiche. Sollen sie so viele Diener haben, wie sie wollen – ich lebe für meine Kunst. Wenn mir der Fürst einen Auftrag erteilt, werde ich ihn gewissenhaft ausführen und das Beste geben. Mir ist bewusst, wie viel wir den kunstsinnigen Adeligen verdanken. Fürsten, Bischöfe und reiche Bürger sind die Retter der Kunst. Aber deshalb muss ich nicht Wand an Wand mit ihnen wohnen. Außerdem ist mir der Gedanke unerträglich, durch so einen Klotz von Schloss wie an eine Kette angebunden zu sein. Ich reise mit leichtem Gepäck, heute hier, morgen dort. Natürlich habe ich noch nie so entzückende Schlossherrinnen wie Euch erlebt. Vielleicht werde ich sterben in einem Schloss, aber sicher werde ich nicht in einem wohnen.»

Antonia hätte Regula gern mit ihm verkuppelt, um zu sehen, ob die Liebe in der Lage sein würde, diese Frau zu verändern. War Regula auch früher so oft über den Hof gegangen? Obwohl es dafür eigentlich noch nicht warm genug war, saß Baptist meistens vor der Werkstatt, um nur ja nicht den Moment zu verpassen. Dann sprang er auf, um Regula die Fortschritte seiner Arbeit zu präsentieren. Auch gewöhnte Baptist es sich an, die Dächsin in der Küche zu besuchen – vordergründig, um ein Stück Brot zu essen. In Wirklichkeit hatte er die Hoffnung, Regula zu begegnen, was selten geschah.

46

Die Angst war groß, die Vorfreude auch. Einige Zeit neutralisierten sich die widerstrebenden Gefühle, dann trat Hilde den gleichermaßen ersehnten und gefürchteten Gang an. In den Tagen zuvor war sie morgens auf den Turm gestiegen, um einen Blick aufs Dorf zu werfen. Es war ein trauriger Anblick ohne frische Farben, denn das Land war dunkel und aufgeweicht. Kinder spielten vor den Häusern.

Was da vor ihr lag, war ein verlorenes Dorf. Hilde wusste, wie eng das Verhältnis der Menschen war. Alle lebten nach einem Rhythmus. Gleiche Interessen, gleiche Arbeiten, gleiche Vorlieben und Abneigungen, die gleichen Dorfschulen, die im Juli und August kein Kind betrat, weil dann die Felder seine Schule waren. Man schwitzte zusammen, man staubte zusammen ein, man aß im Schatten die Vesper. Man feierte und tanzte und trank; man fieberte und wurde gesund; man langweilte sich und fror und fragte sich, ob die langen Winterabende jemals vorübergehen würden. Aber jeder war für den anderen da.

Vieles, was auf dem Dorf natürlich war, mussten die Menschen in der Stadt lernen wie eine fremde Sprache. Die meisten lernten diese Sprache nie. Hilde war froh, so gute Freundinnen gefunden zu haben. Aber sie wusste auch, dass sie ein Bauernkind war und immer bleiben würde. Im Kloster war es den Mädchen verboten gewesen, Kontakte zur Dorfbevölkerung zu knüpfen. Trotzdem waren die Fahrten ins Dorf, um Vorräte zu holen, für Hilde jedes Mal ein Festtag gewesen. Jetzt hatte sie ein Dorf nebenan, niemand hielt sie davon ab, die Menschen kennen zu lernen. Sie spürte, dass sie von den Leuten viel wusste, auch wenn sie mit den meisten kein Wort gewechselt hatte.

Die Nähe war es, die Hilde anzog. Es war schön, vom Turm die Verwandten zu sehen, wenn auch aus großer Entfernung. Besonders freute sich Hilde darüber, dass die Leute nicht faul waren, wie Regula und Cecilia behaupteten. Aus jeder zweiten Hütte kam morgens ein Bewohner und ging zur Arbeit in eine Hütte am Rand des Dorfes, zum Weben wohl, zum Korbmachen oder Kerzenziehen. Das gefiel Hilde, denn es zeigte, dass sie nicht in den Tag hineinlebten. Über die weite Entfernung konnte sie nicht erkennen, ob sich Karl oder Anita unter den Arbeitern befanden.

Seit dem Tag, an dem die Neugier zu groß geworden war, hatte Hilde sich angewöhnt, auch nachmittags auf den Turm zu steigen. Bis zum Einbruch der Dunkelheit waren nur wenige von der Arbeit zurückgekehrt. Die anderen arbeiteten demnach länger. Wenn in der Hütte Webstühle standen oder Tische, an denen die Leute arbeiteten, musste es dort sehr beengt zugehen.

Einen Moment hielt Hilde es für möglich, dass die Manufaktur in Wirklichkeit ein Gasthaus war. Aber Kinder gingen dort auch hinein – allerdings nicht hinaus. Um eine Schule handelte es sich bestimmt nicht, denn die Einheimischen hatten ja berichtet, dass mit dem Verschwinden des Fürsten auch der Unterricht zum Erliegen gekommen war.

Nun war sie auf dem Weg ins Dorf. Sie hatte Cecilia gebeten, ihr die Frisur zu legen.

«Ich will nur gucken», hatte Hilde die Freundin beruhigt. «Vielleicht lasse ich mir die Felder zeigen. Wenn der Boden zu sandig ist, bekommen wir Probleme. Wenn er zu fett ist, bekommen wir andere Probleme.»

Cecilia wusste nicht, dass es über zwanzig verschiedene Arten von Boden gab, in denen jeweils manches prächtig gedieh und manches kämpfen musste.

«Gut, dass wir dich haben», hatte Cecilia anerkennend gesagt. «Aber du magst ihn trotzdem, das habe ich gespürt. Und du weißt, dass er mit Anita zusammen ist?»

«Ich will ihn doch nicht heiraten.»

«Aber er vielleicht dich. Zumindest wird er es sagen. In diesem Fall solltest du dich daran erinnern, dass es Anita gibt – ich hoffe, du bist dann noch fähig, etwas zu denken.»

Beide waren verlegen geworden, Hilde etwas weniger. Wer mit Tieren groß geworden war, wusste mehr über den Umgang der Geschlechter als ein Mädchen aus gutem Haus. Manchmal fragte sich Hilde, was die vornehmsten Mädchen unter den Freundinnen von der Liebe und den Männern eigentlich wussten.

Je näher sie dem Dorf kam, umso weniger eilig hatte sie es. Immer wieder blieb sie stehen, beobachtete Vögel, entdeckte einen Haselstrauch, an dem die ersten weichen Kätzchen hingen. Vor dem Dorf kam das Feld. Hier hatte seit Jahren kein Pflug mehr seine Bahnen gezogen. Kraut bedeckte den Boden, an vielen Stellen zeigte sich Buschwerk. Die Natur eroberte das Feld zurück. Hatte Karl nicht so getan, als würden die Mädchen die landwirtschaftliche Arbeit seiner Dorfgemeinschaft bedrohen? Auf diesem Feld hatte seit Langem kein Bauer gearbeitet. Über dieses Feld hatte Hilde mit Karl gesprochen. Es gab nur dieses Feld.

Hilde dachte: Er hat mich angelogen.

Die ersten Hütten kamen in Sicht. Heute wurde Hilde der Verfall deutlicher bewusst als bei ihrem ersten Besuch. Das Dorf war ein Müllhaufen. Warum mussten die Abfallhaufen neben den Hütten so groß sein? Warum sah man nirgends Gärten, in denen die Bewohner Gemüse und Obst anbauten? Man musste nicht hungern, wenn man arm war. Einiges konnte man für sich tun – und für seine Kinder musste man es tun.

Hilde klopfte an der ersten Tür. Nichts. Sie ging zur zweiten Hütte. Nichts. Sie rief. Nichts. Als sie sich umdrehte, hatte sie das Gefühl, am Fenster der dritten Hütte eine Bewegung gesehen zu haben. Vielleicht irrte sie sich, aber diese Hütte war so gut wie jede andere. «Ist jemand zu Hause? Ich bin Hilde vom Schloss. Ich suche Karl und weiß nicht, wo er wohnt.»

Sie schaute durch das Fenster, obwohl sie wusste, dass sich das nicht gehörte. Drinnen war nichts als Armut. Sie bog ums Haus – und stand den Hunden gegenüber. Die hatte sie damals auch gesehen, eher groß als klein, mager, spitze Gesichter. Bereit, ihr Revier gegen Eindringlinge zu verteidigen.

Hilde besaß Erfahrung mit Hunden. Auf den Dörfern war es nicht üblich, Schoßhunde zu halten, die Kuchen fraßen. Dort waren Hunde zum Bewachen von Haus und Vieh da, für nichts sonst. Der Hund, der das nicht beherrschte, war ein toter Hund und wurde den Schweinen zum Fraß vorgeworfen. Hilde wusste genug, um sich keine falschen Hoffnungen zu machen. Diese Hunde würden sie angreifen. Sie konnte schreien und die Arme werfen, dann würden sie früher angreifen. Einer näherte sich von vorne, der andere kam auf ihre Rückseite.

Hilde stellte sich mit dem Rücken zum Haus, jetzt mussten beide von vorn kommen. Sie waren schon so dicht, dass Hilde nicht mehr nach einem Knüppel suchen konnte. In diesem Dorf, wo der Abfall viele Fuß hoch lag, fand sie nichts, um sich damit zu wehren. Sie wusste, dass sie nicht straucheln durfte. Wenn die Hunde ihre Kehle bekamen, war es vorbei. Solange man stand, gab es Chancen. Hilde hatte Menschen gegen Hunde kämpfen sehen. Sie hatte Angst, aber sie war nicht besinnungslos vor Angst. Vor allem redete sie mit den Hunden, ruhig, sanft, egal über was. Dabei zog sie ihre Jacke aus. Das war schlecht, falls die Tiere ihre Arme zu packen kriegten. Aber sie wollte die Jacke über einen Kopf werfen. Wenn ihr das gelang, hätte der Hund Sekunden später ein gebrochenes Genick. Vor allem musste sie auf ihre Nase gehen, nirgends waren Hunde empfindlicher. In der Jackentasche spürte sie etwas Hartes. Wie war der Metallstab dahin gekommen? Gestern hatte sie Cecilia geholfen, das Kunstwerk zu bauen. Gut, dass sie sich nicht gedrückt hatte. Hilde fühlte sich wohler.

«Kommt schon, ihr Teufel. Ihr habt eine Sehnsucht nach dem Tod, ich kann sie euch erfüllen. Na komm, komm, du da, du bist der Schönere. Bestimmt bist du der Mann. Hast du einen Namen?»

«Freunde dürfen mich Karl nennen.»

Er stand an der Hausecke, er war gelaufen, sein Grinsen war nicht so frech wie sonst. Die Hunde waren an seiner Seite, mit einer Geste schickte er sie weg.

«Das ist wirklich eine Überraschung», sagte Karl. Was war

das nur für eine Jacke, die er trug? Hatte er gerade Theater gespielt? Die Jacke sah so fein aus, so edel.

«Ihr solltet Eure Hunde nicht frei herumlaufen lassen», sagte Hilde. «Sie könnten Unheil anrichten.»

«Sie schützen unser Eigentum. Nennt Ihr das ‹Unheil anrichten›?»

«Was gehört Euch denn? Diese kaputte Hütte oder die da? Was ist so wertvoll an den Hütten? Und an dem Feld? Ihr habt mich belogen. Ihr baut nichts an, Ihr seid also doch faul. Seid Ihr überhaupt ein Bauer?»

Sie redete sich in Rage, Karl verwandelte sich in den bekannten Karl. Er nahm sie am Arm und führte sie in seine Hütte. Dort lebte eine Frau, alles war sauber und sorgfältig eingerichtet. Armut herrschte auch hier, aber hier konnte man leben. In der anderen Hütte konnte man nur vegetieren.

Karl warf eine Bemerkung hin, aus der Hilde herauslesen sollte, dass Anita spät am Abend zurückkehren werde – wenn nicht erst morgen. Er stellte Essensreste auf den Tisch, ein Stück Fleisch, ein Käserest, Schmalz, altes Brot. Zwei Flaschen, eine mit Branntwein, eine mit Kräuterlikör.

Hilde sagte: «Ich will nicht lange bleiben.»

«Das weiß man vorher nie.»

Sie hatte einen Blick auf die Betten geworfen. Drei Betten für zwei Bewohner? Sie vermutete ein Kind, fragte aber nicht danach.

Sie sagte: «Wo sind die anderen?»

«Einige sind zu Hause, einige sind unterwegs. Man muss sich umtun in dieser schwierigen Zeit.»

Sie gab ihm Gelegenheit, über die Manufaktur zu sprechen, in die die Dorfbewohner gingen. Er redete viel, doch er schwieg über die Manufaktur. Hilde suchte nach einer Erklärung für sein Verhalten. Waren sie nicht so arm, wie sie taten? Rechneten sie mit dem Mitleid der Mädchen? Wollten sie durchgefüttert werden, ein ganzes Dorf?

Hilde redete über die Dächsin. Karl sagte: «Sie weiß, wie sie zu ihrem vollen Teller kommt.»

«Wir sind sehr zufrieden mit ihrer Arbeit.»

«Kein Wunder. Sie kann kochen und Ihr nicht. Da ist man schnell zufrieden.»

Karl war es wichtig, dass Hilde den ersten Branntwein trank. Sie dachte: Das hättest du gern.

Sie sagte: «Alle wissen, dass ich hier bin.»

«Weil Ihr fürchtet, Euch könnte etwas Schreckliches passieren.»

«Warum nicht? Wenn Soldaten kommen?»

«Vor denen müsst Ihr weniger Angst haben als vor Hunden. Was sich hier herumtreibt, das sind arme Seelen. Hungrig, verfroren. Sie wollen nach Hause. Sie wissen nicht mehr, wofür sie kämpfen sollen.»

«Warum seid Ihr nicht Soldat geworden? Warum nicht alle Männer im Dorf?»

«Die Zeiten sind vorbei, in denen Soldaten Sold bekommen. Wer heutzutage nicht bereit ist zu stehlen und zu plündern, wird verhungern oder erschlagen. Ich bin hier auch nicht ganz unwichtig.»

«Habt Ihr Kinder?»

«Wäre es nicht verdächtig, wenn ich keine hätte? Möchtet Ihr Kinder haben? Wenn Ihr erwachsen seid, meine ich.»

Darüber wollte Hilde nicht reden, nicht mit einem Mann, nicht mit diesem. Um sich abzulenken, nippte sie an ihrem

Becher. Es roch stark nach Kräutern. Konnte etwas, was so gesund roch, von Schaden sein? Zwischen Hilde und Karl war der Tisch. Karl aß, sie trank. Er trank, sie wollte essen, aber die Bretter waren leer. Sie berichtete von Baptist, dem Künstler. Karl sagte: «Einen Altar reparieren? Gebe Gott, dass ich nie so viel Zeit habe, um auf diesen Gedanken zu kommen.»

Hilde schwärmte von Baptists geschickten Händen. Eine Hand lag vor ihr auf dem Tisch. «Diese Hand weiß, was Arbeit ist», sagte Karl.

«Habt Ihr gefeiert vorhin?»

Sie sprach über seine Jacke. Er zog sie aus, warf sie achtlos aufs Bett. «Im größten Misthaufen findet sich eine Perle», sagte er. Sie fragte nach, er wich aus. Sie sprach von ihrer Lust, Bäuerin zu sein. Er sagte: «Wir haben das Land, was habt Ihr?»

«Wir haben das Saatgut. Ihr habt mehr als das Land. Ihr seid so viele, Ihr seid jung. Ihr könnt arbeiten.»

Aber er wollte nur wissen, was sie für das Land tun wollte. Erst dachte Hilde, er würde über Geld sprechen. Aber das meinte er nicht. Was er meinte, wollte sie ihm nicht geben. Sie dachte an den Eisenstab in ihrer Jackentasche. Aber wo war ihre Jacke geblieben? Und warum saß Karl nicht mehr auf der anderen Seite des Tisches? Sie schlug ihm auf die vorwitzigen Finger. Er sagte: «Ich kann ein guter Nachbar sein. Alles, was ich brauche, ist eine gute Nachbarin.»

«Wir nehmen Euch nichts weg, wenn wir das Feld bestellen.»

«Glaubt Ihr, es ist schön, wenn man beim Blick aus dem Fenster jedes Mal hart arbeitende Frauen sieht?»

«Es steht Euch frei, auch zu arbeiten. Ihr tut es ja schon.»

Wieder eine Gelegenheit, die er verstreichen ließ. Was wurde in dieser Hütte hergestellt? Hilde durchzuckte ein Gedanke: Waffen! Sie gießen Musketen, Kanonen, Kugeln und verkaufen sie an jeden, der sie haben will.

Sie wollte nicht, dass Karl ein Kriegsgewinnler war. Davon gab es zu viele, alle machten ihre Geschäfte mit dem Leid der Menschen.

Karl sagte: «Es kann nicht falsch sein, einen starken Freund zu haben. Das gibt Sicherheit in schwerer Zeit. Lass Krieg sein oder Frieden.»

Seine Augen sagten: Ich weiß nicht, was Lüge ist.

Ihre Augen sagten: Du siehst zwei Karls, aber nur einer ist da. Sie sah Augen, fühlte Hände, zwei, fünf, zehn. Sie fühlte Lippen, auf dem Mund, auf dem Hals, an Stellen, wo Lippen nicht hingehörten. Sie sagte: «Nein», und dachte: Hör nicht auf. Sie fühlte Hände, Lippen, eine Zunge! Wo kam auf einmal eine Zun…?

Dann spürte auch Karl etwas: eine gusseiserne Pfanne. Sie traf seinen Hinterkopf, danach sein rechtes Ohr. Er schützte seinen Kopf, die Pfanne nutzte die Gelegenheit und schlug in seine Seite.

Die Dächsin rief etwas, das Hilde sofort verstand.

Eingeschüchtert sagte sie: «Aber wir haben doch nur …»

Die Pfanne schlug auf Karls Rücken. Hilde floh wie ein Blitz aus der Hütte.

47

Die Erste, die Hilde traf, war Regula, gleich am Tor. Aber sie wollte jetzt mit niemandem sprechen, zu sehr stand sie noch unter dem Eindruck der letzten Minuten. Auf dem Hof lief sie Baptist in die Arme, der sich mit Ursula auf dem Weg in die Kapelle befand. Weil sie Angst hatte, in der Küche weiteren Mädchen zu begegnen, eilte sie in den Raum, in dem ihr Bett stand. Dort besprachen Antonia und Cecilia gerade, ob man ein Bett in einen anderen Raum stellen sollte.

Nun sprudelte es doch aus Hilde heraus: «Sie hat uns überrascht, Karl hat Schläge gekriegt und ich weiß nicht, ob es sich gehört, wenn man Karls Zunge spürt.»

Diese Worte erzeugten viele Fragen. Was sie sich dabei gedacht hätte? Wenn das jede tun würde? Was passiert wäre, wenn die Dächsin nicht im letzten Moment erschienen wäre?

«Na, was wohl!», rief Hilde verzweifelt. «Dann wäre ich jetzt eine Frau und könnte euch erzählen, wie es geht.»

«So geht es jedenfalls nicht», sagte Regula, die mittlerweile auch aufgetaucht war. «Wenn wir anfangen, uns mit den Einheimischen zu vermischen, werden wir bald so sein wie sie.»

«Was wäre daran verwerflich?», fragte Antonia.

Regula stieß diesen Laut aus, der Verachtung signalisierte.

«Schlaf dich aus», sagte Antonia zu Hilde, «wir reden morgen darüber.»

Cecilia sagte: «Falls du nicht verstanden hast, was Regula meint, sie meint es so: Wir dürfen keinen Mann in unsere Nähe lassen und müssen leben wie die Nonnen. Aber wir dürfen nicht laut sagen, dass wir Nonnen sind, weil Regula das an das Kloster erinnert, und das darf nicht sein, weil Regula sonst traurig wird.»

Als Regula vor Cecilia stand, wich die nicht zurück und sagte: «Wenn du noch für das Backen zuständig wärst, könntest du jetzt beleidigt in die Küche abrauschen und eins deiner knochentrockenen Brote herstellen.»

Als die Tür hinter Regula ins Schloss fiel, atmeten alle auf.

«Ist doch wahr», sagte Cecilia. «Weiß sie eigentlich nicht, dass sie sich wie die Äbtissin benimmt? Sie weiß doch sonst alles oder bildet es sich wenigstens ein.»

«Warum bist du auf einmal so kampflustig?», fragte Antonia.

Verlegen sagte Cecilia: «Ich habe mir vorgestellt, ich bin Hilde. Da kam die Wut von allein.»

Es begann ohne Vorbereitung. Im Schloss hatte nichts gewispert, vor dem Tor hatte niemand gegrölt. Ein friedlicher Abend im März, alle Mädchen gingen ihren Beschäftigungen nach. Beatrice machte die Runde. An jedem Abend überprüfte ein Mädchen im Fackelschein, ob alle Türen verschlossen waren, am Tor, in den Ställen, in der Werkstatt. Beatrice hatte sich angewöhnt, einige Zeit bei den Gänsen zuzubringen. Sie waren handzahm geworden, genau wie die Hühner. Danach wollte Beatrice über den Hof zurück ins Schloss – und lief den Männern in die Arme. Sie hatten sich Tücher in die Stirn gezogen und packten Beatrice. Die stieß einen schrillen Laut aus. Antonia erschien auf der Treppe. In der Aufregung zählte sie fünf Gestalten. Sie hielten Beatrice fest, die zappelte und wand sich. Kein Wunder, dass die Eindringlinge sie von sich stießen. Beátrice strauchelte, war auf den Beinen und lief.

Antonia rief: «Ihr seid zum zweiten Mal bei uns eingebrochen!»

Die Gestalten stießen die Fackeln in die Luft.

Antonia rief: «Für das, was jetzt passieren wird, tragt Ihr die Verantwortung.»

Ein Schuss ertönte. Rauch stieg auf. Sie hatten eine Muskete dabei, vielleicht mehr als eins. Damit hatte Antonia nicht gerechnet.

Nun sprach eine Gestalt: «Ihr habt unseren Freund getötet. Dafür werdet Ihr büßen.»

«Euer Freund wollte das Schloss in Brand setzen. Würdet Ihr Euch da nicht wehren?»

«Man kann miteinander sprechen, man kann mit Wasser löschen.»

«Ihr wart sinnlos betrunken!»

«Wir waren fröhlich und ausgelassen. Ihr seid nüchtern, ohne Freude und verbissen. Ihr passt nicht in diese Gegend. Wir wollen Euch hier nicht haben.»

«Warum redet Ihr dann nicht mit uns? Warum verkleidet Ihr Euch? Seid Ihr so hässlich?»

Bisher war die Stimme der Gestalt nur laut gewesen, jetzt hörte sie sich gereizt an.

«Nicht jeder, der aus einfachem Haus stammt, ist deshalb gleich hässlich.»

Antonia dachte: Hoffentlich seid ihr jetzt bald so weit. Wir haben nur einen Versuch.

Sie rief: «Ihr seid gegen unseren Willen in unser Schloss eingedrungen. Ich bin gespannt, wie Ihr das später vor Gericht erklären wollt.»

Unten ertönte grimmiges Gelächter.

«Jeder muss sehen, wie er überlebt. Deshalb haben wir eine Muskete. Wir schützen uns nur selbst.»

«Betrunkene Männer schützen sich vor Mädchen. Alle werden über Euch lachen.»

«Wer soll es weitererzählen?»

«Ich.»

«Woher nehmt Ihr die Sicherheit, dass Ihr morgen noch am Leben sein werdet?»

«Das Recht ist auf unserer Seite. Und unser bester Freund ist erst recht auf unserer Seite.»

«Euer bester Freund! Wahrscheinlich dieser Spiddel von Tischler, der sich überall als Künstler ausgibt. Wo ist er denn? Ich sehe ihn gar nicht. Hockt wahrscheinlich unter dem Tisch und zittert vor Angst.»

Erneutes Gelächter.

Antonia rief: «Ich meine den Freund da!»

Erst hörte man es nur. Ein grollendes Schreien, lauter, als ein Mensch schreien kann. Selbst ein Bär war nicht so laut. Alles starrte auf die Stelle, wo der Flügel des Schlosses und der Abschluss des Viehstalls sich einander annäherten. Hinter dieser Ecke wurde es hell, und das Schreien wurde lauter. In zehn Fuß Höhe tauchte der Arm auf, er sah aus wie die schuppige Haut einer Schlange. Er war dick und muskulös, das Grollen kam aus dunklen Tiefen.

Dann bog der Drache um die Ecke. Er war grün und braun, der dicke Körper saß auf tonnenförmigen Beinen und leuchtete von innen heraus. Der Hals war lang wie bei einer Giraffe, an ihm saßen die starken Arme. Der Kopf bestand aus nichts als einem Maul. In ihm saß Zahn neben Zahn, jeder einzelne lang und spitz wie ein Dolch. Der Drache öffnete das Maul, Rauch quoll heraus. Der Drache erblickte die Männer, die Pranken mit den spitzen Nägeln rieben über den dicken Bauch. Mit jedem Schritt, den der Drache auf die Männer zuging, wurde sein Kreischen höher und schräger.

Antonia brüllte: «Du hast viele Tage gehungert. Jetzt kriegst du etwas zu fressen. Die fünf da, ihr Fleisch ist jung und saftig! Hol sie dir!»

Bis zu dieser Sekunde hatten die vermummten Gestalten auf einem Haufen zusammengestanden. Es sah aus, als würden sie sich aneinanderklammern. Nun lief der Erste, gleich darauf liefen alle. Sie drängten sich am Schlosstor, wollten den Riegel zur Seite schieben. Aber der Riegel ließ sich nicht bewegen. Den Drachen im Rücken, mit seiner Stimme, die einem schrägen Gesang glich, arbeiteten sie sich in Panik an dem Riegel ab. Es sah aus, als würden sie übereinander steigen. Der Riegel saß fest, keine Gestalt hatte Augen für das, was sich über ihren Köpfen anbahnte. Schlanke, leichtfüßige Schemen tauchten auf der Mauer über dem Eingang auf. Schüsseln wurden emporgehoben, gehalten von zwei Gestalten, während neben ihnen zwei weitere Gestalten mit einer weiteren Schüssel auftauchten. Die Schüsseln neigten sich: Die dünnflüssigen, bestialisch stinkenden Ausscheidungen eines Ochsen, von Hühnern und Gänsen und von sieben Zweibeinern, die keine Federn trugen, ergossen sich über die Köpfe der Eindringlinge.

Nach den ersten Schüsseln folgten zwei neue. Über und über mit Scheiße begossen, konnten die Gestalten nicht fliehen, denn sie mussten durch das Tor – von hinten näherte sich der Drache. Er ließ sich Zeit, sein Essen lief ihm ja nicht weg. Eine Gestalt strauchelte, anstatt ihr auf die Beine zu helfen, trampelten die anderen auf ihr herum. Dann endlich bewegte sich der Riegel. Vier Gestalten stürzten aus der Tür, ein Körper blieb liegen.

Und der Drache sang sein schauriges Lied.

Auf allen vieren krabbelte die letzte Gestalt nach draußen. Hinter ihr fiel die Tür ins Schloss.

Zuerst baten sie Cecilia höflich, aufzuhören. Aber der Drache sang weiter seine schreckliche Melodie. Regula rief: «Ich schlage dir den Kopf ab.» Der Drache sang noch höher. Regula und Hilde packten den Bauch des Drachen, Hilde zählte auf drei, sie hoben den Bauch an, der Drache kippte auf die Seite. Mit einem klagenden Ton erstarb das Singen. Sie öffneten die Tür im Bauch und zogen Cecilia heraus. Alle lagen sich in den Armen, alle lobten Cecilia. Sie hatte die Idee gehabt, als sie in der Bibliothek das Buch entdeckt hatte. Die Chinesen bauten solche Drachen, um Karneval zu feiern. Im Inneren des Ungeheuers hatte Cecilia ihren Instrumenten die falschesten Töne entlockt. Für den Rauch und das Leuchten hatte Katharina gesorgt. Unter ihren Arzneien und Chemikalien befanden sich Stoffe, die, geschickt zusammengerührt, Rauch und starkes Leuchten erzeugten. Es waren die gleichen Kräfte, die an den Fürstenhöfen Feuerwerke in den Himmel steigen ließen.

Katharina rief: «Ist euch eigentlich klar, wie oft uns die Bücher schon gerettet haben?»

«Und zur Not kann man mit ihnen werfen!», rief Hilde freudestrahlend.

Ursula war am stillsten. Gefragt, was mit ihr sei, sagte sie bedrückt: «Ich weiß, dass alles, was unter dem Himmel ist, zur Schöpfung gehört. Vieles kenne ich nicht, manches mag ich nicht, aber ein tiefer Sinn ist überall vorhanden. Doch ich weiß jetzt, warum ich in den letzten Wochen so oft unter Verstopfung gelitten habe.»

«Das war für einen guten Zweck!», rief Cecilia. «Ich wusste, dass wir unseren Unrat nicht umsonst sammeln. Und er riecht ja auch erst, seitdem kein Frost mehr ist.»

«Dafür ist künftig unsere Fachfrau für Waffen jeder Art zuständig», sagte Antonia und schlug Regula lachend auf die Schulter.

Alle sieben schwammen in einem Meer von Stolz und Siegesfreude.

48

Plötzlich stand sie in der Werkstatt. Er hatte sie nicht kommen hören.

«Ihr liebt mich, ist es so?»

Die Worte kamen so unvermittelt, dass er erschrak. Als er vor ihr stand, sagte sie: «Ich warte auf eine Antwort.»

Wochenlang hatte er sich auf den Moment vorbereitet. Aber nun, wo es so weit war, fiel in ihm alles durcheinander.

«Ja nun ... »

«Ja nun, ja oder: Ja nun, nein?»

«Das Erste. Also, ja. Ja, ich liebe Euch.»

«Und ich kann mich darauf verlassen, dass Ihr uns verlasst, wenn der Altar wieder hergerichtet ist?»

«Entschuldigt – Ich verstehe Euch so schlecht.»

«Ihr habt gesagt, Ihr müsst reisen. Hundert Tage an einem Ort, dann zieht es Euch weiter. Werdet Ihr auch die Frau verlassen, die Ihr liebt, oder bleibt Ihr an ihr kleben wie der Unrat an der Schuhsohle?»

«Was ... was hättet Ihr lieber?»

«Dass Ihr geht. Dass Ihr Euch nicht umdreht, wenn Ihr geht. Kann ich mich darauf verlassen? Sonst geht es nicht mit uns beiden.»

Baptist war kein dummer Mann. Aber diese Frau zog ihm alle Zähne. Er wusste nicht, woran er war, wusste nur, wohin er wollte.

«Gut», sagte sie, «dann sind wir uns handelseinig. Und nun küsst mich.»

Baptist taumelte. Beim Tritt nach hinten stieß er gegen den Tisch, Werkzeuge fielen herunter.

«Den Markus müsst Ihr weglegen», sagte sie.

Die Figur lag auf dem Tisch.

«Ihr sagt mir, was ich tun muss, und ich tu es dann. Ist es so richtig?»

Sie stand vor ihm, sehr dicht, die Augen waren geschlossen, die Lippen gespitzt. Sie meinte es ernst, er begann daran zu glauben. Seine Finger zitterten, als sie ihre Wangen berührten. Sie öffnete die Augen und sagte: «Ich will alles richtig machen. Wenn Ihr es den anderen verratet, muss ich Euch töten.»

Sie schauten sich an. Sekunden, auf die er hingelebt, an deren Eintreten er aber nicht mehr geglaubt hatte. Dieser hochmütige und gleichzeitig unsichere Blick – alles an ihr zog ihn an, aber vor allem war es ihr Blick. Er wollte eine Figur schnitzen, die so schaute: ein Blick, der unmöglich war, weil er gleichzeitig von oben und von unten kam. Er hatte Frauen kennen gelernt, er war auf diesem Gebiet kein Lehrling mehr. Er war vielen Gestalten, Haarfarben, Größen und Haltungen begegnet, aber nie diesem Blick. Mit dem Blick hatte sie ihn eingefangen und wieder von sich gestoßen.

Von allen Mädchen war keine seltener in seine Werkstatt gekommen. Die anderen munterten ihn auf und amüsierten ihn, Antonia interessierte ihn sogar. Es war schön mit ihnen. Er schätzte das nicht gering, aber Regula war die Frau, von der er geträumt hatte. Jetzt stand sie vor ihm und er küsste sie. Er bat sie, die Lippen nicht so sehr zu spitzen. Sie warf ihm einen Blick zu, den er nie vergessen wollte. Einmal eine Figur mit diesem Blick!

Er küsste sie, er stellte sie sich zurecht und küsste sie. Ihre Arme taten alles von allein. Leidenschaft war nicht im Spiel, dazu war er zu ergriffen. Aber ihre Lippen lagen aufeinander und wollten nicht mehr voneinander fort. Eine Zunge peilte die Lage, vorsichtig und nicht gierig, bereit, sich beim geringsten Zeichen von Unwillen zurückzuziehen. Aber das Zeichen blieb aus, die Zunge durfte bleiben. Und weil sie schon so weit gekommen war, tastete sie sich noch ein Stückchen weiter vor, nur eine Winzigkeit. Mit bloßem Auge war das nicht wahrzunehmen, aber es gab in der Werkstatt auch kein offenes Auge, das zugesehen hätte, wie die Zunge ein Stückchen und ein weiteres Stückchen, wie sie an der Tür, die aus Zähnen bestand, stoppte, wie sie sich damit zufrieden gab, so weit gekommen zu sein und weiter wollte sie ja gar … da ging die Tür auf, eine zweite Zunge war zur Begrüßung gekommen, hinter der geöffneten Tür erwartete sie die erste Zunge, die Zungen begrüßten sich, indem sie mit den Spitzen leicht gegeneinanderstießen. Sie verstanden sich vom ersten Moment an, Zunge eins war temperamentvoller als Zunge zwei, aber die floh nicht, sie blieb, wo sie war, im Mund, in dem sie wohnte, aber sie war bereit, sich mit dem Besuch zu unterhalten.

Auf dem Tisch kam erneut etwas ins Rollen, fiel auf den Boden, rollte gegen Baptists Fuß, der Fuß schob es zur Seite. Es war still in der Werkstatt. Baptists Herz klopfte, Regulas Herz raste, sie fragte sich, wo sie ihre Arme gelassen hatte, sie spürte sie nicht mehr. Dafür spürten ihre Brüste die Brust von Baptist. Der Mann und das Mädchen waren fast gleich groß, und weil seine Arme um sie geschlungen waren, fiel es ihm leicht, ihren Körper gegen seinen zu drücken. Und weil ihre Arme nicht wussten, was sie taten, redete sie sich ein, alles läge nur an ihm, sie sei nichts weiter als die Zuschauerin und er, er sei der Schauspieler.

«Siehst du», sprach eine leise Stimme an ihrem Ohr. «Es ist alles leicht und geht von ganz alleine. Soll ich die Tür schließen?»

Sie nickte und schluckte und fragte: «Wieso?»

Er stand an der Tür, sie sah ihn dort stehen, sie stand neben ihm an der Tür, sie keuchte: «Das ist nie geschehen. Sag allen, es ist nie geschehen.»

Sie war draußen, er starrte in die Dunkelheit, er flüsterte: «Es ist nie geschehen.»

In dieser Nacht schlief Baptist nicht. Markus lag im weichen Bett aus Holzmehl neben dem Söldner, der für Geld alles tat, was man von ihm verlangte. Markus trug den langen Mantel in Braun und Blau. Baptists Haare hingen offen auf die Schultern. Ein Dutzend Kerzen brannten, die Mädchen hatten ihm gesagt, er müsse an Licht nicht sparen. Er trug den Hut aus Hirschleder mit der verstärkten Krempe, auf der brennende Kerzen klebten. Wenn er den Kopf bewegte, lief das Wachs über. Wonach er schnitzte, war kein Modell und keine Zeichnung. Er musste nicht nach vorn blicken. Er schnitzte nach der Erinnerung, Regulas Blick war in seinem Kopf und würde dort bleiben bis zur Stunde seines Todes. Sein Mund schmeckte noch, wie sie geschmeckt hatte, seine Arme spürten sie immer noch. Aber der Mund würde morgen anderes schmecken, die

Arme würden bald einen anderen Körper halten. Die Erinnerung an ihren Blick würde nie vergehen, und deshalb war es keine Erinnerung, sondern Gegenwart, immerwährende Gegenwart.

49

Tagsüber hielten sie durch. Sie redeten nicht mit der Dächsin, weil es sinnlos gewesen wäre. Sie redeten nicht mit Baptist, den sie schlafend in der Werkstatt gefunden hatten. Antonia breitete eine Decke über ihn, Regula eine zweite. Tagsüber gab es viel zu tun, wer fünf Minuten leere Zeit hatte, füllte sie, indem er sich beschäftigte. Bloß nicht stillsitzen, herumstehen, liegen gar. An Schlafen war nicht zu denken, die Unruhe war viel zu groß. Sie lenkten sich ab, so gut es ging.

Bis der Abend kam.

Sie teilten Wachen ein. Drei blieben wach, vier schliefen. Jeweils nach drei Stunden wurde gewechselt.

Morgens waren alle zerschlagen. Wer schlafen konnte, war trotzdem wach geblieben. Wer Wache hatte, litt unter der ständigen Aufmerksamkeit. Pausenlos in die Nacht zu starren, zermürbte. Pausenlos darauf zu lauschen, ob ein leises Geräusch die Stille störte, erzeugte in den Ohren die seltsamsten Zustände. Ursula war sicher, Choräle gehört zu haben. Cecilia war dem Greinen ihrer kleinen Schwester begegnet.

Nach dem Frühstück stand der Dienst an der Waffe auf dem Plan.

«Kinder, wie die Zeit vergeht», sagte Regula, «im Kloster haben wir um diese Zeit beim Pater über das äußere Schweigen und die innere Stimme geredet. Jetzt schießen wir Löcher in die Wand.»

Nach der ersten Salve war Baptist um die Ecke gestürmt, in einer Hand das Messer, in der anderen den Knüppel. Barfuß war er gewesen, seine Haare zerzaust, aber er war bereit, die Mädchen gegen den Feind zu verteidigen. Die Freundinnen wären am liebsten mit der Hand über seinen Kopf gefahren. Nur Regula schoss seelenruhig weiter.

Baptist sagte: «Die Sorge frisst Euch auf. Sie werden nicht wiederkommen.»

«Ich bin nicht sicher», sagte Antonia. «Sie werden erkennen, dass es keinen Drachen gibt. Sie werden sich schämen, dass sie auf uns hereingefallen sind. Sich von Männern täuschen zu lassen, ist schon schlimm. Dümmer zu sein als Frauen, wird sie richtig wütend machen.»

Baptist hatte die Mechanik für die Arme des Drachen gebaut. Die Mädchen warnten ihn, ins Dorf zurückzukehren. Aber er fürchtete sich nicht.

Die folgende Nacht verlief wie die erste.

Am nächsten Morgen kam die Dächsin nicht. Hilde verteidigte die Menschen aus dem Dorf. Jedenfalls dachte sie das, dabei ergriff sie nur Karls Partei. Jeden Morgen und Abend betete sie für sein Seelenheil. Sie wünschte ihm die Kraft, sich von den Scharfmachern fernzuhalten. Doch sie wusste, dass er ihr Anführer war.

Antonia schlug vor, ins Dorf zu gehen, um Missverständnisse auszuräumen.

«Welche Missverständnisse denn?», fragte Regula. «War es ein Missverständnis, dass der Ochse einen von ihnen totgetrampelt hat? Haben wir sie aus Versehen so in Angst versetzt, dass sie auf einem von ihren Leuten herumgetrampelt sind? Ist euch klar, dass wir dabei sind, das Dorf auszuradieren?»

In der nächsten Nacht brannte auf dem Turm ein Feuer. Zu siebt trugen sie Holz nach oben, es war sehr anstrengend. Aber sie wollten ein Zeichen setzen. Alle sollten sehen, dass sie wachsam waren. Man würde sie nicht überraschen können. Beklommen stellte sich Antonia vor, wer alles das Feuer sehen könnte. Wie weit leuchtete ein Feuer auf einem Turm von 60 Fuß Höhe, wenn die Flammen 6 Fuß hoch schlugen?

Am nächsten Morgen kam die Dächsin wieder. Sie bestürmten sie wegen Baptist. Hilde übersetzte. Baptist lebte, aber gut ging es ihm nicht. Sie hatten ihm Fragen nach den Mädchen gestellt, nach der Zahl ihrer Waffen. Ob sie über Helfer verfügten? Baptist sollte Namen nennen, als er sich weigerte, hatten sie ihn gepiesackt.

Antonia fragte: «Was bedeutet piesacken?»

Die Dächsin stieß Antonia mit dem ausgestreckten Zeigefinger gegen die Brust.

Antonia sagte: «Müssen wir uns den Finger als Messer vorstellen?»

Hilde übersetzte: «Sie sagt, ihr müsst nicht, aber ihr könnt.»

Antonia und Regula packten die Musketen, die stets in Griffweite standen.

«Musketen und Pistolen, was wollen sie dagegen tun?» Für Antonia war die Sache klar.

Die Dächsin hob alle Finger in die Höhe.

Als kein Zweifel bestand, dass die Dorfbewohner über Waffen verfügten, sagte Ursula: «Wir verhandeln.»

Sie wollte nicht über Geld sprechen, wenn die Dächsin dabei war.

So trafen sie sich in der Bibliothek.

Katharina sagte: «Kein Geld. Wenn wir ihnen einmal Geld geben, werden sie auf den Geschmack kommen. Sie werden eine von uns fangen oder Heinrich.»

«Woher weißt du das?», fragte Regula.

«Ich stelle mir vor, ich wäre eine von ihnen.»

«Fällt es dir so leicht, in die Haut schlechter Menschen zu schlüpfen?»

Es folgte einer der seltenen Momente, in denen Katharina sich von Regulas Einwürfen verärgert zeigte. Ihr Ton wurde scharf. «Regula, wir alle wollen etwas für Baptist tun. Was schlägst du vor?»

«Wieso kommst du auf die Idee, dass ich eine Idee habe? Weißt du etwas? Hast du etwas gesehen?»

«Ist denn etwas passiert, was ich nicht sehen sollte?»

Antonia sagte: «Was können wir ihnen anbieten außer einem Stück vom Schatz?»

«Das Schloss», sagte Cecilia.

«Aber das wollen sie nicht, die letzten Jahre waren der Beweis.»

«Arbeit gegen Bezahlung.»

«Sie sind faul. Das wird sie nicht locken.»

«Ganz ohne Geld geht es nicht», sagte Katharina. «Es will mir nicht in den Kopf, dass sich jemand damit zufrieden gibt, so zu leben. Wie alt sind die meisten? 20? 25? Sie haben noch 20 Jahre vor sich.»

«Du denkst so, wie ein kluger Mensch denkt. Sie sind aber nicht klug.»

«Und das glaube ich auch nicht», meinte Katharina. «Die meisten von ihnen haben erlebt, wie man auf dem Schloss lebt. Die meisten von ihnen kennen eine Stadt. Dort ist alles größer, bunter, reicher. Das würde ich auch haben wollen. Es ist unmöglich, wie ein Fürst zu leben. Aber es ist möglich, aus dem Schlamm herauszukommen. Es ist möglich, das Dach zu reparieren und die Kinder zur Schule zu schicken. Wenn ich meine Kinder lieb habe, kann ich nicht wollen, dass ihre Zukunft so aussehen wird wie meine Gegenwart.»

Beatrice' Tafel ging herum.

«Unterricht geben.»

«Ich lach mich tot.» Antonia schüttelte den Kopf. «Wir laufen aus einer Schule weg, um selbst eine Schule zu eröffnen?»

«Es wäre logisch», sagte Katharina. «Niemand von uns hatte etwas dagegen, eine Schule zu besuchen. Wenn wir Unterricht anbieten, in dem wir alles gut machen, was wir in der schlechten Version erlebt haben …»

«Das können wir nicht», sagte Regula. «Wir wissen zu wenig. Wir haben nicht den Platz.»

Alle blickten sie an. Antonia sagte: «Wir wissen genug, um kleine Kinder zu unterrichten. Im Schloss haben wir Platz für hundert Schüler. Und Bücher …»

Schweigend wies sie auf die mit Büchern gefüllten Regale, die bis zur Decke reichten.

«Sie werden uns ihre Kinder nicht geben», behauptete Regula. «Sie werden befürchten, dass wir so sein könnten wie sie. Was ist denn, wenn wir ihnen die Kinder nicht zurückgeben? Führen wir dann Krieg?»

«Aber es ist doch schon Krieg!», rief Antonia. «Vom ersten Tag an ist zwischen uns Krieg. Wir haben das nur nicht begriffen, weil es nicht gleich zur Schlacht kam. Der große Krieg geht genauso. Jedes Jahr schlagen die Heere nur ein- oder zweimal aufeinander ein. Den restlichen Teil des Jahres haben die Menschen einfach Angst vor dem Krieg. Mein Vater hat gesagt: Ich sterbe erst, wenn meine Kinder einen Tag Frieden erlebt haben. Damals habe ich gelacht, weil ich ihn nicht verstanden habe. Ich will jetzt Frieden, für den Frieden würde ich unseren Schatz hergeben. Aber ich verstehe, dass wir ihn nicht den Leuten im Dorf geben dürfen.»

Sie gingen in die Küche hinunter, ein Kuchen war im Ofen. Sein Duft war fast so nahrhaft wie der Kuchen selbst. Sie baten die Dächsin um ihren Rat, die alte Frau konnte unglaublich misstrauisch gucken.

Hilde übersetzte. Die Dächsin glaubte nicht, dass die Kinder zur Schule gehen würden. Nicht, weil die Eltern es nicht wollten. An den Kindern würde es scheitern.

«So ein Unfug!», rief Regula. «Die kriegen einen Schlag auf den Hintern, und wenn sie dann immer noch nicht lernen wollen, kriegen sie einen zweiten Schlag und immer so weiter, bis sie …»

«… bis sie nicht mehr sitzen können?»

«Nein», sagte Regula verdutzt, «bis sie bereit sind zu lernen.»

Die Dächsin berichtete, dass die Kinder kleine Wilde seien. Sobald das Wetter es zuließ, würden sie im Wald verschwinden und nur zum Essen wieder auftauchen – und oft nicht einmal das. Auf diese Weise würde jedes Jahr ein Kind verloren gehen, im letzten Jahr zwei.

«Aber das ist ja schrecklich!», rief Ursula.

Die Dächsin sagte, es sei nicht schrecklich, weil es ja nur Kinder seien. Es würde neue Kinder geben, das sei eine Arbeit, zu der im Dorf jeder Lust habe. Jedes Kind würde dem Dorf gehören, alle Frauen kümmerten sich darum, die Männer weniger. Man wisse auch nicht immer, wer der Vater sei.

Sie kehrten in die Bibliothek zurück. Sie machten sich den Entschluss nicht leicht und redeten darüber, was zu tun sei, wenn die Kinder ausbleiben würden.

Als sie erschöpft waren, spielte Cecilia eine Melodie auf der Laute – aber erst, nachdem es ihnen gelungen war, in einem Überraschungsangriff der Dächsin den noch warmen Kuchen zu entwinden.

Kauend fragte Regula: «Was ist, wenn sie uns Gift ins Essen tut? Sie gehört zum Dorf. Sie ist eine Feindin. Im Grunde führen wir auch gegen sie Krieg.»

Sie brachten Regula dazu, ihre Bemerkung zurückzunehmen. Aber der Stachel saß.

Cecilia spielte weiter, zwei Paare tanzten. Sie gingen in den Festsaal, weil dort mehr Platz war. Die Laute spielte, die Paare tanzten, als von der Tür eine schwache Stimme krächzte: «Wasser, bitte Wasser.»

Baptist stürzte nicht zu Boden und wurde nicht bewusstlos, aber er konnte sich nicht mehr auf den Beinen halten, wollte sich ohne fremde Hilfe aufrichten und schlug, als sie ihn nicht loslassen wollten, nach Antonia. Als ihm bewusst wurde, was er gerade getan hatte, wich er zurück, bis er mit dem Rücken an der Wand stand. Er rutschte herunter, bis er auf den Hacken saß. Sie sahen seine müden Augen und die Risse neben den Augen. Seine Kleidung war schmutzig und zerrissen, er hatte im Gesicht geblutet und sich seitdem nicht gewaschen. Er sah zehn Jahre älter aus, aber er sagte: «Zwei Tage schlafen, dann bin ich wie neu.»

Es wurden fast dreißig Stunden, in denen er keine Minute allein war. Wenn er zwischendurch aufwachte, schaffte er es aus eigener Kraft bis in die Küche. Er aß nur Brot, trank dazu Wasser und den letzten Wein. Er goss Wasser in den Wein, trank und sagte: «Wenn der Tag kommt, an denen das den Menschen schmeckt, ist der Weltuntergang nahe.»

Als er wieder schlief, kümmerte sich Katharina um seine Wunden. Sie hatte Ursula gebeten, im Raum zu bleiben, wenn sie alle Kleider entfernen musste, um an Baptists nackten Körper zu gelangen.

«Kannst du dir vorstellen, dass die Ärzte Frauen untersuchen, wenn die noch Mieder und Kleider tragen?»

«Ich kann mir nichts anderes vorstellen», antwortete Ursula beklommen. Wie immer, wenn sie Katharina zusah, wurde sie von einem zwiespältigen Gefühl ergriffen. Konnte es richtig sein, was Katharina tat? Konnte es falsch sein, wenn sich die Menschen hinterher gesund fühlten? War es normal, wie sachlich sie den nackten Männerkörper betrachtete?

«Katharina? Dir ist schon bewusst, dass er ein Mann ist?», fragte sie zaghaft.

«Er ist ein kranker Mensch, dem wir helfen.»

«Findest du ihn ... schön?»

Katharina warf Ursula einen Blick zu. Die Ärztin saß am Rand des Bettes, Ursula stand neben ihr.

«Ursula, du bist ganz unruhig. Wenn du es nicht aushältst, solltest du vor die Tür gehen.»

«Nein, nein, nein, ich schaffe das schon.»

Sie hatten ihn ins Gesicht geschlagen, sie hatten ihn in den Bauch geschlagen oder getreten oder mit Stöcken geschlagen. Sein Geschlecht war unversehrt, seine Beine auch. Vor allem waren die Hände frei von Wundmalen.

«Er hat schöne Hände», sagte Katharina und nahm seine linke Hand. «Sie wussten, dass die Hände sein wichtigstes Werkzeug sind, und haben sie verschont. Das ist ein gutes Zeichen.»

«Ich würde ihn gerne anfassen», sagte Ursula leise.

«Wollen wir nicht warten, bis er wach ist?»

«Dann möchte ich ihn nicht anfassen.»

Mit einer Schüchternheit, die sie an Ursula noch nicht gesehen hatte, näherte die sich der nackten Brust des schlafenden Mannes. Ihre Hand lag auf seiner Brust. Weiter geschah nichts. Nur eine Hand, die auf einem Brustkorb lag, der sich unter dem Atem hob und senkte.

«Ursula, du weinst ja.»

Sie bestritt es, bestritt es noch, als die ersten Tränen auf Baptists Brust gefallen waren. Katharina führte Ursula zur Tür, wo die Weinende in ihre Arme sank.

«Sie haben ihm wehgetan», schluchzte Ursula. «Seitdem wir nicht mehr im Kloster sind, erleben wir Gewalt und Schmerzen. Manchmal möchte ich wieder zurück. Sie haben uns geschlagen, aber sonst war es dort schön und ruhig.»

Katharina schwieg. Man musste nicht auf jeden Satz einen neuen Satz sagen. Es war richtig, dass Ursula weinte. Weinen ist niemals ein Irrtum.

Baptist erholte sich schnell. Einen Tag später wollte er schon wieder in die Werkstatt. Katharina riet zur Schonung, aber zwei Stunden rang er ihr ab. «Das ist die beste Medizin für mich», behauptete er. Dass er nicht mehr ins Dorf zurückgehen würde, war allen bewusst. Sie vermieden, ihn zu fragen, was im Einzelnen passiert war. Baptist berichtete dann von sich aus. Vier Männer und eine Frau, Anita, hatten vor seiner Tür gestanden. Erst freundliche Fragen, deren Ton drängender wurde. Ein erster Schlag, mehr im Eifer als aus Vorsatz. «Es war, als seien sie dadurch auf den Geschmack gekommen», sagte Baptist. «Zuerst hat nur sie geschlagen, sie hat mich immer angeguckt, als würde sie darauf warten, dass ich zurückschlage. Aber ich wusste, was dann passieren wird. – Vielleicht hätte ich's tun sollen, sie hätten mich so oder so geschlagen. Wehgetan hat es nur zuerst. Irgendwann bist du so betäubt, dass du zwar noch siehst, wie sie ausholen und treffen, aber du spürst nichts mehr. Ich konnte ihre Fragen nicht beantworten. Ich wusste doch nicht, wie viele Drachen auf dem Schloss leben. Ich habe gesagt: zwei, ein Mann und eine Frau, und im Frühjahr bekommen sie kleine Drachen. Ich dachte, sie lachen mich aus. Aber sie haben geschlagen.»

«Auch Karl?», fragte Hilde beklommen. «Karl sicher nicht. Oder doch?»

«Einer war dabei, den nannten sie Karl. Er ist im Hintergrund geblieben, zwischendurch ist er rausgegangen. Mehrmals kam jemand und wollte, dass er mitkommt.»

«Was gab es denn so Wichtiges?», fragte Antonia verdutzt.

«Sie wollten auch wissen, wie reich Ihr seid. Das interessiert sie sehr. Ob Ihr lange bleiben werdet oder ob Ihr weiterzieht? Ich habe gesagt, die Mädchen haben einen sagenhaften Schatz, sie können hundert Jahre bleiben. Ich dachte, deutlicher kann man ihnen nicht sagen, dass ich nichts weiß. Was meint Ihr?»

Sie wussten jetzt, dass es zwar richtig war, ein Geheimnis für sich zu behalten. Aber ein Geheimnis konnte auch von jemand verraten werden, der es gar nicht kennt.

Sie hatten sich an Baptist ausgetobt, zwischendurch durfte er schlafen. Sie wollten wissen, unter welchem Schutz die Mädchen stehen. Baptist hatte die Kirche genannt, weil ihm nichts Besseres einfiel. «Den Namen von einem Fürsten wollte ich nicht nennen. Ich kenne mich in dieser Gegend nicht aus.»

Als Baptist wieder eingeschlafen war, redeten sie weiter. Vier von sieben trauten ihm nicht. Cecilia sagte: «Er kann ihnen mehr verraten haben, als er uns gesagt hat.»

«Aber er weiß doch nichts.»

«Wenn er ihnen alles gesagt hat, was er in der letzten Zeit aufgeschnappt hat, wissen sie jetzt mehr über uns als wir über sie. Das ist nur meine zweitschlimmste Befürchtung. Aber was ist, wenn sie ihn als Spion zurückgeschickt haben? Wenn er anfängt, herumzuschnüffeln? Wenn er Türen öffnet? Wenn er uns aushorcht? Was ist, wenn sie wissen, dass wir immer noch nicht den geheimen Weg hinter die Mauern gefunden haben?»

«Dann müssen wir auch die Dächsin wegschicken. Sie ist ständig hier, sie versteht alles, auch wenn sie sich dumm stellt.»

An diesem Abend gingen sie so unzufrieden ins Bett wie noch nie. Angst hatten sie ausgehalten. Aber die Angst hatte einen erkennbaren Ursprung und sie hatten einen Weg gefunden, sich gegen die Angst zu wehren. Jetzt war alles vergiftet.

50

«Antonia ist geflohen!»

Hilde riss alle Türen auf. Um endlich Schlaf zu finden, hatte man in der letzten Nacht die Organisation der Wachen geändert. Nur wer sich stark fühlte, hielt auf der Mauer so lange Wache, bis er darum bat, abgelöst zu werden. Alle anderen schliefen.

Regula steuerte unverzüglich den Schatz an. Erst als sie dort alles unverändert fand, entspannte sie sich.

«Du bist aber leicht zu beruhigen», sagte Katharina. «Antonia weiß doch, wie es vorher ausgesehen hat. Was ist, wenn sie hinterher alles wieder in die alte Ordnung gebracht hat?»

Obwohl Katharina dreimal beteuerte, die letzten Worte als scherzhafte Bemerkung gemeint zu haben, bestand Regula darauf, nun den Schatz genauestens zu überprüfen – mit Hilfe der Bestandsliste, die Antonia selbst erstellt hatte.

Katharina sagte: «Was ist, wenn Antonia eine zweite Liste geschrieben hat? Die, auf der sie alles, was sie gestohlen hat, weglässt, so dass es uns nicht auffällt?»

Verwirrt und verschwitzt bekam Regula einen Wutanfall, während sich Hilde gegen den unausgesprochenen Vorwurf verteidigte, mit Antonia gemeinsame Sache zu machen.

«Ich begreife das nicht», knurrte Regula, «wie kann man so fest schlafen, dass man nicht hört, wie ein großes Tor geöffnet wird und eine große Kutsche hindurchfährt?»

«Ich war wohl doch sehr müde», räumte Hilde ein. Sie wusste, dass man Pferden Lappen um die Füße binden kann, so dass ihre Schritte leiser klingen. Aber das behielt sie für sich.

Der Schatz war vollständig – jedenfalls nach der Liste. Von den spektakulären Stücken fehlte nichts.

Doch Katharina stichelte weiter: «Und wenn Antonia mit dem Künstler unter einer Decke steckt? Wenn er in den letzten Wochen nicht den Altar restauriert, sondern das Kreuz nachgebaut hat?»

«Warum tust du das?»

Katharina gab Beatrice die Tafel zurück: «Mich regt es auf, dass wir uns gegenseitig verdächtigen. Das muss aufhören, sonst fliegt alles auseinander. Noch drei solcher Tage, und jeder geht in eine andere Richtung.»

«Darf ich bei dir bleiben?»

Katharina wischte die Tafel sauber und schrieb.

«Unzertrennlich.»

Nach dem Mittagessen rief Regula die Mädchen zusammen. «Wir müssen über Antonia reden.»

Katharina sagte: «Nur wenn sie dabei ist.»

«Du kannst gehen.»

Katharina ging.

Regula blickte in vier Gesichter, von denen kein einziges den Hass auf Antonia ausdrückte, den sich Regula in dieser Minute gewünscht hätte.

«So geht es nicht weiter», sagte sie. «Nicht nur dass sie mit unserem gemeinsamen Eigentum Kutsche und Pferd umgeht, wie es ihr passt. Sie ist nicht bereit, sich mit uns zu besprechen. Wer so ist, will nicht mit anderen zusammenleben.»

Hilde hob die Hand. «Manchmal denke ich, du bist bloß neidisch, dass dir nicht so gute Sachen einfallen wie Antonia.»

«Das ist eine Unwahrheit. Ursula, sag ihr, was der Herr mit Mädchen anstellt, die lügen.»

«Gerne.» Ursula wandte sich an Hilde. «Der Herr sagt, entscheidend ist, ob etwas dabei herauskommt, wovon alle einen Vorteil haben. Vor allem redet der Herr erst, wenn er über alle Kenntnisse verfügt, die nötig sind, um die Beweggründe eines Menschen einzuschätzen.»

«In Ordnung.» Regula lächelte eisig. «Ich dachte bisher, wir sind Freundinnen.»

«Sind wir», bestätigte Cecilia. «Wenn du auch eine Freundin wärst, wären wir sogar ohne Ausnahme Freundinnen.»

«Was passt dir an mir nicht, wenn ich fragen darf?»

«Oh, du darfst, du darfst. Erst einmal passt mir an dir nicht, dass du immer so geschraubt sprichst. Du machst zu viel Wind, Freundin. Warum gehst du nicht in die Waffenkammer und säuberst deine Musketen, bis Antonia zurückkommt? Im Gegensatz zu dir weiß ich nämlich, dass sie zurückkommen wird. Nein, falsch: Du weißt es auch, und trotzdem redest du anders. Kann es sein, dass deine Eltern dich nur deshalb ins Kloster gegeben haben, weil sie dich zu Hause nicht mehr ertragen konnten?»

Regula schnappte nach Luft.

«Was ist?», fragte Cecilia. «Willst du mich jetzt auch noch loswerden? Bist du erst zufrieden, wenn du ganz allein in der Welt stehst?»

Nachmittags fiel ihnen auf, dass die Tür der Werkstatt geschlossen war. Hilde ging zu Baptist, er war dabei, die Figuren in den Flügel einzupassen. Alles sah aus, als sei es neu. Nichts mehr war zu sehen von dem rissigen und abgeblätterten Altar. Sogar der fehlende Jünger hatte sich eingefunden.

«Ich nehme ihn wieder weg», sagte Baptist. «Ich wollte nur sehen, wie er sich macht.»

«Ihr habt ihn selbst geschnitzt?», fragte Hilde beklommen. Dieser Mann schüchterte sie ein. Wie konnten zwei Hände so viel Schönheit hervorbringen? «Ihr müsst den Heiligen nicht wegnehmen. Er macht sich dort gut.»

«Nein, das wäre nicht recht. Das ist ein Gasser, ich bin nur ein Puschmann.»

Er machte sich am Tisch zu schaffen. Hilde ignorierte, was offensichtlich war.

«In einer Woche ziehe ich weiter.»

«Seid Ihr denn schon fertig?»

«Das nicht. Vielleicht komme ich später wieder – wenn sich die Aufregung gelegt hat.»

«Aber Ihr müsst bleiben. Alle wollen das.»

Beschämt wich sie seinem Blick aus.

«Ich verstehe das», sagte er. «Ihr könnt mir nicht mehr trauen. Ich würde nicht anders handeln.»

«Es sind nicht alle, wisst Ihr, es sind nur einige. Und die werden auch noch ihre Meinung ändern.»

«Ihr wart gastfreundlich zu mir. Ich habe nichts, um mich bei Euch zu revanchieren. Wie könnte ich da noch Zwist in Eure Reihen tragen? Der Gedanke ist mir unerträglich.»

Hilde lief zu den anderen. «Wir müssen ihn zurückhalten», sagte sie flehentlich. «Sie haben ihn wegen uns geschlagen. Er hat wegen uns gelogen. Und zum Dank schicken wir ihn wieder auf die Straße! Regula, was sagst du dazu?»

Seltsamerweise sagte Regula sehr wenig. Sie musste dringend nach draußen und ließ sich nicht mehr sehen.

«Sie mag ihn», sagte Cecilia. «Aber sie kann es nicht zugeben, weil wir dann denken würden, sie sei zu Gefühlen fähig.»

Endlich redeten sie ungestört darüber, was Antonia vorhaben könnte. Die eine vermutete, dass sie Waffen besorgen wollte, die andere tippte auf Lebensmittel. Aber sie hatte nichts vom Schatz genommen. Es konnte nichts sein, das einen Preis besaß. Heinrich kam herein und kletterte auf Hildes Schoß.

«Wann kommt Antonia wieder?», fragte er. Sie gaben ihm Brot. Hilde erinnerte sich daran, wie ausgemergelt und unglücklich er vor einigen Wochen ausgesehen hatte. Sie dachte: Allein wegen des Kindes hat sich alles gelohnt. Heinrich würde ins Alter kommen, wo er in die Schule gehen wollte. Aber die Idee mit der Schule hatte sich erledigt. Sie konnten keine Schule für die Kinder von Schlägern einrichten. Oder doch? Den kleinen Heinrich hatten sie auch nicht danach beurteilt, dass sein Vater ein gewalttätiger Mensch war. Man musste verzeihen und manchmal vergessen. Wenn sie nicht fähig waren, sich ein schöneres Morgen vorzustellen, war alles sinnlos.

Aber wo war Antonia? Warum hatte sie keine Freundin mitgenommen? So gut sich Hilde mit Antonia verstand – bei ihr blieb immer ein Bereich, in den sie niemand hineinließ.

Bis zum Abend war Antonia nicht zurückgekehrt. Hilde verzichtete freiwillig darauf, die Wache zu übernehmen. Es traf sich gut, dass ihr auch niemand die Aufgabe anvertraut hätte. Regula sagte: «Du bist auf dem Acker zu gebrauchen, aber nicht auf der Mauer.»

51

Beatrice hob den Kopf, wie ein Tier witterte sie in die Nacht. Im Osten rüstete sich der neue Tag. Das war keine Kutsche, die Beatrice wahrnahm, es war mehr. Sie weckte Cecilia, die ihr Lager auf der Mauer aufgeschlagen hatte. Die rannte los, um die anderen zu wecken.

Erst tauchte die Kutsche vor dem Tor auf, danach ein Wagen, größer, älter, nicht elegant, mit einer Plane. Zwei Pferde, deren Körper dampften.

Antonia sprang aus der Kutsche und winkte zu Beatrice hinauf. «Ihr könnt aufmachen!», rief sie. «Es sind Freunde.»

Aber das Tor blieb geschlossen, dafür sorgte Regula. «Sie können sie gezwungen haben, so zu reden, als sei alles in Ordnung», sagte sie, als alle auf dem Hof zusammen waren.

«Liefere uns einen Beweis!», rief Regula über das Tor.

Auf der anderen Seite blieb es ruhig, dann wurde ein Lied gesungen. Zwei Kinderstimmen sangen ein Volkslied, laut und lustig, erst recht, weil sie nicht jeden Ton trafen.

Zwei Mädchen liefen zum Tor, Regula stoppte sie: «Wie dumm seid ihr? Müsst ihr nur Kinder hören, um alle Vorsicht fahren zu lassen?»

«Aber es sind Kinder, kleine Kinder.»

«Die gehören ins Dorf.»

Von draußen wurde ans Tor gebummert. Die vier Schützinnen legten an, die beiden, die für das Nachladen zuständig waren, nahmen Aufstellung.

«Aufmachen!», rief eine Männerstimme.

Regula lächelte zufrieden. Also doch! Sie hatte recht gehabt!

«Tut mir leid!», rief sie laut. «Aber du gehörst jetzt auf die andere Seite, Antonia. Du hast dein egoistisches Spiel einmal zu oft gespielt. Bleib in deiner Welt, wir bleiben in unserer!»

«Aufmachen oder ich werde es selber tun!»

Regula stutzte. Wo hatte sie diese Männerstimme schon einmal gehört?

«Wir haben Musketen!», rief sie. «Sie sind auf das Tor gerichtet! Nun tut, was ihr nicht lassen könnt!»

Dann rief die Männerstimme: «Heinrich! Wo ist mein Junge!?»

Verdutzt ließen die Mädchen die Waffen sinken. Während von draußen mit Urgewalt am Tor gerüttelt wurde, ertönte von der Schlosstreppe die Stimme Heinrichs: «Mein Vater! Das ist mein Vater!»

In dem Nachthemd, das ihm Antonia genäht hatte, wetzte der kleine Junge barfuß die Stufen hinab. Er rannte an den Mädchen vorbei und schlug mit kleinen Fäusten gegen das Tor. «Mein Vater!», rief er. «Mein Vater ist da, ich will ihn sehen!»

Cecilia schob den Riegel zurück, woran sie niemand hinderte. Es war noch nicht hell geworden, aber dass die Gestalt, die vor dem Tor stand, von ungeheurer Größe und Breite war, dafür reichte das Licht. Heinrich schrie vor Freude, der Schmied sank in die Knie und schloss sein jüngstes Kind in die Arme. Das Kind verschwand hinter den mächtigen Armen. Heinrich weinte und freute sich, beides gleichzeitig. Als die Mädchen näher traten, sahen sie die Tränen, die aus den Augen des grobschlächtigen Mannes liefen. Er wollte wohl etwas sagen, aber seine Stimme ersoff im Fluss der vielen Tränen.

Sie waren die Nacht hindurch gefahren. Zeitweise war es zu dunkel gewesen, dann hatten sie gewartet. Die beiden größeren Kinder lagen warm verpackt zwischen den Habseligkeiten, die man in aller Eile auf den Wagen geworfen hatte. Zuletzt war der Schmied in seine Werkstatt gegangen und hatte Abschied von seinem Werkzeug genommen. Was mitkonnte, kam mit. Seine Pferde waren fast so stark wie er.

Antonia zeigte auf den Schmied: «Das ist unsere Armee. Jetzt sind wir sicher.»

Die Dächsin kam vom Dorf herauf und blickte an dem Schmied empor.

Hilde übersetzte: «Endlich ein Mann und nicht nur ein Sperling.»

Baptist trat den Ankömmlingen entgegen und sagte: «Dem gebe ich nicht die Hand, ich habe nur zwei davon.»

Der Schmied stutzte, dann lachte er fürchterlich, zog den Künstler an seine Brust und umarmte ihn, bis Baptist kläglich rief: «Ich würde gerne wieder atmen.»

Die Neuankömmlinge weigerten sich, Räume im Schloss zu beziehen. Der Schmied drehte sich um und stapfte davon, seine Frau sagte: «Dafür sind wir nicht geschaffen.»

Sie sahen den Schmied über den Hof eilen. Er öffnete jede Tür und steckte seinen Kopf hinein. Aus der vierten Tür flatterten ihm Hühner entgegen. Zwei von ihnen fing er im Flug, sprach mit ihnen und warf sie in den Stall zurück.

Cecilia war beeindruckt: «Bei dem gibt es nie Hühnerbraten, sondern immer nur Ragout.»

Zuletzt fiel seine Wahl auf den Stall im hintersten Winkel. So verrottet war dort alles, dass die Mädchen darauf verzichtet hatten, ihn zu säubern.

Der Schmied sagte: «Wir wohnen dort.»

Die Mädchen dachten, das sei der Anfang der Debatte, es war aber schon ihr Ende. Die Frau begann sofort aufzuräumen. Aber vorher ging ihr Mann durch die beiden Räume. Niemand wusste, was er drinnen tat, er schnaufte laut und fluchte zweimal, dann flog alles, was schwerer war als ein Zentner, aus der offenen Tür.

Fasziniert beobachteten die Mädchen sein Wüten. Noch nie waren sie so unmittelbar mit elementarer körperlicher Kraft konfrontiert gewesen.

Regula schüttelte den Kopf. «Also, ich weiß nicht ...»

«Überleg doch», sagte Antonia, die seit ihrer Rückkehr vor Eifer glühte, «er wird uns beschützen. Das ist das eine. Und er kann alles anpacken, woran wir gescheitert sind. Erinnert euch, wie oft wir eine Arbeit abbrechen mussten, weil der Stein zu schwer war oder die Fenster zu sehr klemmten, weil die Luke verrostet war und der Stein sich nicht lösen wollte. Dieser Mann ist so viel wert wie fünfzig Handwerkszeuge.»

«Und wenn er wieder Wutausbrüche kriegt?», fragte Hilde. «Wenn er trinkt und seine Kinder schlägt? Wer von uns soll ihn stoppen?»

«Das wird nicht passieren», sagte die Frau des Schmieds, die zu den Mädchen getreten war. «Er hat sich in den letzten Wochen verwandelt, zuerst wollte ich es nicht glauben. Aber er hat es nicht verkraftet, dass Heinrich nicht mehr da war. Er ist demütig geworden. Vorher ist er wie ein Berserker durchs Dorf gewalzt. In jedem Haus hat er nach Heinrich gesucht, mehr als eine Tür ist dabei zu Bruch gegangen.»

«Zu dem Zeitpunkt war er also noch nicht demütig.»

«Er hatte das Kloster im Verdacht. Die Nonnen haben ihm gesagt, dass Ihr Heinrich mitgenommen habt. Erst hat er es nicht geglaubt, aber eines Tages wurde er Zeuge, wie die Nonnen ein Mädchen behandelten. Ihm war wohl ein Krug oder eine Schüssel zu Boden gefallen. Mein Mann kam nach Hause und sagte: Solche Menschen verstecken kein Kind, sie würden es lieber töten, als sich mit ihm zu belasten. Dann tat er nichts mehr. Er ging auch nicht mehr zur Arbeit. Saß zu Hause herum …»

«… und trank.»

«Einmal hat er noch getrunken. Er hat alle Flaschen, die im Haus waren, auf den Tisch gestellt. Dann hat er sie leergetrunken, von rechts nach links. Nach der letzten fiel er um. Ich dachte, er ist tot. Er schlief drei Tage, er wachte auf, er ging wieder zur Arbeit und hat seitdem nicht mehr geflucht. Kein einziger Schlag, kein Branntwein. Ich hatte einen neuen Mann. Ich hatte mein Kind verloren, aber einen neuen Mann gewonnen. Gerade fing ich an, mich an unser neues Leben zu gewöhnen – bis sie an unsere Tür klopfte.»

Sie deutete auf Antonia. Erst hatte Antonia ihn eingeladen, ein halbes Jahr im Schloss zu arbeiten – bis die schwersten Arbeiten erledigt waren. Er hatte gelacht und ihr erklärt, dass ein Schloss nie fertig wird. «Wenn du an einem Ende den Hammer hinlegst, fängt es am anderen Ende an zu bröckeln. Das ist der Rhythmus.» Außerdem graute ihm davor, seine Familie zurückzulassen – erst recht nach dem Verlust eines Kindes. Letztlich gab etwas anderes den Ausschlag: «Würde ich das Herumziehen lieben, wäre ich Wandergeselle geworden. Ich bin aber ein bodenständiger Typ, wie man mir vielleicht ansieht. Wenn ich irgendwo hingehe, soll das meine Heimat sein.»

Sie brauchten einen Tag, um sich in der Hütte einzurichten. Die Mädchen schleppten Vorhänge und Geschirr heran. Der Schmied trieb Betten, Tische und einen Schrank auf. Es war wie in einer Vorstellung, die Gaukler auf den Marktplätzen aufführten: Er betrat einen Raum, in dem nichts als Gerümpel lag, und er kam heraus mit einem gebrauchsfähigen Tisch oder einem heilen Stuhl.

Seine Kinder hießen Emma und Anton, sie war zehn, er acht. Zwei Tage liefen sie mit Heinrich durch das Schloss. Sie nahmen ihn in die Mitte, während der Kleine großspurig alle Geheimnisse des Schlosses verriet. Emma liebte schöne Kleider, Anton schlug nach seinem Vater, das war unübersehbar. Liebenswert waren alle, und alle drei mochten die Dächsin. Als die sah, wie eifersüchtig Ursula reagierte, sagte sie: «Sie mögen nicht mich. Es ist nur der Geruch.»

In den folgenden Tagen wurden ungeheure Mengen an Brot und Kuchen gebacken. Die Mädchen gaben alle Vorräte frei. Antonia sagte: «Man muss die Feste feiern, wie sie fallen. Wer weiß, wann wir das nächste feiern.»

Die Familie des Schmieds verbrachte die ersten Nächte in der neuen Heimat, Heinrich schlief im Bett der Mutter und wechselte in der Nacht zum Vater. Weil der Schmied fürchtete, sein Kind zu zerquetschen, schlief Heinrich auf Bauch und Brust des Vaters. Beide besaßen offenbar Übung in dieser Technik.

52

Dann begann der Schmied zu arbeiten. Antonia und Regula hatten eine Liste der wichtigsten Arbeiten erstellt. Der Schmied warf einen Blick darauf und reichte das Blatt zurück. «Lest vor. Bevor ich alles buchstabiert habe, ist der Tag vorbei.»

Er hörte geduldig zu, sein Gesicht verlor jeden Ausdruck. Regula dachte: Der Kerl ist blöd. Antonia dachte: Er ist ein Mann der Tat und nicht des Wortes.

Der Schmied sagte: «Zuerst räume ich auf, was mir ins Auge fällt. Danach kommt alles andere.»

Verdutzt sahen sie zu, wie er den Schlosshof verließ. Vor dem Tor fanden sie ihn damit beschäftigt, die außer Rand und Band geratenen Pflanzen aus dem Boden zu reißen. Er packte acht oder zehn Ranken und riss sie mit einer Bewegung aus dem Boden. Die linke Hand packte bereits die neue Ladung, während der rechte Arm einen Schwung aus der Erde holte. Er arbeitete nicht schnell, aber regelmäßig und lange. Er beeilte sich nicht, aber er legte keine Pause ein und bewältigte Mengen und Gewichte, von denen die Mädchen nicht einmal geträumt hatten. Nachmittags sah man, dass Mauern die Einfahrt ins Schlosstor einfassten.

Abends spielte der Schmied mit seinen Kindern und stemmte alle gleichzeitig in die Höhe. Wenn er mitbekam, dass die Mädchen ihn beobachteten, zog er brummend und verlegen davon.

Die Frau des Schmieds wurde von der Schlossküche magisch angezogen. «Dass es so etwas gibt», sagte sie staunend. Aber so groß die Küche auch war, für sie gab es keinen Platz. Die Dächsin besaß ein Talent, alle Konkurrentinnen zur Tür hinauszudrängen. Die Frau des Schmieds musste sich ein anderes Betätigungsfeld suchen und fand es in dem Stück Land im rückwärtigen Teil. Sie bat ihren Mann, einmal hindurchzugehen. Danach lag ein sechs Fuß hoher Haufen aus Gestrüpp und Unkraut auf dem Land. Wege waren nun zu erahnen, hier hatte einst ein Garten bestanden. Gemeinsam mit Hilde schritt die Frau des Schmieds das Land ab und machte Pläne, wie man es künftig nutzen sollte. Katharina befragte ihre Bücher und trug die Bilder alter Schloss- und Bauerngärten zu den Frauen. Verdutzt drehte die Frau des Schmieds das Buch in den Händen, sie hatte wohl nicht erwartet, dass ein Buch so nützlich sein könnte.

Abends präsentierten die Gärtnerinnen ihre Pläne. Damit man es sich besser vorstellen konnte, malte Cecilia einen Plan auf ein großes Stück Tuch. Regula sagte: «Das ist doch Verschwendung.»

Aber die anderen waren angetan. Hilde sagte: «Jetzt können wir verfolgen, wie das Leben dem Bild immer ähnlicher wird.»

Der Schmied ging früh schlafen und stand früh auf. Ursula lockte ihn in die Kapelle. Sie wollte mit ihm beten, doch während sie niederkniete, begann er, die alte Zwischenwand herauszureißen. Ursula fragte: «Seid Ihr denn nicht fromm?»

Er knurrte: «Fromm sind die Schwachen. Ich arbeite.»

Und wie er arbeitete. Angetan mit nichts als einem Hemd, das ihm bis zu den Knien reichte, und einer Hose aus Leder, zog er eine Spur sinnvollen Tuns durch Hof, Nebengebäude und Keller. Vor allem brachte er endlich das Schlossdach in Ordnung. Staunend sah Antonia, zu welch feinen Bewegungsabläufen diese Pranken fähig waren. Plötzlich gab es einen Amboss, im Kamin glühte das Holz und Baptist sagte tapfer: «Es macht mir nichts aus, dass wir uns die Werkstatt teilen.»

Zum Abendbrot fanden sich die Mädchen in der Küche ein. Dem Schmied war das nicht recht: «Ich kann nicht essen, wenn mir alle zugucken», brummte er. Aber die Kinder lenkten ihn ab, so kamen die Mädchen in den Genuss einer weiteren Premiere. Noch nie hatten sie einen Menschen dermaßen viel essen sehen. Er aß ein komplettes Brot, um, wie er es nannte, «auf den Geschmack zu kommen». Danach aß er gekochtes Getreide und viel Fett. Als Branntwein auf dem Tisch stand, den er selbst mitgebracht hatte, erschraken alle. Der Schmied sagte: «Nur ein Schluck. Wenn ich nicht traurig bin, muss ich nicht trinken. Und warum soll ich traurig sein?»

Er herzte seine Brut. Er packte die Kinder recht rüde, aber das war seine Art, die die Kinder kannten. Er trank einen Becher und reichte die Flasche seiner Frau, die sie wegstellte. So verlief es auch am folgenden Abend und am dritten, und niemand befürchtete einen neuen Anfall.

Eine Woche arbeitete der Schmied von halb sieben morgens bis zwei Stunden nach Sonnenuntergang, dann musste man ihm mit sanfter Gewalt sein Werkzeug entwinden, damit er Ruhe fand. Er brachte das Schloss und alle Gebäude voran.

«Dafür hätten wir ein Jahr gebraucht», sagte Antonia beeindruckt. Sie freute sich unbändig, auch wenn sie nach außen hin abgeklärt tat. Sie hoffte, dass die Fortschritte ihre Wirkung auf die Stimmung der Freundinnen nicht verfehlen würden.

Der Sonntag kam und der Schmied durfte nicht arbeiten. Erst schüttelte er die lästigen Faulpelze ab, aber wenn er einer den Rücken zugedreht hatte, waren zwei andere da und baten ihn, mit ihnen den Tag zu genießen. Den Altar sah er im intakten Zustand zum ersten Mal. Das interessierte ihn weniger als die Minuten, in denen er dem dünnen Künstler bei seiner Arbeit zugesehen hatte. Der Schmied besaß Respekt vor Menschen, die ihr Handwerk beherrschen. Ihm war gleichgültig, ob manche Menschen diese Handwerker Künstler nannten.

Die Mädchen waren hingerissen von dem Altar. Die Farben waren frisch, die Wunden im Holz verschwunden. Der Altar stand auch anders, dank der fehlenden Wand fiel nun mehr Tageslicht auf ihn. Die brennenden Kerzen, die Spitzentücher und der Krug mit den Zweigen schufen eine würdige Atmosphäre. Die Dächsin kam und legte ein Brot auf den Altar. Vorher und hinterher bekreuzigte sie sich. Es sah zackig aus, sie verließ die Kapelle auch gleich wieder.

«Sie gehört zu den Katholen», flüsterte Cecilia.

Ursula trat vor die Mädchen und die Familie des Schmieds. Baptist saß abseits, neben seiner Bank standen die beiden Taschen, mit denen er gekommen war.

«Liebe Freundinnen, liebe Gäste, liebe Gemeinde! Ich weiß nicht, wie es euch geht, aber ich fange gleich an zu weinen.»

Die Frau des Schmieds wandte sich an Katharina und flüsterte skeptisch: «Sie ist wirklich eine Predigerin?»

Ursula fuhr fort: «Heute ist es 40 Tage her, dass wir hierherkamen. Seitdem ist schrecklich viel passiert. Es war anstrengend, manchmal hatten wir Angst, aber immer hatten wir die Zuversicht, dass wir eine Heimat für uns alle aufbauen. Wir mussten erfahren, dass wir nicht auf einer Insel leben und dass es nicht leicht ist, mit seinen Nachbarn gut auszukommen. Wir wissen jetzt, dass man viel tun kann, um zu den Nachbarn ein gutes Verhältnis zu bekommen. Aber ein Stückchen müssen uns auch die Nachbarn entgegenkommen. Wir fassen uns in Geduld, was nicht leicht ist. In dieser Zuversicht leben wir.

Wir waren alle fleißig, ich habe noch nie so viele Schmerzen verspürt wie in diesen 40 Tagen. Darauf bin ich stolz. Und dann haben wir Freunde und Helfer gefunden: unseren allseits verehrten Baptist, der nicht gehen soll; und wenn er es doch tut, lassen wir ihn nur gehen, wenn er verspricht, dass er bald wieder bei uns hereinschaut.»

Alle drehten sich zu dem Holzschnitzer um, dem das sehr unangenehm war. Erst recht, als Ursula begann, den Altar und Baptists Arbeit zu loben. Sie sagte kein Wort über den Jünger, der als einziger nicht von Gasser stammte. Danach sprach Ursula das Vaterunser und alle sangen ein Lied.

Vor der Kapelle verabschiedete sich Baptist. Der Schmied schlug ihm auf die Schulter und sagte: «Guter Mann.»

Baptist umarmte alle Mädchen, bis auf Regula. Zuerst war es nicht aufgefallen, dass sie verschwunden war. Als alle beginnen wollten, sie zu suchen, rief Baptist: «Nein, nein, es ist schon gut. Wir haben uns … wir haben uns schon Auf Wiedersehen gesagt.»

«Werdet Ihr auch bestimmt wiederkommen? Ihr wisst, dass immer ein Bett für Euch bereitsteht. Und eine Werkstatt.»

Vor lauter Verlegenheit umarmte er Antonia ein zweites Mal. Sie dachte: Lass nicht los. Sie reichte ihm die Hand. Die förmliche Geste machte beiden den Abschied leichter.

Nur Hilde begleitete ihn zum Tor. Sie sah ihm nach, bis er hinter der Biegung verschwunden war. Zu den Freundinnen kehrte sie erst zurück, nachdem die Tränen getrocknet waren.

Als sich der Schmied daran gewöhnt hatte, nichts tun zu dürfen, fand er Gefallen daran. Der massige Mann spazierte auf der Mauer entlang, er ließ sich von seiner Frau erzählen, was mit dem Schlossgarten geschehen sollte. Vor allem ließ er sich von Regula die Musketen zeigen. Er sagte: «Ich kann Euch Kanonen gießen.»

Zuerst dachte Regula, er würde einen Spaß machen. Er beschrieb ihr, was für Kanonen er bereits hergestellt hatte. Auf diese Weise erfuhr sie, wie er seine Familie in den Kriegsjahren durchgebracht hatte. Erst fand sie es abstoßend, dann naheliegend. Wer zu ihm kam und zahlen konnte, bekam seine Kanone. Der Schmied konnte ihr nicht erklären, wer in diesem Krieg gegen wen kämpfte. Sich verlegen am Kopf kratzend, sagte er: «Ich habe vor zehn Jahren den Überblick verloren und nicht wiedergewonnen.»

An diesem Sonntag aß man gut und viel. Als der Schmied in seine Hütte kam, fand er die Räume verändert. Seine Frau hatte Vorhänge vor die Fenster gehängt; und weil es so viele Vorhänge gab, hatte sie sie einfach auch noch an die Wände gehängt. Dadurch bekam alles eine andere Anmutung. Der Schmied stand an der Wand, strich über die Stoffe und sagte: «Ich weiß gar nicht, was ich davon halten soll.»

Später besichtigte er den Drachen und stand lachend davor. Aus dem Stegreif fielen ihm zehn Vorschläge ein, wie man das

Ungeheuer noch schrecklicher gestalten könnte. «Bei Euch gefällt es mir. Ihr bringt mich auf Ideen. Das ist was anderes als von morgens bis abends Pferde beschlagen und Türklinken schmieden.»

Die Kinder waren im Schloss unterwegs. Zeitweise hörte und sah man sie nicht. Aber Emma war ein verständiges Mädchen und wusste die stürmischen Jungen zu bändigen. Heute waren sie länger untergetaucht als an den vorigen Tagen. Antonia und Ursula machten sich auf die Suche, die Eltern würden noch Zeit brauchen, um ihre Scheu vor dem herrschaftlichen Schloss zu überwinden.

Rufend suchten die beiden ein Stockwerk nach dem anderen ab. Um keine Zeit zu verlieren, trennten sie sich. In ihrem heimlichen Lieblingszimmer blieb Antonia ein Weilchen länger. Es war klein und gemütlich, hier gab es Tapeten in Blau und Weiß mit gelben Blüten. In so einem Zimmer aufwachsen zu dürfen …

Plötzlich Poltern, dann ein gellender Schrei, jemand stürzte, lief weiter. Ursula stürzte in Antonias Arme. «Die Ungeheuer!», rief sie. «Sie sind aus ihren Löchern gekommen! Wo sind die Musketen? Wir müssen sofort die Musketen …»

Panisch lief Ursula weiter. Antonia drehte sich um und stand dem Bären gegenüber. Er war klein und sah aus wie ein Spielzeug. Er bemühte sich sehr, mit tiefer Stimme zu knurren. Antonia sagte: «Anton, musst du Ursula so erschrecken?»

Aus eigener Kraft kam er nicht aus dem Fell heraus, sie musste ihn auswickeln. Das Fell war riesig, größer als das Fell war nur die Freude, es zu berühren. Kurz darauf bog ein zweiter Bär um die Ecke. Er schleppte sich zu Antonia, dann fiel der Bär um.

«Ich kriege keine Luft mehr», keuchte Heinrich. Aber er strahlte.

Fehlte nur noch Emma. Antonia ließ sich von den Kindern auf den Dachboden führen. In der äußersten Ecke, dort, wo der Zug des Kamins das Dach durchbrach, hatten sie sich durch den Spalt gequetscht. Antonia schaffte es nur mit Mühe. Wieder ein Raum, er erinnerte Antonia an das Versteck im Pferdestall des Klosters. Kisten standen hier, groß und schwer und mit Kupfer beschlagen. Die größte Kiste war geöffnet, Emma saß auf einer Insel von Fellen und war selig. Sie spürte die Kälte nicht, die hier oben herrschte, sie schmiegte ihr Gesicht in das Fell und konnte nicht davon lassen.

Man schaffte alles in den Festsaal und breitete es auf dem Boden aus. Sechs Bärenfelle, drei Wolfsfelle, zwei Füchse und zwei dunkelbraune kleine Stücke, wohl vom Marder. Wunderbare Exemplare, alle gut erhalten, nur ein wenig muffig, was außerhalb der Kiste schnell verfliegen würde. Keine Motten, alle Felle waren erstklassig verarbeitet. Die Mädchen mussten den Spieltrieb der Kinder mit sanfter Gewalt auf ein anderes Ziel lenken. Dann fanden sie endlich Gelegenheit, sich selbst dem Wohlgefühl hinzugeben.

Zwischendurch erkundigte sich jemand eingeschüchtert, ob in den Wäldern Bären leben würden. Niemand wusste das, Wölfe gab es sicherlich.

53

Sie kamen, als die Ersten schlafen gegangen waren, die Familie lag schon seit zwei Stunden im Bett. Sie schlugen gegen das Tor und riefen. Die Mädchen eilten auf die Mauer. Wieder waren sie zu fünft, keiner war verkleidet, Hilde konnte nicht länger glauben, dass ihr Karl sich zu so etwas nicht hergeben würde.

«Hallo, die Damen!», rief er und vollführte einen Kratzfuß.

«Geht nach Hause!», rief Antonia. «Es gibt keinen Grund, so spät zu erscheinen.»

«Ist der Wunsch nach Klärung kein Grund? Man hört in letzter Zeit dies und das, was bei Euch vorgeht. Ein Riese soll bei Euch weilen. Erst ein Drache, nun ein Riese. Wen erwartet Ihr als Nächstes? Den Leibhaftigen?»

«Fasst Euch kurz, wir sind müde.»

«Wir haben Zweifel, was Euren Drachen betrifft. Ist er echt? Ist er eine Züchtung? Eine Fälschung gar? Was ist der Riese? Lasst ihn gegen uns antreten, dann wissen wir Bescheid.»

«Ihr scherzt.»

«Sehe ich aus, als wäre mir nach Lachen zumute? Ich habe etwas dagegen, dass sich bei uns Ungeheuer breitmachen. Drachen, Riesen – es reicht. Holt ihn aus seinem Stall und öffnet das Tor!»

Aufgeregt wisperten die Mädchen. Was führten Karl und seine Kumpane im Schilde? Es ging hin und her. Während sie diskutierten, wurde unter ihnen der Riegel zur Seite geschoben.

Das Tor öffnete sich.

Er stand im Hof, er trug die lederne Hose, sein Oberkörper war nackt. Seelenruhig ging er von Kerzenhalter zu Kerzenhalter und zündete die Fackeln an. Karl steckte den Kopf durch die Tür. Was er sah, ließ ihn erschauern. So ein Körper konnte große Schmerzen erzeugen. Die Kumpane schoben Karl in den Hof.

«Keine Waffen!», rief Antonia von der Mauer.

Messer fielen auf den Boden. Karl zog Jacke und Hemd aus, seine Kumpane nicht.

«Bis zur Entscheidung», sagte Karl.

Er wollte, dass der Kerl etwas sagte. Aber der schwieg.

Sie nahmen Aufstellung, Karl in der Mitte, zwei an seiner Seite, die anderen beiden wollten in den Rücken des Nackten kommen. Der rührte sich nicht, nur sein Brustkorb hob und senkte sich.

«Du solltest aufgeben», sagte Karl. «Was willst du gegen fünf Männer machen?»

Der Koloss grunzte.

Karl wollte Zeit gewinnen und wusste nicht wofür. Etwas in ihm war klüger als sein Kopf.

Sechs Schritte trennten die Fronten. Der Koloss wartete. Er musste wissen, dass zwei hinter ihm waren, er drehte sich nicht einmal um.

Der Erste sprang den Riesen von hinten an, hängte sich mit seinem Körper an dessen Hals und wollte ihn zu Boden ziehen, wie er das in Dutzenden von Prügeleien erfolgreich getan hatte.

Aber nun hing er zappelnd in der Luft, denn der Riese knickte nicht ein. Dann beugte sich der Schmied nach vorn und schleuderte den Angreifer über seinen Kopf auf den Boden. Ungeschützt schlug er auf den Stein. Es tat weh, aber der Schmerz war ein laues Lüftchen gegen den Schmerz, den er gleich darauf spürte. Ein Fuß wie ein Elefantenbein stellte sich auf seine Brust, der Fuß bewegte sich hin und her, wie man einen brennenden Fidibus löscht.

Von hinten sprang der Zweite los, gleichzeitig stürmten die drei von vorn auf den Koloss los. Der Erste bekam den ausgestreckten Fuß in den Bauch, der von hinten wurde von einer Eisenfaust am ausgestreckten Arm empfangen, die sein Gesicht traf und dazu führte, dass er fortan alles vierfach sah. Karl schlug dem Koloss mit der Faust gegen den Hals, sein Nebenmann wählte das Gesicht. Beide trafen auf Luft, der Schmied tauchte mit einer Geschmeidigkeit ab, die für einen dermaßen schweren Mann unglaublich war. Dann ging er nach vorn, er schlug mit beiden Fäusten, mit einer Faust gegen den einen Gegner, mit der zweiten Faust gegen den anderen. Er drehte sich um, sein Hieb traf den Hintermann in die Seite. Der brach zusammen wie vom Blitz getroffen.

Karl sah zwei Augen auf sich zukommen, er wusste, dass er nicht auf die Augen achten durfte, aber er kam von diesen Augen nicht los, sie wirkten so ruhig und überlegen, fast gemütlich, weder hasserfüllt noch konzentriert. Schläfrig war das Wort, das Karl als letztes einfiel, bevor sein Hals in den Schwitzkasten genommen wurde und ein Knie seine Nase traf. Der vorletzte Gegner erhielt mit zwei flachen Händen einen Schlag auf beide Ohren gleichzeitig und lief schreiend davon. Dann stand der Koloss dem Letzten gegenüber. Das war der, der vergessen hatte, rechtzeitig zu fliehen. In einer hilflosen Geste der Kapitulation hob er eine Hand in die Höhe und versuchte ein Lächeln.

Der Kampf war zu Ende. Karl hockte auf dem Boden und staunte, wie stark eine Nase bluten kann.

Die Mädchen verließen die Mauer und sahen, wie die Frau des Schmieds ihrem Mann die Jacke reichte.

«Er mag es nicht, wenn seine Jacke schmutzig wird», sagte sie zu den Mädchen.

«Habt Ihr auch solche Angst gehabt wie ich?», fragte Ursula zitternd.

«Nein, wieso?», sagte die Frau des Schmieds. «Er hat gesagt, er tut nur das, was unbedingt nötig ist, damit Ihr Euch nicht ängstigt.»

Schlagartig stellten sich sieben Mädchen vor, was der Schmied tun würde, wenn er auf niemanden Rücksicht nehmen musste.

Der Schmied wandte sich ab.

«Was habt Ihr vor?», sagte Antonia.

«Ich gehe schlafen. Falls die Kerle meine Kinder aufgeweckt haben, komme ich noch einmal zurück.»

Das war das Stichwort für alle aus dem Dorf, die noch in der Lage waren, sich aus eigener Kraft zu bewegen. Wer am Kampfort zurückblieb, wurde von Katharina versorgt.

Karl lag auf den Steinen, in seinen Nasenlöchern steckten Tücher.

Regula sagte: «Es wird eine Woche dauern, vielleicht auch zwei, dann werden wir eine Schule eröffnen. Wir erwarten Eure Kinder, alle. Wenn nicht alle kommen, kommt der Schmied zu Euch ins Dorf. Zur Not wird er mehr als einmal kommen – bis alle Kinder zur Schule gehen. Bin ich verstanden worden?»

Karl gab ein stöhnendes Geräusch von sich. Katharina sagte: «Er kann nicht nicken.»

Wütend sagte Regula: «Natürlich kann er. Wenn er will, kann er.»

Sie hockte sich neben Karl und machte Anstalten, dessen Kopf mit beiden Händen zu packen. Karl stöhnte und murmelte: «Hört auf. Ich mach das schon.»

Dann nickte er.

54

Die Aprilsonne füllte den Festsaal mit Helligkeit und Wärme. Die Bären lockerten ihr Fell, eine Bärin fächelte sich frische Luft zu. Eine Bärin ersuchte um Erlaubnis, ein Fenster öffnen zu dürfen.

Bärin Antonia studierte das Papier und sagte: «Die erste Sitzung des Großen Ratschlags hat alle Punkte abgehandelt, bis auf den letzten. Erlaubt mir die private Bemerkung, dass mir der Ablauf unserer Versammlung gut gefallen hat. Alle haben sich auf die Themen konzentriert ...»

«... ich weiß, ich weiß», brummte Bärin Regula, «sogar die Problembärin Regula hat die große Schnauze gehalten.»

Nachbarbärin Ursula stieß Regula an. «Wir wollen doch nur, dass es mit uns vorangeht.»

Übermorgen würde der Schulunterricht beginnen, aus dem Dorf hatte die Dächsin Signale übermittelt, dass mit dem Besuch der Kinder gerechnet werden dürfe. Zuletzt hatten wohl wirklich nur noch die Kinder Probleme bereitet und nicht die Eltern. Die Kleinen hatten sich an das Leben als Waldmenschen gewöhnt. Erst nachdem Hilde ihnen versprochen hatte, dass ein Teil des Unterrichts in der Natur stattfinden würde, hatten sie sich besonnen. Die Wende hatten aber erst Emma und Anton geschafft. Antonia war mit den Kindern des Schmieds ins Dorf gegangen, offiziell, um frische Brote abzugeben. Insgeheim hoffte sie auf etwas anderes, was auch eingetreten war: Zum ersten Mal seit langer Zeit sahen die Dorfkinder fremde Kinder. Sie fremdelten keine zwei Minuten, dann war das Eis geschmolzen. Alle waren neugierig aufeinander und empfanden den Schulunterricht als Gelegenheit, sich näherzukommen.

Antonia dachte: Manchmal sind die Kleinen größer als die Großen.

Katharina war im Dorf gewesen, um nach den verletzten Männern zu sehen. Für Katharina war niemand zu sprechen gewesen, so dass sie wieder umkehrte. In den folgenden Tagen war dann aber einer nach dem anderen im Schloss aufgetaucht, scheu, gehemmt, pampig und heilfroh, dass jemand ihm den Schmerz nahm.

Bei einer Besprechung draußen in der Sonne hatte Regula vorgeschlagen, die Tierfelle nicht nur als Spielzeug zu benutzen. «Dies ist ein Schloss. Da oben ist ein Festsaal. Lasst ihn uns nutzen. Wenn wir auch noch keinen Hofstaat haben, so haben wir doch schon eine Herrscherfamilie: nämlich uns sieben.»

So schlüpfte jede in ein Fell. Hilde nahm mit dem Wolf vorlieb und war darüber nicht enttäuscht. Sie war mit Hunden aufgewachsen. Heute war sie nicht dabei, angeblich duldete eine wichtige Arbeit keinen Aufschub.

Künftig würde einmal im Monat ein Großer Ratschlag abgehalten werden, auf dem aktuelle und langfristige Fragen des Schlosses und seiner Bewohner behandelt werden sollten.

Letzter Punkt der Tagesordnung war die Frage, was man

den Dorfbewohnern als Lohn anbieten wollte, wenn sie an der Bestellung der Felder mitwirkten. Antonia sagte: «Wir dürfen nicht erwarten, dass sie es für Gottes Lohn tun. Es darf nicht zu wenig sein, weil das ihren Stolz verletzen würde. Und es darf nicht zu viel sein, weil das Gier erzeugen würde. Wer hat Vorschläge?»

Nun stellte sich heraus, dass die Mädchen zwar vieles wussten, was in Büchern stand und im Unterricht gelehrt wurde. Aber sie wussten nicht, wie hoch der Lohn für einen Handwerker war. Was verlangte ein Tischler? Womit durfte ein Tagelöhner rechnen? Dem Schmied hatten sie auch zu viel angeboten. «Wollt Ihr mich veralbern?», hatte er gebrummt. «So viel Geld hat nur ein Fürst. Seid Ihr mit einem Fürsten verwandt?»

Den Schatz erwähnte er nicht. Daraus schlossen die Mädchen, dass die Nonnen mit ihm nicht darüber gesprochen hatten, dass sie «beraubt» worden waren.

«Und wenn wir sie in Broten bezahlen?», schlug Cecilia vor. «Oder in Eiern, Hühner vielleicht.»

«Wir könnten ihnen auch eine verliebte Wölfin schicken», sagte Bärin Regula, um gleich darauf zu sagen: «Ich bitte um Entschuldigung. So redet keine Bärin.»

Antonia dachte: So viel Freundlichkeit hält sie nicht lange durch.

Plötzlich ertönte ein Geräusch. Alle Mädchen fuhren zusammen. Unerwartete Geräusche empfanden sie immer noch als Bedrohung.

«Ist das ein Horn?», fragte Cecilia. «Aber hier gibt es keine Hörner. Die hätte ich doch längst entdeckt.»

Es war ein Horn, aus den Fenstern des Saals schaute man auf den Hof, von dort kam das Signal nicht.

Verdutzt blickten alle auf Bärin Beatrice und ihre Tafel.

«Bären auf den Turm!»

Eine dermaßen ungewöhnliche Besucherschar hatte der Turm noch nicht gesehen. Sechs Bärinnen drängten sich die enge Treppe hinauf, nur eine war klug genug, ihr Fell fallen zu lassen, um schneller voranzukommen.

Sie quetschten sich durch die schmale Tür. Ihr Blick ging zum kleinen Schlossturm hinüber, auf dem die Dächsin stand und einem Horn erstaunliche Töne entlockte. Ihr Gesicht strahlte den üblichen Missmut aus, noch nie hatten die Mädchen sie mit so dicken Wangen gesehen.

Nach Westen lag das Feld, zwischen Schloss und Dorf. Bis gestern war es eine gigantische Schlammwüste gewesen, jedes Stück bedeckt von ins Kraut geschossenen Gräsern und Pflanzen. Schlamm gab es auf der großen Fläche immer noch reichlich – nur in der Mitte nicht. Über Nacht war ein Quadrat von 50 Fuß Kantenlänge gerodet worden. Kein Unkraut mehr, alles schiere Erde. Auf einer Länge und Breite von 50 Fuß standen jetzt Leinwände, mannshohe Bilder von reifem Getreide, das sich im Wind wiegt. Am Rand des Getreides wuchsen roter Mohn, blaue Kornblumen und stolze Sonnenblumen. Über dem gemalten Feld ein strahlend blauer Himmel mit Schönwetterwolken. Vier dieser langen Bilder standen dort unten, eins für jede Himmelsrichtung.

Zwischen den Hütten im Dorf erschienen die ersten Bewohner und folgten dem Klang des Horns.

«Meine Güte», sagte Antonia ergriffen, «wer hat denn bloß das viele Getreide gemalt?»

Bärin Cecilia hob die Hand. «Aber die Idee hatte Hilde, weil sie die Bäuerin ist.»

Zwischen dem Getreide stand Hilde, die Bäuerin, und winkte mit beiden Armen. Neben dem Schmied wirkte sie schmächtig wie ein Kind. Zur Feier des Tages trug er sein weißes Leinenhemd. Er fühlte sich sichtlich unwohl, und weil er so verlegen war, legte er die Hand an die Stirn und salutierte mit der Forke über der Schulter.

Das Horn brach ab, die Dächsin japste nach Luft.

«So wird es im Sommer aussehen!», brüllte Hilde. «Dann werden wir alle satt. Dann will keiner von uns mehr weg! Dann finden uns auch die Stinkstiefel aus dem Dorf nett! Dann ist hier unsere Heimat!»

Der Schmied packte zu, im nächsten Moment saß Hilde auf seiner Schulter. So trug er sie durch den Schlamm, in den er bei jedem Schritt knöchelhoch einsank. Zurück blieb das Getreidefeld, wie es im Sommer aussehen würde.

Beeindruckt sagte Antonia: «Fleißig sein, ernten, genug zu essen haben, nicht mehr kämpfen müssen, hierbleiben, weil es nirgendwo besser ist.» Sie streckte den Arm aus und hielt die Handfläche nach oben. «Schlagt ein, Bärenschwestern, lasst uns das Neue aufbauen und das Alte vergessen. Lasst uns Freundinnen sein, und wenn wir uns streiten, dürfen wir nicht vergessen, uns hinterher wieder zu vertragen.»

Sechs Hände umschlossen einander und warteten, bis Hilde den Turm emporgestürmt war und die siebte Hand beisteuerte. Jetzt waren sie der Bund der Sieben. Nebenan röhrte das Horn, dann brach es mit einem Klagelaut ab. Und in einer Deutlichkeit, dass die Mädchen jedes Wort verstanden, fauchte die Dächsin: «Wenn er noch einmal so ein Hölleninstrument schmiedet, backe ich ihm Gift ins Brot.»

So geht's weiter ...

Leseprobe

Sie hatten genug zu essen. Sie mussten nicht frieren. Und seitdem der starke Schmied bei ihnen lebte, brauchten sie sich nicht mehr vor den Trunkenbolden aus dem Dorf zu fürchten. Der Schnee war geschmolzen, auf dem riesigen Feld zwischen Schloss und Dorf führte Hilde die Freundinnen in die Geheimnisse der landwirtschaftlichen Arbeit ein. Zweimal waren alle sieben Mädchen aufgebrochen und hatten die Grenzen ihres Reichs erkundet. Sie benutzten dazu nicht den Pferdewagen, sie gingen zu Fuß, denn nach nicht mehr als zwei Stunden Marsch in jede Richtung erreichten sie einen Grenzstein. Sie blickten hinüber in das Nachbarreich, wo es genauso aussah wie bei ihnen. Nur die Grenzsteine veränderten den Blick. Hier waren sie zu Hause, dort war alles fremd.

Nach Osten waren sie noch nicht gekommen – zu viel Arbeit, zu wenig Lust auf einen weiteren Fußmarsch. Deshalb brach Antonia allein auf, sie wollte nicht länger warten.

Vom Schloss führte der Weg Richtung Norden. Antonia ging so lange, bis der Wald dicht wurde, dichter und immer dichter, der Trampelpfad fiel so besonders auf. Zweige und Äste waren bis in Schulterhöhe abgebrochen. Der Boden war noch nass, bis auf den Waldboden schaffte es die Sonne nicht überall. Antonias Stiefel waren bald verschmutzt. Aber das letzte Mal, als ein Mädchen «Igittigitt» gesagt hatte, lag schon lange zurück.

Der Trampelpfad führte quer durch den Wald. Schließlich ging es etwas bergauf und Antonia erreichte das Ende des Waldes. Von ihrem erhöhten Standpunkt aus erblickte sie in der Ferne die Burg. Sie hatte freie Sicht und konnte erkennen, wie heruntergekommen das Gemäuer war. Verwunschen sah es aus mit den vielen Türmchen. Die Mauern wiesen dicke Risse und große Löcher auf.

Menschen entdeckte Antonia nicht. Die Dorfbewohner hatten berichtet, dass die Raubritter aus der alten Burg oft in den Wäldern auf die Jagd gingen – auf Tiere und manchmal auf Reisende.

Antonia dachte: Wir sind nicht allein, wir haben Nachbarn. Aber sie dachte nicht daran, zur Burg zu gehen. Nicht heute, nicht allein, nicht ohne Waffen.

Auf dem Rückweg kam sie vom Trampelpfad ab. Stellenweise war der Waldboden von einem grünen Teppich bedeckt. Die ersten weißen und gelben Blumen reckten ihre Hälse. Der Frühling kam mit Macht, bald würde es Sommer sein, der erste Sommer in der neuen Heimat. Links standen die Bäume dicht, ein Gewirr aus schulterhohem Gestrüpp, eine lebendige Mauer.

Hinter der grünen Mauer wurde geschluchzt.

Antonia blieb stockstdf stehen. Das war nicht gut, das war überhaupt nicht gut. Im Schloss hatte sie vor der Waffenkammer gestanden und dann doch darauf verzichtet, eine der Pistolen mitzunehmen.

Jetzt war es ruhig. Antonia wollte sich bewegen, da ertönte wieder das Geräusch. Sie ärgerte sich. Ein Mädchen allein im Wald, unbewaffnet und weit von allen Freundinnen entfernt.

Sie bewegte sich so langsam, wie ein Schatten wandert.

Er kniete auf dem Boden. Vor ihm war die Grube und in der Grube lag etwas, das ein Gesicht hatte.

Für Denken war jetzt keine Zeit. Antonia sprang ihn von hinten an. Mit beiden Händen griff sie in sein Gesicht, sie wollte ihm die Augen auskratzen, er sollte für das büßen, was er getan hatte. Stöhnend sackte der Mann zur Seite und versuchte, die Hände der Angreiferin aus seinem Gesicht zu biegen. Aber Antonia war außer sich. Als sie das Gesicht loslassen musste, packte sie den Hals des Mannes. Natürlich konnte sie ihn nicht erwürgen, aber sie war so wütend. Sie packte seinen Hals, der Mann spannte seinen Körper an und warf Antonia ab. Als er über ihr stand, trat sie nach ihm. Sie traf sein Knie, dann saß er auf ihr, drückte ihre Arme und Hände in den Boden. Sein Gesicht leuchtete rot, das waren die Schrammen. Und obwohl er Schmerz empfinden musste, grinste er sie an. Antonia spuckte aus, Speichel tropfte von seinen Wangen.

Er sagte: «Es ist genug.»

«Das bestimmt ihr nicht», keuchte sie.

Ihr Herz raste, sie atmete zu schnell und flach. Der Mann stand auf, jetzt bekam Antonia besser Luft. Sie lehnte sich auf einen Ellenbogen und sagte erstaunt: «Das ist ja ein Wolf.»

«Was habt Ihr gedacht? Dass ich einen Menschen vergrabe?»

Das hatte sie in der Tat gedacht. Deshalb war sie ja so wütend geworden. Im Wald vergräbt ein Mörder heimlich sein Opfer. Und jetzt …

«Was ist …?», fragte der Mann. «Was passt Euch denn immer noch nicht?»

Eine Antwort bekam er nicht, denn Antonia musste ihn lange ansehen. Als sie gekämpft hatte, war er ein Feind gewesen. Feinde besitzen kein Herz und kein Gewissen und auch kein Gesicht.

Aber er besaß ein Gesicht. Und was für eins. Antonias Herz

schlug immer noch zu schnell. Aber vielleicht lag das jetzt nicht mehr allein an der körperlichen Anstrengung. Vielleicht lag das an diesem Gesicht. Antonias Fingernägel hatten ganze Arbeit geleistet. Aber den Augen hatten sie nichts anhaben können. In diesen Augen fand Antonia so viel Traurigkeit, wie sie sie in ihrem Leben nur ein einziges Mal bei einem Mann gesehen hatte. Der Mann war ihr Vater gewesen, und die Trauer in seinen Augen hatte Antonias Mutter gegolten, als sie nach ihrer schweren Krankheit gestorben war.

«Wer seid Ihr?», fragte Antonia.

Der Mann stand an der Grube, in der der Hund lag.

«Er wollte mich beschützen», sagte er leise. «Alles andere hätte er wegbeißen können, aber nicht einen Keiler. Ein Keiler hat keine Angst und er ist stark wie fünf Hunde. Hat ihm mit seinen Hauern die Seite aufgeschlitzt – wie mit dem Messer. Weil er mich beschützen wollte.»

Antonia spürte, dass sie ihn nicht trösten konnte. Dafür war es viel zu früh. Je länger sie ihn anblickte, umso jünger kam er ihr vor. Zuerst hatte sie ihn für älter als 30 Jahre gehalten. Aber er war jünger, sicher war er über 20, aber nicht viel. Er wirkte nur alt, weil er so traurig war. Sein gesamter Körper war traurig. Er musste sehr an seinem Hund hängen.

«Wer Ihr seid, braucht Ihr mir nicht zu sagen», knurrte der Mann. «Ihr seid eine der vornehmen Furien, die sich auf dem Schloss breit gemacht haben.»

«Ich weiß auch, wer Ihr seid. Ihr gehört zu den liederlichen Raubrittern. Ihr lebt in der Ruine gleich hinter der Grenze.»

«Woher wollt Ihr wissen, dass wir in einer Ruine leben? Wart Ihr jemals dort?»

«Ihr habt uns nicht eingeladen.»

«Wir sind nicht fein genug für Frauen von Stand und Adel, die so vornehm sind, dass bei ihnen selbst die Flöhe blaues Blut haben.»

«Ich bin nicht von Adel, ich bin Antonia Haidhauser aus Marburg an der Lahn, und jetzt lebe ich auf dem Schloss.»

Er knurrte etwas, sie musste nachfragen, bevor sie ihn verstand.

«Bonifacio Bembo», wiederholte Antonia ungläubig. «So heißt doch niemand.»

«Ich heiße so. Wir alle heißen so. Jedenfalls so ähnlich.»

«Aber den Namen haben Euch nicht die Eltern gegeben. Das wart Ihr selber.»

«Die Eltern nennen dich Hans und Franz und Friedrich. Aber wenn du nicht lebst wie ein Franz und Friedrich, willst du auch nicht so heißen.»

Er hatte nur noch Augen für seinen Hund. Sie begriff, dass er nicht mehr reden würde. Er wollte mit dem Hund allein sein.

Vorsichtig stand sie auf, die linke Seite tat ihr weh.

«Ich lasse Euch jetzt allein», sagte sie leise.

Sie entfernte sich. Hinter ihr hörte sie eine Stimme: «Wenn Ihr einem verratet, dass Bonifacio geweint hat, seid Ihr des Todes.»

Der zweite Band der Reihe «Alegria Septem»
ist ab Februar 2008 im Buchhandel erhältlich.
ISBN: 978-3-440-10965-6